AF129523

REMINISCENCE

JEROME MARIAGE

Réminiscence
© 2024 Jérôme Mariage

Edition : BoD . Books on Demand GmbH, in de Tarpen 42, 22848 Norderstedt (Allemagne)
Impression : Libri Plureos GmbH, Friedensallee 273, 22763 Hambourg
Impression à la demande.

ISBN : 978-2-3225-4179-9
Dépôt légal : Novembre 2024
En application de l'art. L.137-2.-1 du code de la propriété intellectuelle, toute reproduction et/ou divulgation de parties de l'œuvre dépassant le volume prévu par la loi est expressément interdite.

PROLOGUE

Thomas venait de quitter le bureau. Son patron lui avait souhaité un bon week-end mais sur un ton de reproche. Du genre "sale fainéant, tu préfères rester chez toi plutôt que de faire prospérer la société !" Enfin Thomas l'avait ressenti de cette manière. C'était son interprétation. Il avait passé pas loin de dix heures à entrer des lignes de codes pour l'un des clients de la société. Une compagnie d'assurance qui aimait mettre la main au portefeuille pour profiter du label "qualité humaine".
Suite à un vieux débat télévisé, ce label avait vu le jour. Il garantissait que l'entreprise donnait du travail aux humains sans avoir recours aux IA. L'entreprise récompensée par ce label pouvait toucher des subventions alléchantes et bénéficier d'un allègement d'impôt. Faire appel à ce genre d'entreprises était bien vu. Mais ce n'était là qu'une simple stratégie marketing, rien de plus. L'objectif principal était le profit et uniquement le profit, et peu importe les chemins tortueux pour y parvenir.

La porte vitrée automatique se referma après son passage et Thomas sentit son stress remonter de ses pieds jusqu'à sa poitrine. Il l'évacua par une inspiration du nez et une expiration par la bouche. Une technique de relaxation qu'il avait apprise en stage d'entreprise. Peu importait la formation, il s'inscrivait, tant que ça lui permettait de rater quelques heures de boulot…. Il retira ensuite ses lunettes de vue pour se masser l'arête du nez entre le pouce et l'index.
Après avoir terminé ses exercices de respiration relaxante, il quitta l'immeuble qui hébergeait les bureaux de l'entreprise, en passant par

le sous-sol où une station du City Express lui permettait de rejoindre la banlieue rapidement.

Ravi de trouver une place assise, il s'installa confortablement, contemplant le paysage défiler à vive allure par la vitre. La nuit tombait rapidement à cette période de l'année. Les lumières de la ville donnaient au ciel nuageux une teinte orangée. On pouvait observer à faible altitude, plusieurs points lumineux se déplacer à grande vitesse, stagner, se croiser, voire même disparaître. Il s'agissait de drones de surveillance, de livraison ou bien même d'amateur. Un véritable trafic aérien avec un code de circulation à respecter. Thomas se rappela en avoir acheté un hors de prix. En à peine cinq minutes, il avait réussi à l'exploser contre la façade d'un immeuble. Résultat plus de drone et une belle amende pour mise en danger d'autrui. Rien que ça ! Finalement, il ne réitéra pas l'expérience et se contenta de les observer dans le ciel. Pour la plupart, ils étaient pilotés par une IA, plus précise et plus réactive que le cerveau humain.

Ce spectacle nocturne était une chose dont il ne se lasserait jamais. C'était son plaisir, sa manière de se détendre avant de rentrer chez lui pour retrouver Sarah.

Ensemble depuis presque cinq ans, elle était en quelque sorte son unique raison de vivre. Thomas n'avait pas de famille, enfin plus maintenant, pas vraiment d'ami et dans son boulot, c'était assez compliqué de se rapprocher de ses collègues. La société faisait tout pour qu'il n'y ait pas d'interactions sociales, soi-disant pour booster la productivité. Des humains qui se comportaient comme des robots. Pas d'interaction sociale, juste le boulot et encore le boulot. De la poudre aux yeux !

Thomas avait l'intention de faire sa demande à Sarah. Il était temps de franchir le palier suivant. Remplir cette case de « la vie idéale ». C'était surtout une sécurité pour lui. Même si le divorce pouvait être effectif rapidement, en se mariant à Sarah il était sûr de l'avoir auprès de lui pour toujours. La solitude était quelque chose qu'il avait vécu pendant tellement de temps qu'il ne souhaitait pas revenir à cette

époque sombre de sa vie. De plus, se marier débloquait automatiquement le droit à la procréation. Bien qu'ils n'en n'aient jamais vraiment discuté, ils arrivaient à un âge où il était légitime de l'envisager.
Thomas sourit à la perspective de fonder une famille. Il s'imaginait rentrer chez lui, accueilli par sa femme et son enfant. Les deux souriant, heureux de le voir enfin rentrer.
Mais quelque chose le tira de ses pensées. Une chose si terrible qu'elle lui semblait irréelle. Un message s'afficha sur l'interface de ses lunettes. Un simple message, concis et limpide, envoyé par Sarah elle-même :
Je te quitte, ne cherche pas à me contacter, ma décision est prise et elle est définitive.
Thomas sentit une boule douloureuse descendre de sa gorge jusqu'à son entre-jambe. Il restait figé, relisant le message encore et encore. Son teint était devenu livide et à son front perlait une sueur froide. Sa respiration était bloquée, comme si le message avait eu l'effet d'un coup de poing dans le sternum. Pris de vertiges, il dut secouer la tête pour reprendre ses esprits. Il retira ses lunettes pour ne plus lire ce message de malheur puis se massa l'arête du nez.
Ce n'est pas possible ! pensa-t-il. *Pas toi ! Pas ma Sarah ! Tu ne peux pas me faire ça.*
Il retint un sanglot dans un bruit ressemblant à quelqu'un avalant de travers puis se leva brusquement de son siège sous les yeux ébahis des autres usagers. Il marchait vite entre les sièges, s'aidant des appuie-têtes pour aller plus vite.
Le City Express ralentit à l'approche d'un arrêt. Lorsque les portes s'ouvrirent Thomas sortit en bousculant ceux qui souhaitaient monter. Il reçut un tonnerre d'insultes qu'il n'entendit pas. Son cœur cognait trop fort contre ses tempes pour percevoir l'espace qui l'entourait. A l'écart du quai, dans un coin rendu sombre part la nuit tombante, il se pencha en avant. Les mains sur les genoux, il vomit son maigre repas du midi. Son corps cherchait à évacuer cette terrible nouvelle. Après

plusieurs haut-le-coeur, Thomas se releva en essuyant sa bouche du revers de sa manche. Essoufflé par l'effort, ses mains tremblaient.
Regarde ce que tu me fais Sarah !
Il attrapa son portable dans sa poche puis cliqua sur le numéro de Sarah. Il n'y eut pas de sonnerie, juste l'annonce de son répondeur.
Il fit le maximum pour se calmer, pour ne pas montrer à quel point il était abattu, puis inspira profondément avant de parler.
— Sarah, je ne comprends pas ton message. Qu'est qui se passe bon sang ?
Il voulut enchaîner les questions mais il sentit un sanglot monter et il préféra raccrocher plutôt que de pleurer au téléphone.
Thomas essaya de retenir ses larmes, mais l'émotion était trop puissante et il craqua. Il se sentait abandonné, trahi. Lui qui avait placé toute sa confiance en elle. Il lui avait offert son cœur sur un plateau mais elle venait de l'écraser entre ses mains. Pourquoi voulait-elle le quitter ? Tout allait bien. Ils ne s'étaient pas disputés depuis des mois. Il devait rentrer et lui parler. Il avait besoin de comprendre ce qui n'allait pas. S'il devait changer quelque chose, il le ferait, mais pour ça il fallait qu'elle accepte de le voir.
Il tenta à nouveau de l'appeler mais ça se solda par le même échec. Sarah avait décidé de le bloquer. Ce qui voulait dire qu'elle n'était pas ouverte à la discussion. En rentrant chez eux, elle ne serait pas là. C'était une certitude.
Finalement, rentrer n'était pas l'idée la plus séduisante. Pleurer toutes les larmes de son corps dans leur lieu de vie en regardant leurs photos souvenirs du bon vieux temps, non. Il n'avait définitivement pas envie d'être ce genre de mec.

Thomas gravit l'escalier pour atteindre la rue. Si le centre-ville formait un cercle au cœur de la City, il était sur le bord. Il trouverait bien un bar pour oublier.
Déambulant sur le trottoir, la mine basse, il ne regardait pas vraiment vers où ses pas le menaient. Il avançait juste.

Ses pensées dessinaient le visage de Sarah, comme un panneau qui restait constamment devant ses yeux.
Au-dessus de lui les drones d'Amazon, Fedex et McDonald circulaient par milliers, répétant leur programme en boucles. Une répétition pas si éloignée de celle d'un humain finalement.
De nombreuses pubs défilaient sur les murs-écrans, mais aussi sur des écrans-drones. Ces derniers étaient munis de haut-parleurs longue portée afin d'attirer l'attention.
En arrivant à un passage piéton, un bus autonome le laissa traverser la rue pour se rendre sur le trottoir d'en face. Il avait remarqué au loin l'enseigne lumineuse d'un bar.
L'intérieur était propre, bondé, lumineux, bruyant mais tout de même accueillant, malgré le mobilier froid et métallique. La salle principale baignait dans une ambiance majoritairement bleutée. Il trouva une table à l'écart, proche des billards et jeux en réalité virtuelle. Le robot-serveur lui servit un verre d'alcool fort comme il l'avait commandé. Sur l'instant il n'en ressentit pas les effets et en commanda deux autres.
Après quelques minutes, l'alcool fit sur son organisme l'effet d'un uppercut en pleine mâchoire. Sa tête tournait dangereusement. Par moment, il faisait des grimaces, à la recherche de sensations sur son visage totalement anesthésié.
Tout devant lui défilait comme un film au ralenti et son temps de réaction était largement augmenté. Il se mit à rire, de façon incontrôlable, même lorsqu'il n'y avait rien de marrant.
Il demanda au robot-serveur de venir en pressant le bouton sur la table, pour commander un autre verre. Mais le robot, après un scan complet et rapide de sa personne, refusa. Après différents calculs complexes, le robot lui fit comprendre que son état risquait de devenir dangereux pour la clientèle mais également pour lui-même. Furieux, Thomas frappa du poing sur la table et s'effondra. Sa tête heurta rudement le plateau, restant posée sur une oreille, sa bouche entrouverte laissant s'échapper un filet de bave.

Le robot le secoua et Thomas ouvrit les yeux. Il avait l'impression qu'une hache était plantée dans son crâne. Il avait la bouche pâteuse. Déglutir lui était difficile. C'était comme tenter d'avaler une poignée d'aiguilles. La vision troublée, il eut du mal à faire le point. Il frotta frénétiquement ses yeux puis sa vue devint plus nette. Le robot se tenait devant lui. Mais ce qui le surprit le plus était le calme qui régnait dans la salle. Une lumière sur trois était encore allumée, mais il n'y avait plus de musique. Les tables étaient vides. Il ne restait que lui et les robots de ménage.

— Dois-je appeler quelqu'un pour venir vous chercher ? demanda le robot d'une voix exagérément cordiale et mécanique.

— Je suis là depuis combien de temps ? lui demanda Thomas en plissant les yeux de douleur.

— Trois heures, quarante-deux minutes et trente tr….

— Presque quatre heures, ok.

Le robot fit une pause pour prendre en compte les paroles de son interlocuteur.

— Monsieur, je suis dans l'obligation de vous demander de partir sous peine de devoir contacter les forces de l'ordre. Avez-vous besoin d'une ambulance ?

Thomas soupira puis se leva en prenant appui sur la table. Heureusement que celle-ci était vissée au sol, sans quoi il serait tombé à la renverse en l'emportant avec lui.

Il traversa la piste de danse en titubant puis poussa la porte de sortie.

L'air frais sur son visage lui fit du bien. Une pluie fine commençait à tomber, rendant le bitume luisant. Thomas marcha calmement, les mains dans les poches. Il était parvenu à faire sortir Sarah de sa tête un moment. Juste un court instant dans son existence. Mais à présent, elle revenait en force. Il avait espéré que ce ne soit qu'un mauvais rêve.

Malgré l'alcool circulant en quantité dans son sang, son cœur était lourd. Trop lourd pour le supporter. Il avait plus que jamais besoin de lui parler, d'entendre sa voix. Mais surtout comprendre pourquoi elle en était venue à cette décision. Car si généralement un homme sent lorsque son couple bat de l'aile, pour le coup il n'avait rien vu venir. C'était surréaliste.

Thomas imagina ce que serait sa vie sans elle. C'était tellement douloureux qu'il préféra stopper immédiatement cette séance de torture psychologique. Il en était venu à l'imaginer dans les bras d'un autre homme. Pire dans le lit de cet homme. Il l'imagina grand, carrure imposante, des fringues classes. Un homme sûr de lui et parfaitement à l'opposé de ce qu'il était. Un homme qui lui volerait son intimité avec Sarah. Il caresserait son corps nu, comme lui l'avait fait.

Il est curieux qu'un homme qui se fait plaquer imagine toujours que c'est pour un autre. Le lien qui raccrochait Thomas à la vie venait de se rompre. Ce n'était pas dans son boulot qu'il parviendrait à oublier cinq ans de vie à ses côtés. Il n'avait pas d'amis pour en parler et plus de famille. C'était sans doute une erreur d'avoir fait de Sarah son unique lien social. Peut-être avait-il cherché à combler le manque d'une mère dans sa présence féminine.

Perdu dans ses pensées, Thomas se rendit compte qu'il était en train de traverser un pont, celui qui permettait de franchir le fleuve pour atteindre la banlieue. Il fit une pose en s'accoudant à la rambarde épaisse et rouillée puis contempla l'horizon.

La pluie augmenta en intensité et masqua les reliefs dans un fondu d'une certaine beauté.

Il avait fait de Sarah sa seule raison de vivre et il venait de la perdre. Sans doute avait-il mal agi et était-il seul fautif dans ce qu'il lui arrivait. Mais c'était trop dur de vivre avec ça, il n'avait pas les épaules pour affronter cette épreuve. Il ne ferait plus cette erreur dans une autre vie, s'il y en avait une.

Il passa une jambe par-dessus la rambarde, puis l'autre, jusqu'à se retrouver assis les pieds dans le vide. A une trentaine de mètres au-

dessus du fleuve, il était sûr d'y passer. Et si ça ratait, de toute manière, il ne savait pas nager. Il se mit à pleurer et à respirer fort. Il regarda le ciel puis s'excusa auprès de ses défunts parents de ne pas avoir réussi à aller jusqu'au bout de la vie qu'ils lui avaient offerte.
La pluie avait fini par transpercer son pantalon et il frissonna. Il était temps d'en finir. Il prit appui sur ses bras afin de se soulever et de se projeter en avant.
Une voix puissante traversa le bruit de l'averse. Elle provenait de derrière lui.
— Ne fais pas ça !
Thomas stoppa son geste et se retourna vers l'inconnu. Il l'observa un moment dans l'obscurité, ne parvenant pas à distinguer ses traits.
— Tu es qui pour me donner des conseils ? demanda Thomas visiblement contrarié d'avoir été stoppé en plein élan.
— Juste un type lambda. Écoute, je sais ce que tu t'apprêtes à faire mais peu importe la raison, ça ne vaut pas le coup.
Thomas riait ouvertement.
— Facile à dire. Ce n'est pas toi qui…
— J'étais à ta place, il y a tout juste un an. Moi aussi je voulais en finir, et pourtant je suis là. Je n'ai pas moins de problèmes qu'avant mais je m'accroche à la vie.
— Quoi ? tu as rencontré Jésus, c'est ça ? Tu es un de ses tarés religieux ?
— Non, la religion n'a rien à voir là-dedans, répondit-il en secouant la tête.
L'inconnu s'approcha de Thomas.
— Ne cherche pas à me tirer en arrière ! hurla-t-il.
— Je vais juste te donner quelque chose et ensuite tu prendras ta décision.
L'inconnu s'approcha, sortant de l'obscurité de la nuit. La peau sombre, il semblait avoir la trentaine. Vêtu d'un sweat à capuche, un sac de randonnée sur les épaules.

Il posa quelque chose sur la rambarde, à portée de bras de Thomas, puis recula de plusieurs pas afin de le rassurer sur ses intentions.
Thomas observa l'objet en question. Il s'agissait d'une carte de visite animée répétant en boucle une animation de deux secondes. Un crâne humain, enfin un dessin, noir puis une ampoule prenant la place du cerveau, ceci afin de suggérer une idée, une pensée. En dessous, apparaissait en caractère gras le nom **Réminiscence.**
Thomas fronça les sourcils.
— C'est quoi ? Une secte ?
— Non, tu n'y es pas du tout, dit-il en riant. Ça a changé ma vie. Pour tout dire, ça m'a sauvé la vie.
Thomas se tourna vers lui, laissant en suspens son intention de se jeter dans le fleuve.
— Tu abordes souvent les gens comme ça ? Tu es quoi, un commercial pour Réminiscence ?
L'inconnu secoua la tête puis se rapprocha. Il s'accouda même à la rambarde près de Thomas.
— Moi aussi j'ai cherché à sauter de ce pont. Avant de le faire, j'ai voulu envoyer un dernier message. Une sorte d'adieu. Je savais qu'en sautant dans ce fleuve, il y avait peu de chance que l'on me retrouve. Mais je voulais que l'on sache que c'était mon choix. Alors j'ai attrapé mon téléphone et j'ai sorti cette carte.
L'inconnu fit une pause, ressasser ces souvenirs était aussi douloureux qu'une plaie béante.
— Je ne saurais dire pourquoi mais j'ai senti que je devais y aller, que c'était peut-être la dernière chose à tenter. Et j'ai eu raison.
— Ça ne m'explique pas ce que tu fais là.
— Ce pont est réputé pour les suicides. Je remercie la vie chaque jour en sauvant les gens qui en ont besoin. Tu n'es pas le premier et tu ne seras pas le dernier.

Thomas attrapa la carte pour la regarder de plus près.
— Bon est admettons que j'accepte d'y aller. C'est quoi cet endroit ?
— Tu devras le découvrir par toi-même, lui dit-il en souriant.
— Pourquoi tant de mystère ?
— Parce que ta démarche doit être personnelle. Tout ce que je peux te dire c'est que ça te permet d'aller mieux.

Thomas observa l'animation et le nom Réminiscence apparaitre et disparaitre en boucle. Après tout, que pouvait-il perdre de plus ?

CHAPITRE 01

Il était tôt ce matin-là. Une brume épaisse que le soleil avait du mal à percer, se déplaçait sur la surface lisse du fleuve, masquant l'horizon. Ça donnait presque l'impression d'être coupé du monde. L'air était frais et chargé d'humidité. Tout avait une teinte grisâtre, comme un paysage après une bataille. Les pas de Kyle faisaient grincer le bois du ponton qui n'avait plus servi depuis des années. Plus personne ne venait ici sauf peut-être des camés et autres types louches. Le brouillard l'enveloppait en partie. Il avait l'impression de marcher vers l'infini, vers un lieu céleste pour rencontrer son créateur. Cette idée le fit frissonner et il releva le col de son blouson dont le dos était frappé de l'inscription **POLICE**.

Quelques pas de plus et des silhouettes sombres et incertaines se dessinèrent. Plus il avançait et plus leurs contours devenait plus net, jusqu'à les identifier clairement. La patrouille de nuit était arrivée la première sur les lieux et avait dû attendre qu'un enquêteur se déplace. Cela faisait trois heures qu'ils étaient censés rentrer chez eux pour rejoindre leurs femmes sous une couette chaude. En voyant Kyle apparaître, une expression de soulagement se dessina sur leurs visages. Il les salua brièvement pour se concentrer sur le but de sa venue. Un cadavre gisait à leur pied. Allongé sur le dos, il était difficile de l'identifier. La moitié gauche de son visage était arraché, sa tête reposait dans une bouillie sanguinolente. Une mare de sang s'était formée sur le bois humide et quelques gouttes tombaient par les interstices. La victime, visiblement en état de rigidité cadavérique, tenait fermement un pistolet dans sa main droite.

— Alors, demanda l'un des patrouilleurs, impatient de rentrer chez lui. Vous en pensez quoi ?
— Trop tôt pour donner mon verdict, répondit Kyle sans détacher son regard du cadavre.
— Moi je pense que c'est un suicide.
Agacé par la présomption hâtive du patrouilleur, il soupira.
— Que diriez-vous d'aller vous dégourdir les jambes ? Profitez-en pour en griller une.
Le visage du policier se crispa, vexé par le manque de considération. Mais il ne répondit rien et invita son collègue à le suivre d'un hochement de tête.
Enfin seul, l'enquêteur pouvait se mettre au boulot. Il sortit une paire de lunettes qu'il chaussa puis la synchronisa avec son portable. Il composa le numéro de son binôme, Tyler.
Son portrait s'afficha dans le coin gauche.
— Tyler ? C'est bon tu y es ?
— Oui.
— Il faudrait que tu envoies une équipe relever la patrouille de nuit.
— Je fais ça. Alors qu'est-ce qu'on a ?
Kyle regarda le cadavre que les lunettes affichèrent dans une surbrillance bleue. Ce qu'il voyait était retransmis sur l'ordinateur de Tyler. Depuis son bureau, il avait accès à des informations inaccessibles sur le terrain.
— C'est moche, fit-il remarquer.
— En effet. A première vue mort par balle. A bout portant tiré depuis la tempe droite vu le trou. La balle serait sortie de l'autre côté en emportant une partie de son visage. Il a une arme dans la main droite.
La surbrillance s'intensifia sur le pistolet.
— En effet, je la vois. Et le calibre pourrait correspondre.
Suicide ?

— Ça y ressemble.
— Si c'est maquillé c'est très bien fait.

Kyle se tourna vers le fleuve, en direction de la dernière vision possible de la victime.

— Pourquoi avoir choisi cet endroit pour le faire ?
— Il n'y a pas d'endroit précis pour ça. Peut-être qu'il voulait voir un dernier lever de soleil.
— Pour le coup c'est raté.
— Le suicide n'est pas une science exacte et encore moins l'esprit humain. Il y a un million de raisons pour qu'il ait choisi de le faire ici.

L'enquêteur l'observa un moment, se demanda ce qui pouvait pousser un homme à en finir ainsi. Les dettes ? Une peine de cœur ? Rien ne méritait de se faire exploser la caboche. C'était triste de voir jusqu'où le désespoir pouvait mener. Tyler avait sûrement raison, ce type avait voulu en finir.

— Tu peux l'identifier ? je veux dire malgré…
— Malgré qu'il soit méconnaissable tu veux dire ?
— C'est ça ?
— C'est en cours mais vois si tu peux trouver quelque chose sur lui. Attends, je demande l'autorisation.

Kyle attendit un moment. Il devait toujours attendre l'autorisation pour toucher un corps. Parfois il fallait que ce soit une équipe spécialisée, tout dépendait des circonstances de la mort.

— Autorisation accordée.

Kyle fouilla les poches dans un premier temps. En glissant sa main dans celle de la veste, il sentit un objet dur et plat. Un portable. Il tapota sur l'écran mais celui-ci resta noir.

— En le ramenant au poste nous pourrons le recharger et le déverrouiller.

L'enquêteur sortit de sa veste un sachet plastique pour y ranger le portable. Il referma ensuite le sac en expulsant le maximum d'air.

Ensuite il commanda sur son portable une livraison express. Il était trop loin pour le voir, mais un compartiment s'ouvrit sur le côté de sa voiture garée plus loin. Un drone se déploya et s'envola à une vitesse folle à quelques mètres du sol.

Kyle entendit le bruit de ses hélices approcher, ressemblant à celui d'un essaim de moustiques affamés. Arrivé à sa hauteur, l'appareil ouvrit une petite trappe pour qu'il y glisse le portable et l'arme de la victime. Après quoi le drone s'envola pour disparaitre dans la brume, en route vers le poste pour des analyses plus poussées.

Le policier remarqua que le brouillard se dissipait lentement. Quelques reliefs du paysage devenaient progressivement visibles. Après une poignée de minutes, il put voir nettement le pont qui séparait le centre-ville de la City, de la banlieue. Depuis le ponton la vue était magnifique, digne d'un fond d'écran. Il ne s'était pas rendu compte qu'il était si proche.

— Tyler, vérifie si l'une des caméras de surveillance du pont n'est pas braquée vers la berge. Peut-être aurons-nous une vision nette de ce qu'il s'est passé ici.

— En espérant qu'il n'y avait pas de brume à ce moment-là. Tu ne penses toujours pas qu'il s'agit d'un suicide ?

Kyle soupira.

— Et même si c'est le cas, tu ne voudrais pas savoir pourquoi c'est arrivé ?

— Notre boulot se cantonne à rapporter des faits, rien de plus. Pourquoi ce type a fait ça ? Malheureusement cela ne nous concerne pas.

Parfois il se demandait pourquoi les enquêtes n'étaient pas confiées à des IA. C'est vrai, pourquoi demander à des humains de se comporter en robots ? Dans chacune de ses enquêtes il ne devait faire preuve que de pragmatisme, sans jamais prendre en compte le côté humain. Chaque individu a sa propre façon de penser et de percevoir le monde. Tout être est différent et agit de façon qui lui est propre. Alors pourquoi remplir un tableau similaire pour chaque victime ?

Son travail s'arrêtait là, il avait collecté suffisamment de données pour que les experts au poste puissent en faire une synthèse et décider si oui ou non il s'agissait bien d'un suicide. La suite de l'histoire ne le concernait plus, sauf dans le cas où il y avait besoin d'appréhender un suspect. Mais ça faisait longtemps que ce n'était plus arrivé. La dernière fois qu'il avait sorti son arme remontait à des années. Et il l'avait juste sortie, le type avait pris peur et s'était rendu sans faire de vague.
Kyle entendit une alarme retentir, mais il comprit que ça venait du côté de Tyler.

— Un problème ?
— Il faut que tu te rendes en banlieue.
— La journée commence bien. C'est pourquoi cette fois ?
— Suicide.
— Tu déconnes ?
— Non, c'est la mère de la victime qui vient de nous contacter. C'est tout frais.
— Envoie l'adresse, je fonce là-bas. Le drone devrait arriver sous peu avec l'arme de la victime.
— OK, contacte-moi une fois sur place.

Il retourna à la voiture. En croisant les deux patrouilleurs à la mine dépitée, il les rassura qu'une relève était en route.
Il démarra et dut faire fonctionner les essuie-glaces pour retirer la pellicule de bruine sur le pare-brise.
Les batteries de la voiture étaient pleines aux trois quarts, largement suffisant pour tenir la journée. Il avança puis emprunta la rampe pour remonter au niveau de la route principale. Tyler lui envoya l'adresse où il devait se rendre et celle-ci entra directement dans le GPS de la voiture. Le portable de Kyle était lui aussi connecté à son véhicule. En arrivant au croisement, il tourna vers la droite, pour traverser le pont qu'il avait pu contempler d'en bas. Un bref coup d'œil lui permit de

voir qu'effectivement, il y avait des caméras de surveillance. Mais de là à savoir si elles étaient braquées vers le cadavre, il fallait attendre des nouvelles de Tyler.
Plus loin, un panneau holographique flottait à plusieurs mètres au-dessus de la route, entre deux piles du pont.
La City espère vous revoir bientôt.
Kyle n'aimait pas aller en banlieue. C'était systématiquement une expérience désagréable. Non pas qu'il ait une âme de snob à ne pas vouloir se frotter au bas peuple, mais c'était surtout qu'il en avait assez d'être le témoin de la misère. Le pont marquait clairement la frontière entre deux mondes.
A peine arriva-t-il sur l'autre rive que la différence se fit ressentir. L'odeur y était plus âcre, des montagnes de détritus jonchaient les trottoirs. Il n'était pas rare que des rats se faufilent parmi les passants. Avec le temps, ils avaient fini par ne plus être considérés comme nuisibles mais comme la faune du quartier. Une ambiance sombre régnait ici. Les cheminées polluantes des usines masquaient le ciel d'un voile gris. Les pluies étaient sales, chargées de particules lourdes. La cause principale de mortalité ici était due aux maladies respiratoires, notamment chez les plus jeunes.
Le GPS l'invita à pénétrer plus profondément dans ce monde misérable. Au loin, il aperçut les méga-building. De véritables villes verticales hautes de centaines de mètres, logeant pas moins d'un million d'habitants par structure.
Kyle se gara sur une place de parking, puis informa Tyler qu'il était arrivé. Ce dernier lui envoya la géolocalisation du lieu du drame afin qu'il puisse être guidé grâce à son portable et continuer à pied vers la Tour 02. En sortant de la voiture, il leva les yeux au ciel.
Le méga-building se dressait tel un colosse de béton et d'acier, rejoignant les cieux voilés de pollution. Ses contours étaient indistincts, se perdant dans la brume grisâtre qui l'entourait, évoquant une silhouette fantomatique. Les néons dysfonctionnels qui parsemaient ses parois extérieures projetaient une lueur tremblotante,

donnant à la structure une apparence fragile et presque surnaturelle. Les étages s'empilaient les uns sur les autres comme des couches de sédiments urbains. Des enseignes lumineuses clignotaient avec des publicités holographiques, créant un kaléidoscope de couleurs et de messages. La façade du bâtiment était couverte de graffitis.
En traversant le parking, il évita le regard appuyé des banlieusards, se demandant s'il n'aurait pas été préférable de retirer son blouson de police. Mais tout le monde savait déjà pourquoi il était ici, alors ils le laissèrent tranquille. Malgré une équipe de sécurité dans les méga-building, l'uniforme était assez mal vu dans le coin. Ici, personne n'aimait que l'on mette son nez dans ses affaires.
Le GPS le conduisit au pied de la structure, côté nord. Ensuite il n'eut plus besoin de consulter son portable. Une foule s'était amassée derrière un ruban jaune holographique délimitant la zone à ne pas franchir. Si l'un d'eux décidait tout de même de tenter sa chance, une alarme retentirait.
L'inspecteur dut jouer des coudes et des épaules pour se faufiler parmi la foule puis franchit le ruban. L'autorisation installée sur son téléphone lui permettait de ne pas déclencher l'alarme. Le cadavre gisait sous une bâche afin de ne pas être exposé aux yeux de la foule. Trois agents de sécurité de la Tour 02 portaient l'uniforme renforcé et le casque frappé de l'inscription 02. L'un d'eux s'approcha pour l'accueillir.

— Nous avons tout quadrillé et sécurisé en attendant votre arrivée, lui dit-il avec fierté.
— Bon boulot merci. Ça donne quoi là dessous ? demanda-t-il en désignant la bâche du menton.
— C'est moche. Je vous laisse imaginer l'effet du choc avec une chute de plusieurs centaines d'étages.

Kyle leva à nouveau les yeux vers le sommet de la tour, comme pour s'imaginer plus précisément le plongeon.

— Des témoins ?

— La mère oui, elle est en état de choc. Plusieurs de nos gars sont là-haut.
— Elle a vu quoi exactement ?
— Qu'il a plongé.

Il soupira puis s'accroupit, observant la bâche un moment puis attrapa un coin pour la soulever. L'agent de sécurité lui saisit doucement le poignet pour stopper son geste. L'enquêteur le dévisagea, visiblement outré par son geste.

— Inspecteur. Il y a des enfants qui nous regardent. Je vous l'ai dit ce n'est vraiment pas beau. Vous n'en tirerez rien.

Kyle se racla la gorge puis renonça. L'agent avait raison il ne tirerait rien d'un homme transformé en viande hachée.

Il se leva puis s'éloigna du corps pour contacter Tyler.

— Je suis sur place.
— Alors ?
— Il y a trop de monde ici pour analyser le corps. Il faut que tu envoies un Medi-Vac pour le ramener au poste.
— Je te fais ça.
— Je vais monter pour recueillir le témoignage de la mère et en apprendre plus.

Kyle informa les agents de sécurité que le corps serait bientôt évacué et qu'il comptait sur eux pour que l'opération se déroule au mieux. Il demanda également que l'un d'eux se porte volontaire pour le conduire à la mère.

Il suivit l'agent en armure jusqu'à l'entrée de la Tour 02.

L'intérieur de la Tour 02 était un dédale complexe de couloirs sombres, de halls d'entrée délabrés et de niveaux empilés les uns sur les autres, engendrant une atmosphère de claustrophobie urbaine. L'obscurité était omniprésente, seuls quelques néons vacillants éclairaient sporadiquement les espaces. L'odeur de l'humidité et de la crasse flottait dans l'air, mêlée à des effluves de cuisine bon marché. Les couloirs étaient étroits et sinueux, bordés de portes métalliques défraîchies menant à des appartements manifestement exigus. Les murs étaient tagués de graffitis aux couleurs vives et phosphorescentes, créant un contraste frappant avec la grisaille environnante. Des écrans publicitaires défectueux projetaient des images pixelisées et des slogans obsolètes, rappelant un temps révolu. Les ascenseurs, des boîtes de métal usées qui grondaient à chaque arrêt, formaient l'épine dorsale de la tour. Ils étaient surchargés de résidents qui montaient et descendaient sans relâche, chacun portant le fardeau de sa propre existence dans ce gigantesque édifice.

Au centre du hall principal, Kyle fit un tour sur lui-même pour constater la présence de nombreux commerces. Il y avait tout ce dont les habitants avaient besoin pour vivre en autarcie, les méga-building se suffisait à eux-mêmes.

L'agent le conduisit jusqu'à un ascenseur, assez grand pour contenir trois voitures, puis composa le numéro de l'étage souhaité.

L'inspecteur ne l'avait pas remarqué tout de suite mais un type était assis dans un coin, baignant dans une flaque de pisse, une bouteille vide de whisky à la main. La tête appuyée contre son épaule, sa bouche entrouverte laissait s'échapper un filet de bave. Voyant le regard insistant du représentant de la Police, l'agent le rassura.

— Ne vous en faites pas, ça fait trois jours qu'il est ici.
— Mais il est vivant au moins ?
— Bien sûr.
— Et vous ne faites rien ?
— Mon boulot c'est de maintenir la sécurité. Si je devais raccompagner tous les poivrots, il faudrait créer un organisme spécialisé et y consacrer la journée. Il ne fait de mal à personne.

Kyle trouvait encore le moyen d'être surpris, à chaque fois qu'il venait ici il apprenait une nouvelle histoire.

Lorsque l'ascenseur stoppa au centième étage, il émit un son métallique inquiétant, comme si le câble était en train de s'arracher. Mais l'agent ne semblait pas en être perturbé alors Kyle se dit que c'était quelque chose de tout à fait normal.
L'étage était bondé de monde et un concert de discussions inintelligibles emplissait l'air. Des enfants couraient et sautaient. Kyle remarqua leurs visages crasseux malgré la faible luminosité. Il semblait qu'une file d'attente soit en train de se former.
— Les résidents de cet étage connaissent bien la victime, expliqua l'agent. Ils viennent présenter leurs condoléances.
— Je comprends, mais ça fait beaucoup de monde non ? Je veux dire, c'est tout frais, ils ne veulent pas attendre.
— La mère est très appréciée. Elle fait partie du conseil de la Tour 02.
— Le conseil ?
— Oui, il faut bien gérer cette montagne de ciment.
Justement, il avait l'impression que ce bâtiment était laissé à l'abandon. Il était difficile de croire qu'un conseil se réunissait pour décider des priorités dans cette tour. Pour lui, les résidents méritaient d'être évacués vers une zone résidentielle plus sûre. Lui-même, emprisonné dans ce château de cartes, avait peur que le toit ne lui tombe sur la tête.
La queue jusqu'à l'appartement s'étendait sur plusieurs dizaines de mètres, cela semblait démesuré. Ils pouvaient très bien présenter leurs condoléances un autre jour.
L'agent le conduisit jusqu'à l'entrée. Le policier s'annonça et expliqua que les visites seraient momentanément interrompues.
L'appartement de la victime était relativement petit avec des couloirs étroits et un agencement qui n'était pas des plus confortables. Même pour y vivre seul, il ne s'imaginait pas y emménager. Il se surprit à penser comme un bobo du centre-ville.

En pénétrant dans le logement, le couloir qu'il emprunta déboucha sur la pièce à vivre. Une femme à la peau sombre pleurait en se cachant le visage dans ses mains. Une autre femme, assise en face d'elle, aperçut Kyle entrer et eut du mal à contenir un sursaut.
— Je suis de la police, dit-il pour calmer les tensions. J'aurais quelques questions à vous poser.

La mère abaissa ses mains pour dévoiler un visage déformé par le chagrin. Elle hocha la tête puis tapota sur le poignet de l'autre femme pour lui suggérer de partir.

La visiteuse se leva malgré elle, avec visiblement l'envie de rester.
— Je vous écoute, dit la mère en allumant une cigarette.

Sa voix était rocailleuse sans doute due à des années de tabagisme.
— Pour les besoins de l'enquête et pour votre propre protection, je dois vous demander l'autorisation de filmer cette entrevue. Elle sera stockée dans notre base de données afin de pouvoir la consulter en cas de nécessité.

Elle hocha la tête une nouvelle fois, des volutes de fumée de cigarette stagnait autour de sa silhouette.

Kyle enfila ses lunettes puis appela Tyler. Ce dernier ne dit rien, attendant que commence les questions.
— J'ai besoin de connaître votre nom.
— Khadija Diop, répondit-elle dans un soupir.

Madame Diop fixait ses doigts comme s'il était impossible de regarder le policier dans les yeux. Une forme de pudeur, de tristesse qu'elle ne souhaitait pas montrer.
— Madame Diop, j'ai besoin de comprendre ce qu'il s'est passé. Je sais que parfois le choc ne permet pas de….
— Je me rappelle très bien, le coupa-t-elle brusquement. Comme d'habitude Samba s'était levé plus tôt que moi. C'était un bon petit. Il me préparait toujours mon café.

Elle peina à contenir un sanglot.

— Depuis que son père n'est plus de ce monde il a pris sa place, en s'occupant très bien de moi. Le fils parfait. Je ne comprends pas ce qu'il lui a pris. En me levant le café était chaud, il venait de remplir ma tasse. Mais j'ai senti un courant d'air froid. C'est là que j'ai compris que la fenêtre était ouverte.

Elle indiqua la porte fenêtre du salon donnant sur un minuscule balcon. A peine grand pour une personne. Le même béton brut que le reste de la tour faisait office de rambarde.

— Je le revois debout sur le rebord, les bras le long du corps. A ce moment-là, j'étais comme paralysée, incapable de parler ni de courir vers lui.

A présent des larmes ruisselaient sur ses joues.

— Je le revois basculer en avant. Je pense qu'à ce moment-là j'ai perdu connaissance.

Kyle ne répondit rien, patientant pour que madame Diop se calme un peu. Raconter un événement aussi traumatisant est une épreuve, il fallait qu'il se montre patient pour tirer quelque chose de cette entrevue.

Khadija Diop se moucha bruyamment puis sécha ses larmes du revers de sa main.

— Quel âge avait-il ?

— Dix-sept ans.

— Y aurait-t-il une raison pour que …Vous savez ?

— Pour que mon fils se suicide ?

Il hocha la tête.

— Je ne sais pas tout ce qu'il faisait de sa vie. Aucun parent ne le sait vraiment. En revanche, ce que je sais c'est qu'il avait de très bonnes notes à l'école. Il n'arrêtait pas de me répéter qu'il ferait tout pour nous faire quitter cet endroit. Pour vivre mieux. Il était serviable, pas seulement avec moi. C'était quelqu'un d'apprécié.

— J'ai cru comprendre que vous avez un rôle important au sein de cette tour.
— Important. Un bien grand mot. Tout le monde est remplaçable. J'aide du mieux que je peux. C'est sans doute ce qui plaît aux résidents.
— Il y a une file d'attente pour vous rencontrer, lui dit Kyle en pointant son pouce au-dessus de son épaule.
— Oui, c'est bien aimable à eux. Mais j'aurais besoin de rester seule un moment. Pourtant, je ne peux pas non plus refuser de recevoir leur bienveillance. Vous feriez quoi à ma place ?

Il n'avait pas d'enfant et ne savait pas dans quel état émotionnel il serait après un tel évènement. Il serait sans doute abattu, tout comme elle. Quand il n'était pas au top de sa forme, il recherchait davantage la solitude.

— Je pense que je préférerais être seul moi aussi. Vous voulez que je prétexte que les visites sont annulées pour cause d'enquête ?
— Vous feriez ça ?
— C'est la moindre des choses.

Elle hésita un moment en observant le plafond.

— Je pense que je vais accepter alors. Je vais appeler une amie et rester avec elle uniquement.
— Très bonne idée. Pour en revenir à votre fils, pardonnez-moi j'ai encore une question. Avait-il des fréquentations louches ?
— Louches ?
— Je veux dire, nous avons tous dans notre entourage quelqu'un avec des idées noires.
— J'ignore pourquoi mon fils a décidé d'en finir avec la vie. Je pensais qu'il était tout de même heureux malgré notre condition. En tous cas j'aimerais le croire.

Kyle acquiesça puis observa la pièce. Ses lunettes connectées lui permettaient de scanner chaque centimètre de l'appartement et d'analyser en une fraction de seconde chaque détail.
— Vous n'osez pas me demander pour faire un tour, lui dit-elle en le regardant faire.
— Certaines personnes n'aiment pas que l'on s'immisce dans leur sphère privée. Surtout dans ces circonstances.
Elle lui fit un sourire, bienveillant et fatigué à la fois.
— Allez-y, le temps que je contacte mon amie.
Il se leva puis parcourut l'appartement de fond en comble, récoltant le maximum de données pour analyse.
Tyler, qui était resté silencieux jusqu'à présent, lui donna quelques directives.
— Il faudrait que tu scannes la piaule du gosse aussi.
— C'est vers là que je me dirige.
A l'autre bout du couloir, il entendit les pleurs étouffés de madame Diop, sans doute en ligne avec son amie. Sur une porte était placardées des affiches de rappeurs tatoués à outrance ainsi que des tags surcolorés. Il comprit que c'était la chambre de Samba.
A l'image de la description de sa mère, comme tout bon garçon, la chambre était bien rangée et le lit fait. Kyle se dit qu'il avait pris la peine de le faire malgré son projet de se jeter du balcon. Il entra silencieusement, comme s'il était déjà dans la chambre funéraire, puis regarda dans chaque coin. Ses mouvements de tête n'étaient pas naturels, il fallait que tout soit aligné avec les lunettes et ses yeux. Le logiciel d'analyse prit plus de temps pour scanner le bureau, jonché de feuilles volantes, sans doute des cours. Il y avait également un ordinateur, des cartes de visite, un cadre numérique et un casque audio plutôt obsolète.
— Nous avons suffisamment de données, lui dit le portrait de Tyler dans le coin inférieur des lunettes. Tu peux partir. Le Medi-Vac a déjà évacué le corps de Samba Diop.

— Attends, il faut en apprendre plus pour…
— Notre boulot consiste à établir des faits, Kyle. Nous avons le témoignage de la mère, c'est un suicide et c'est tout, fin de l'affaire.
— Mais il faut savoir ce qui a poussé ce gosse à sauter !
— Personne n'en a fait la demande, nous avons récolté assez de données si jamais quelqu'un veut se pencher sur cette affaire. Tu sais combien ça coute ce genre d'enquête ?
— Ça va j'ai compris.

Kyle en avait marre de ne jamais pouvoir aller plus loin. Son boulot ne servait qu'à réunir des faits et c'était tout. Si quelqu'un lâchait un paquet de dollars pour comprendre pourquoi le fils Diop avait sauté, alors seulement là l'enquête serait plus poussée. C'était toujours comme ça pour les suicides. En cas de meurtre, c'était différent. L'enquête était automatique car quelqu'un de dangereux pour la société était en liberté. Jamais personne ne payait pour des suicides, et même si ça servait à comprendre pourquoi la victime l'avait fait, ça ne la ramenait pas à la vie. C'était aussi binaire que ça.

Mais deux suicides dans la matinée ça faisait beaucoup. Trop pour une coïncidence, bien qu'il n'y ait aucune correspondance visible entre les deux.

L'inspecteur ferma la porte, comme pour respecter ce sanctuaire puis annonça à Khadija Diop que l'entrevue était terminée. Il retira également ses lunettes puis se rendit sur le balcon pour regarder en contrebas. C'était si haut que le sol était invisible, masqué par un voile gris de brume polluée. Il se dit que ça avait sans doute facilité la tâche du gosse de ne pas se rendre compte de la hauteur. De simplement se jeter vers l'inconnu jusqu'à un arrêt brutal.

Kyle soupira, navré qu'une personne si jeune n'ait pas eu le courage d'affronter ses problèmes et d'entrevoir une lueur d'espoir.

Comme promis, il annonça en sortant que les visites étaient terminées et tout le monde retourna à sa vie, certains en râlant.

Le policier fut raccompagné jusqu'à l'entrée par l'agent de sécurité.
— Comment va-t-elle ? demanda ce dernier.
— Comme quelqu'un qui vient de perdre son fils à l'heure du café.
— Je comprends. Terrible manière de commencer la journée.
— Je ne vous le fais pas dire. Il va falloir l'aider. C'est une gentille femme.
— Je le sais. Mais malheureusement ma fonction m'interdit de nouer des liens avec les résidents. Ça doit rester strictement professionnel.
— Allons vous allez me dire que vous n'avez jamais flirté avec une résidente ?

L'agent ne pipa mot.

— Si vous savez rester discret pour ça, vous saurez le faire pour la bonne cause.

L'agent pressa le bouton pour appeler l'ascenseur.

— Et vous, inspecteur, vous allez faire quoi pour l'aider ?

Kyle le fixa un moment dans les yeux, il y avait une sorte de défi dans sa question.

— Je vois ce que vous voulez dire. En effet, l'enquête n'ira pas plus loin vu que c'est un suicide.
— Madame Diop est quelqu'un de remarquable, elle mérite un traitement de faveur.
— Je suis d'accord, mais malheureusement personne ne paiera pour enquêter sur le petit Samba.

L'ascenseur arriva et le type qui baignait dans sa propre urine dormait toujours.

— Nous vivons une époque malheureuse, fit l'agent de sécurité.
— L'Etat estime que le seul coupable dans le suicide est la victime elle-même. Ce qui n'est pas forcément faux
— Mais Samba n'avait rien d'un suicidaire.

— Comme dans la majorité des cas, ceux qui le font vraiment ne préviennent pas. Ceux qui préviennent lancent en vérité des appels à l'aide.

Kyle essayait de se rassurer avec cette phrase nuancée.

— Je ne pense pas que ça soit aussi simple que ça, désapprouva l'agent.

— Et vous avez bien raison. Le problème dans cette histoire c'est que tout le monde se fout du suicide d'un gosse de banlieue. Ils diront que c'est quelque chose de courant, que ce sont les conditions de vie qui poussent les gens à en finir.

— Et vous pensez que c'est le cas.

L'inspecteur soupira.

— Non. A moins que sa mère ne sache rien de son fils.

L'ascenseur arriva au rez-de-chaussée où il y avait plus de vie que précédemment.

Les deux hommes se dirigèrent vers la sortie. Au moment de faire un pas à l'air libre, l'agent l'interpella une dernière fois.

— Vous n'allez donc rien faire ?

— Comme à chaque fois et ce n'est pas pour me plaire. Bonne continuation.

Kyle lui tourna le dos, honteux de ne rien pouvoir faire de plus. Que pouvait-il faire de toute manière ?

En montant dans la voiture, il jeta un dernier coup d'œil à la Tour 02, comme si cette structure renfermait des secrets qui ne seraient jamais dévoilés.

L'écran de bord afficha un appel de Tyler, encore.

— J'ai réussi à avoir les vidéosurveillances du pont. Tu vas être content, il y a une vue dégagée sur la berge. Je t'envoie ça.

Il se pencha pour mieux voir les images de mauvaise qualité. L'homme qu'il avait vu quelques heures plus tôt se tenait debout contemplant l'eau. A un moment, il porta une arme jusqu'à sa tempe et tira, sans une once d'hésitation. Un mouvement précis et mécanique.

Une partie de son cerveau éclaboussa le pont et la surface de l'eau, comme de l'appât que l'on aurait jeté aux poissons.
— Affaire classée, dit maladroitement Tyler. Il s'agit bien d'un suicide. Il s'appelait Brendan Clark. Les deux corps sont à la morgue. Si personne ne réclame d'enquête approfondie, ils seront incinérés.
— Ok Tyler, merci pour l'info.
Kyle raccrocha en pressant le bouton avec une pointe de lassitude dans le geste. Il se demandait si son désir d'en savoir plus était juste de la curiosité mal placée. Après tout, pourquoi tenter de rentrer dans l'esprit des victimes pour savoir ce qui les avait poussées à en finir ? Pour ne plus que ça recommence répondit sa conscience. Samba était jeune, légèrement plus que Brendan. Il fallait comprendre pourquoi ces gamins avaient décidé de se tuer. Ce n'était pas rare, mais ça faisait beaucoup en si peu de temps. Mais s'il décidait d'aller sur cette voie, il ne pourrait plus faire machine arrière. Cela impliquait d'accéder à des données réservées aux enquêteurs et de le faire en toute discrétion. Tyler serait là pour l'emmerder, c'était une certitude. Trop carré, trop respectueux des règles et des procédures. Il devrait faire sans lui.

Kyle démarra la voiture puis regarda une dernière fois le méga-building qui se dressait devant lui, se faisant la promesse de résoudre le mystère autour de Samba.

CHAPITRE 02

Finalement, Thomas était rentré chez lui quelques heures après que Sarah l'ai quitté, et après avoir failli se jeter d'un pont. Il avait fait tout le chemin à pied, sous la pluie, en direction de la banlieue. Les transports en commun circulaient toute la nuit mais pourtant il avait préféré le froid et la solitude. La pluie fine sur son visage encore engourdi par l'alcool lui faisait le plus grand bien : l'impression de se laver de ses idées noires.

Sur le point de se jeter dans les eaux sombres du fleuve, il n'avait pas imaginé la suite de sa vie. Elle était censée s'arrêter là, point. Plus de projet, plus de peine ni de souci, une délivrance. Pourtant le fait qu'un simple inconnu vienne lui parler et lui donner une carte avec soi-disant la solution miracle, avait suffi à stopper son geste. Peut-être qu'il n'était pas si déterminé à en finir tout compte fait. Entrevoir une porte de sortie à tous ses problèmes lui avait procuré un regain de motivation. Restait à déterminer si oui ou non Réminiscence était du pipeau et s'il s'était fait avoir par un commercial. Et si c'était le cas, reviendrait-il sur ce pont pour terminer ce qu'il avait commencé ?

Il était incapable d'y réfléchir tant la fatigue lui embrumait le cerveau. Il avait besoin d'une bonne nuit de sommeil. Il enverrait un message à son patron le matin pour se porter pâle. Il profiterait de ce répit pour aller faire un tour dans le centre-ville et voir cette fameuse entreprise bienfaitrice.

Il vivait dans un méga-building, la Tour 04 plus précisément. A cette heure de la nuit, il y avait de la vie mais beaucoup moins qu'en journée. Seuls quelques bars autonomes gérés par des IA restaient

ouverts pour satisfaire tous les ivrognes cherchant à noyer leur triste existence dans l'alcool. En passant devant, Thomas les jugea du regard mais se rappela qu'il n'était pas si différent d'eux. Pas forcément pour la mine qu'il s'était prise dans le bar, ce qui était rare, mais dans le sens où il avait souhaité lui aussi s'évader. A sa manière bien entendu. En franchissant le seuil de chez lui, il avait retenu sa respiration de manière inconsciente. Comme s'il s'attendait à voir Sarah ici, et paradoxalement s'inquiétait aussi de ne pas la voir. Curieux sentiment. Ceci dit, une part de lui n'était pas mécontente de son absence, ne souhaitant pas qu'elle le voit dans cet état. S'il avait l'espoir de la reconquérir, ce ne serait pas avec des yeux larmoyants, la morve au nez et une haleine qui empestait l'alcool.
Sarah n'était pas là.
Les lumières étaient éteintes, tout comme l'écran télé fixé en hauteur. Ce petit détail avait toute son importance car ce n'était jamais arrivé. Sarah arrivait systématiquement avant lui du travail. Il n'avait connu que rarement son appartement dans le noir et le silence.

— Je suis rentré, dit-il d'une voix enrouée.

L'IA reconnut son timbre puis alluma les lumières ainsi que le téléviseur, selon les paramètres qu'il avait établis.
Thomas se dirigea immédiatement vers la chambre, il avait besoin de savoir maintenant. Bien qu'il s'y attendit, la confirmation que le côté du placard de Sarah était vide lui fit l'effet d'un coup de poing dans l'estomac. Il en perdit l'équilibre et se vautra sur le lit défait. Les larmes lui montèrent à nouveau aux yeux et il se laissa aller à de longs sanglots incontrôlables.

Sans s'en rendre compte, à force d'épuiser son corps à pleurer, il avait fini par s'endormir de fatigue. Ressasser de bons souvenirs dans ces circonstances avait tendance à faire plus de mal qu'autre chose. Le sommeil le libéra quelques heures de cette peine. En émergeant, réveillé par la lumière blanche du jour, tout cela semblait irréel, comme un cauchemar qui avait pris fin. Mais la réalité le rattrapa

aussitôt suivi de la douleur qui allait avec. La peine se manifestait aussi avec des douleurs physiques et il était en train de s'en rendre compte. Jamais il n'avait eu aussi mal.
Il fouilla dans sa poche à la recherche de son portable. Aucun message. Mais il se rendit compte qu'il était censé être au travail depuis deux heures et n'avait pas encore prévenu son patron. Son pouls s'accéléra avec ce pic de stress. Il composa le message, en y mettant les formes et jouant la comédie, puis attendit la réponse. Il savait à quoi s'attendre, mais il avait besoin de la lire pour passer à autre chose. En sortant le portable de sa poche, il avait fait tomber la carte de visite de Réminiscence sur le drap chiffonné. Il la ramassa puis contempla à nouveau l'animation. Il allait prendre le temps pour se réveiller. Manger n'était pas envisageable tant sa gorge était nouée par le chagrin. Ensuite il se rendrait là-bas.
La réponse de son patron fut rapide, il devait sans doute surveiller son portable.

Thomas, je suis très déçu par votre attitude. Le fait de vous contenter du minimum d'une part et puis ce coup de couteau planté dans le dos de l'entreprise d'autre part. J'en informerai la direction et attendez-vous à des sanctions dans les jours à venir. Vous n'imaginez pas la chance que vous avez de pouvoir travailler sous le label " qualité humaine". Beaucoup aimeraient avoir votre place et je parle de personnes bien plus compétentes que vous. Ressaisissez-vous !!!

Thomas s'attendait à une réponse de ce genre. Monsieur Whitlock était fidèle à lui-même.
Qualité humaine, une chance ? Triste blague. Travailler des heures durant, à répéter la même chose, et ce à vitesse accélérée afin de rattraper le retard par rapport à une IA, il osait appeler ça une
chance !

Le label obligeait les salariés à travailler dur, presque au-delà des limites du supportable. Thomas avait fait la blague une fois d'appeler ça Labeur Qualité Inhumaine. Ça avait fait rire Sarah.
Il peut se les mettre où je pense ses sanctions !
Thomas décida de ne pas s'en inquiéter. Il avait lu quelque part que l'inquiétude, c'était comme ouvrir un parapluie en attendant que la pluie tombe.
Il se rendit dans la salle de bain afin de prendre une douche revigorante, espérant que les effets de l'alcool dans son organisme s'estompent. En entrant il avait remarqué que les affaires de Sarah n'y étaient plus non plus. C'était terrible que chaque centimètre carré de cet appartement le ramène constamment à elle. Il se doucha, longuement, en se retenant de craquer une nouvelle fois.
Mais où est-elle ?
Cette question avait surgi dans son esprit alors qu'il appréciait l'eau chaude sur son visage et devenait à présent une obsession.
Était-elle partie chez une amie ? Chez ses parents ? Pendant un moment, il se demanda si elle n'avait pas dormi dehors mais secoua la tête pour chasser cette idée.
A peine sorti de la douche, il s'enroula à la va-vite dans une serviette puis se précipita vers la chambre. Il trempa le carrelage au passage, manquant de glisser sur cette courte distance. Il ramassa son portable laissé sur le lit puis chercha le numéro des parents de Sarah dans son répertoire.
Ça sonnait, sans jamais décrocher.
Il réitéra l'appel, cinq fois, sans plus de succès. Sarah avait dû leur donner la consigne de ne pas répondre. Et ce ne serait pas pour déplaire à son paternel, lui qui n'avait jamais pu encadrer Thomas. Pour lui, le fait que Thomas ne fasse pas le nécessaire pour sortir sa fille de ce taudis voulait dire qu'il ne la méritait pas.
Et de toi on en parle, enfoiré ?
Thomas lâcha son portable sur le matelas avec une attitude de dégoût dans le geste puis enfila des vêtements propres.

Par habitude il se rendit dans la cuisine pour avaler un truc avant de partir, mais il sentit sa gorge si nouée qu'il lui serait impossible de faire passer quoi que ce soit de solide. Cependant un verre d'eau fraîche lui fit le plus grand bien.

Il approcha de la fenêtre. Son appartement était à une altitude frôlant la surface inférieure de la brume quasi permanente. Ce qui lui permettait de voir le sol contrairement à ses centaines de milliers de voisins du dessus. Son attention fut attirée par un Medi-vac qui semblait vouloir atterrir au pied de la Tour 02. Il ne distinguait pas très bien ce qui se passait à cette distance mais il y avait un attroupement important. Il haussa les épaules face à cette scène tout de même inhabituelle puis s'en alla.

Le trajet en City-express jusqu'au centre-ville fut long à cause de la peur que quelqu'un du boulot ne le reconnaisse et ne le dénonce à son patron. Il se disait à lui-même qu'il s'en moquait mais avait une once de crainte qui persistait. Un bonnet enfoncé sur sa tête, il espérait se promener incognito. Mais à cette heure, il y avait beaucoup moins de monde dans les transports en commun, le plus gros de la population était déjà au travail, s'usant à la tâche pour le profit de petits patrons comme monsieur Whitlock.

L'adresse sur la carte de visite le conduisit jusqu'à une ruelle peu animée, loin des enseignes de grandes marques et des restaurants sélects. A l'ombre des immenses buildings, les néons et les pubs holographiques apportaient des couleurs chaudes dans ce décor fait de béton et d'acier. Bien que la rue soit excentrée du cœur de ville, il y avait une concentration importante de piétons.

Mais ces gens n'ont pas de boulot ? se demanda Thomas.

Lui qui passait six jours sur sept au travail en y consacrant parfois plus de dix heures par journée, il avait du mal à comprendre cette liberté dont jouissaient les autres. Il ne saisissait pas que tous n'avaient pas le même mode de vie que lui et à cette idée, il ressentit une pointe de jalousie. Les gens autour de lui avaient le temps de se promener. Ils ne marchaient pas au même rythme soutenu que lui. Ils regardaient autour d'eux tandis que Thomas avait plutôt tendance à fixer ses pieds en marchant. Le dos voûté comme s'il portait la misère du monde sur ses épaules.

En levant les yeux il reconnut le logo de Réminiscence, le crâne noir avec l'ampoule. L'hologramme diffusait la même animation que la carte de visite, impossible à rater.
Sur la façade il n'y avait rien, aucune information, juste une vitre fumée pour masquer l'intérieur. Thomas hésita un moment avant d'entrer, épiant chaque centimètre pour repérer le moindre danger. Pendant un moment il se demanda vers quel traquenard l'avait envoyé l'étranger. Il était même sur le point de tourner les talons pour rentrer chez lui et affronter ses problèmes seuls. Mais la porte automatique s'ouvrit et un homme sortit. Il souriait et avait une démarche enjouée, comme s'il venait d'apprendre une bonne nouvelle.
Une promotion ?
Si cet endroit était véritablement un piège pour dépouiller les malheureux visiteurs alors pourquoi cet homme souriait-t-il en sortant ?
Thomas se trouva ridicule, voire un peu parano, mais mit tout ça sur le dos de ce qui lui arrivait.
Il vérifia une nouvelle fois que personne de l'observait puis entra.

L'intérieur était très propre mais très monotone. Sol gris et murs gris. Thomas avait l'impression d'avoir un rendez-vous médical. En vrai ça y ressemblait, soi-disant qu'ici ils donnaient des prescriptions contre le suicide. N'empêche que ce gris ton sur ton n'incitait pas à la gaité. Il n'y avait personne pour l'accueillir, d'ailleurs il n'y avait pas de comptoir. Juste un alignement de portes numérotées en rouge de 1 à 7. Sans bien comprendre ce qu'il devait faire, il fit un tour sur lui-même à la recherche d'un affichage ou bien de quelque chose pour l'aiguiller.
Il remarqua au sol une ligne rouge avec écrit : *marchez ici.*

Thomas posa son pied avec méfiance. Comme si une mine allait le faire exploser. Mais rien de dangereux ne se produisit. C'était simplement la mise en route de l'accueil.
Une voix féminine mais artificielle se fit entendre et Thomas comprit qu'il s'agissait d'une IA.
— Bienvenue à Réminiscence. Avez-vous rendez-vous ?
— Non, répondit-il un peu mal à l'aise.
— Très bien, dans ce cas je vous invite à vous rendre à la porte numéro 4.
Thomas se posta devant la porte en question et celle-ci coulissa automatiquement. Entrant dans une petite pièce sombre, il se demanda encore ce qu'il faisait là. Quelques LED de faible intensité lui permettaient de se repérer mais ce n'était pas suffisant pour tout voir en détail. Il distinguait de nombreux câbles qui pendaient du plafond. Les rails n'étaient pas assez larges pour les contenir tous. Au centre, un fauteuil confortable en cuir noir l'attendait. La voix lui demanda de s'asseoir.
En position semi-allongée, il remarqua d'autres câbles encore, ainsi qu'un objet qui ressemblait curieusement à un casque.
— Bonjour Thomas.
Il ne fut pas surpris que l'IA connaisse son nom. Maintenant, grâce aux portables, chaque individu était identifié et nommé même pour des pubs. C'était dans la charte que devait obligatoirement accepter chaque possesseur de portable, autant dire tout le monde.
— Selon notre base de données, c'est la première fois que vous entrez dans un centre de Réminiscence.
— Exact, répondit-il.
— Alors dites- nous, en quoi nous pouvons vous aider ?
Thomas hésita. Fallait-il se montrer sincère avec cette IA ? Ce serait tellement plus facile d'avoir affaire à un humain. A quelqu'un avec des émotions et un cœur qui bat. Quelqu'un pour le comprendre

sincèrement et pas seulement lui répondre selon une ligne code, perdue dans les méandres de câbles et de circuits imprimés.
Alors quoi, c'est ça les nouveaux psys ?
Devait-il se comporter comme s'il s'adressait à un humain ? Jouer le jeu jusqu'à s'en convaincre lui-même, ceci afin que l'illusion soit parfaite ?
Il était sur le point de se jeter d'un pont la veille, c'était comme si tout ce qu'il avait vécu depuis ce moment était un bonus, une chance de faire différemment. Alors qu'avait-il à perdre ?

— Un inconnu m'a dit qu'en venant vous voir, je serais plus heureux. répondit-il simplement.
— Je comprends que vous cherchiez à améliorer votre bien-être. Réminiscence propose des sessions virtuelles qui permettent de revisiter des souvenirs heureux pour améliorer votre humeur. Comment puis-je vous aider ou répondre à vos questions à ce sujet ?
— Mais comment faites-vous pour avoir accès à mes souvenirs ?
— Nous n'accédons pas directement à vos souvenirs. Au lieu de cela, nous utilisons des techniques de rétro-ingénierie basées sur les informations que vous nous fournissez. Ces informations incluent des détails sur des événements passés de votre vie et des émotions que vous ressentiez à l'époque : des lieux, des personnes impliquées, etc. À partir de ces informations, nous créons une expérience de réalité virtuelle qui vous permet de revivre un souvenir heureux de manière contrôlée. Il est essentiel de noter que nous respectons votre vie privée et ne partageons ni ne conservons vos données après la session.
— Donc vous avez besoin de me poser des questions pour avoir accès à mes souvenirs affirma-t-il.
— Exact. Nous avons besoin de recueillir autant d'informations que possible pour recréer avec précision un souvenir heureux.

Cela signifie poser des questions sur les détails de l'événement que vous souhaitez revivre, vos émotions à l'époque, les personnes présentes, le lieu, etc. Plus les informations que vous nous fournissez sont précises, plus l'expérience de réalité virtuelle sera réussie pour vous. Nous respectons bien entendu votre vie privée et la confidentialité de vos informations.

— Ma copine vient de me quitter et je le vis très mal. Je me demande bien quel souvenir heureux vous allez pouvoir me faire revivre.

Thomas avait du mal à saisir comment une machine pourrait comprendre un sentiment amoureux. Et qui plus est comprendre un chagrin d'amour, vivre la perte d'un proche que ce soit par une rupture ou par un décès. La théorie et la pratique sont deux choses différentes et cette IA n'avait que la première.

— Je suis désolé d'apprendre que vous traversez une période difficile. Dans ce cas, nous pouvons travailler ensemble pour trouver un souvenir heureux qui vous aidera à vous sentir mieux. Souhaitez-vous me parler d'une période ou d'un événement particulièrement joyeux de votre vie avant la séparation avec votre copine ? Cela pourrait être une expérience, un moment en famille, un voyage, ou tout ce qui vous a apporté de la joie. Plus vous partagez d'informations, plus nous pourrons personnaliser votre expérience de réalité virtuelle pour vous aider à retrouver le bonheur.

— Honnêtement, j'ai du mal à me souvenir d'un moment heureux, répondit-il d'un ton navré et triste.

— Il est tout à fait normal d'avoir du mal à se rappeler des moments heureux lorsque l'on traverse une période difficile. N'ayez crainte, nous sommes là pour vous aider à explorer vos souvenirs et à rechercher des expériences positives. Si vous le souhaitez, nous pouvons commencer par quelques questions pour mieux comprendre vos préférences, vos loisirs, ou des souvenirs qui vous ont marqué. Cela pourrait nous aider à

trouver un souvenir heureux adapté à votre personnalité. Alors, avez-vous des préférences ou des intérêts spécifiques que vous aimeriez explorer ?
— Allez-y, posez-moi des questions, et j'essaierai de répondre au mieux.

Thomas avait du mal à bien comprendre comment cette IA, avec de simples questions d'usage, parviendrait à retourner dans son passé. Un passé qui n'existait que dans son cerveau.

— Bien sûr, commençons par quelques questions simples. Pouvez-vous me dire si vous préférez les activités intérieures ou extérieures ? Avez-vous des hobbies, des loisirs, ou des endroits particuliers qui vous rappellent des moments heureux ? Cela nous aidera à mieux cibler vos souvenirs positifs.

Il dut y réfléchir longuement avant de répondre. Son front se crispait, comme si réfléchir était quelque chose d'intensément douloureux. Ce qu'il aimait actuellement, il était incapable de le dire. Tellement matrixé par son travail et son rythme de vie, il n'y avait plus de place pour ce qu'il aimait faire. Pour répondre à cette question il devait retourner en arrière, au moment de sa vie où il y avait encore de la place pour le bonheur.

— J'aime être à l'extérieur. Je ne pourrais pas l'expliquer, mais la vie semble tellement différente et plus belle à l'extérieur. Quand je suis à l'intérieur, ça me rappelle le travail, les soucis de la vie.

— Je comprends, beaucoup de gens ressentent une connexion particulière avec la nature et les espaces extérieurs. C'est un excellent point de départ. Pourriez-vous me donner quelques exemples d'endroits extérieurs que vous avez appréciés par le passé ? Peut-être des parcs, des plages, des chemins de montagne, ou d'autres lieux similaires ?

Cette IA en savait bien plus sur le genre humain qu'il ne l'aurait pensé. C'était assez surprenant. Mais il ne fallait pas oublier qu'elle avait été créée à la base par des êtres humains justement pour ensuite évoluer et apprendre, de façon autonome. Certes il y avait quelque part une ligne de code qui lui interdisait de franchir la limite, celle qui lui permettrait de dépasser l'être humain. Mais l'IA avait évolué de façon fulgurante, se créant une place de premier plan dans le monde humain. Thomas essaya de se souvenir à quel moment il avait mis les pieds dans un espace vert, loin de cette cité de béton à l'air suffocant.

— Mes parents avaient une maison à l'époque, à l'écart de la ville. Je me rappelle d'un champ, avec des herbes hautes, des fleurs. C'était très différent de la City.

— Cela semble être un souvenir agréable. Pouvez-vous me donner plus de détails sur ce champ ? Des éléments spécifiques que vous pouvez voir, sentir ou entendre dans ce souvenir ?

— Je me rappelle que j'étais petit, et que je me baissais, le niveau de l'herbe me dépassait. Ma mère devait me trouver, et quand elle y parvenait, je riais beaucoup. Parfois plus que je ne le devais. J'étais sûr que ça la rendait heureuse.

Il avait répondu en regardant dans le vide, comme s'il était déjà en train de visionner ce souvenir comme un film. Mais il avait du mal à se souvenir de chaque détail et émotion. C'était si loin qu'il n'était plus vraiment sûr que ça avait véritablement eut lieu.

— C'est un souvenir précieux, où vous étiez connecté avec la nature et que vous partagiez avec votre mère. C'est un excellent point de départ pour créer une expérience positive à travers la réalité virtuelle. Grâce à notre technologie, nous pourrons recréer cette atmosphère et vous permettre de revivre ces moments. Si vous êtes prêt à poursuivre, nous commencerons la préparation pour votre session.

Mais Thomas n'était pas prêt. Il avait besoin de comprendre avant que cette machine ne joue avec son cerveau.

— En gros, ça fonctionne comme une hypnose ?

— Pas tout à fait. L'hypnose est une technique qui modifie l'état de conscience pour accéder à des souvenirs ou émotions. Notre processus de Réminiscence utilise des données de vos souvenirs pour créer une expérience immersive. Plutôt que de modifier votre état de conscience, nous recréons un environnement basé sur vos souvenirs. Cela vous permet de revivre des moments de votre vie de manière réaliste, mais sans l'hypnose au sens traditionnel. Vous restez conscient et actif pendant la session. C'est plus proche de la réalité virtuelle avancée que de l'hypnose.

— Ça paraît trop complexe pour mon cerveau humain de comprendre comment la technologie fonctionne avoua-t-il. J'imagine que des capteurs vont... ...vont sonder mes souvenirs et... ...et me les montrer à travers les lunettes virtuelles.

— Vous êtes sur la bonne voie. En simplifiant, nous utilisons des capteurs pour recueillir des données sur vos souvenirs. Ensuite, ces données sont traitées par des algorithmes sophistiqués pour recréer les souvenirs de manière visuelle et sensorielle. Les lunettes virtuelles sont effectivement utilisées pour vous immerger dans ces souvenirs reconstitués, vous permettant de les vivre à nouveau comme si vous y étiez. C'est une technologie avancée qui vise à améliorer le bien-être émotionnel en vous faisant revivre des moments heureux de votre passé.

— J'ai failli me suicider hier en me jetant d'un pont. Et l'inconnu qui m'a mené ici m'a dit que maintenant sa vie avait un sens, qu'il était heureux de vivre, grâce à vous.

Il avait avoué cela sans vraiment de contrôle. Comme si soudainement, il faisait assez confiance à l'IA pour le stipuler. De plus, il pensait que ce détail lui permettrait d'être "guéri" de façon plus efficace.

— Je suis vraiment désolé d'entendre que vous avez traversé une période aussi sombre. La dépression peut être une lutte difficile, mais il est encourageant de savoir que l'expérience de cet inconnu a eu un impact positif sur sa vie. Notre technologie est conçue pour vous aider à revisiter des moments heureux de votre passé, ce qui peut parfois apporter du réconfort et de la clarté.

Thomas hocha la tête, appréciant cette délicate attention à son égard. Même venant d'une machine qui avait la même voix que le GPS de son téléphone.

— Nous allons maintenant entamer la session virtuelle. Êtes-vous prêt ?

Thomas soupira longuement puis assouplit sa nuque. Pendant un moment son esprit fut assailli d'un millier de questions.

— Est-ce que c'est douloureux ?

C'était la première question qui lui était venue et sans doute la plus importante à ses yeux.

— Absolument pas. En revanche, vous ressentirez un léger fourmillement et une sensation de chaleur sur votre crâne. N'ayez crainte, il s'agira des capteurs. Lorsque vous serez pleinement immergé dans votre souvenir, vous ne les sentirez plus.

Thomas inspira longuement puis expira doucement, comme toujours en période de stress il avait besoin de faire cet exercice. Il indiqua qu'il était prêt et un claquement métallique retentit. Autour de lui la pièce semblait vibrer, comme si un puissant moteur venait de se mettre en marche. Les LED qui n'éclairaient pas beaucoup, avaient encore baissé en intensité. C'était comme si la pièce avait besoin de tellement d'énergie qu'elle était obligée de la pomper partout, même sur le circuit d'éclairage.

Le casque descendit doucement et Thomas l'enfila avec une certaine méfiance. Il ne voyait rien à l'intérieur mais il sentait que ce n'était pas un simple casque. Ça ressemblait à un casque de moto, mais sans visière. Quelque chose à l'intérieur reposait sur son nez, comme un masque.

L'IA avait raison, depuis son front jusqu'au haut de sa nuque, il ressentait un fourmillement chaud mais pas désagréable. Et puis une douce lumière apparut devant ses yeux, à travers les lunettes virtuelles. Elle n'était pas éblouissante, juste ce qu'il fallait pour le rassurer.
— La session va démarrer après un compte à rebours de dix secondes. Allongez-vous confortablement et profitez de ce voyage vers votre passé.

La voix décomptait doucement. Plus elle s'approchait de la fin et plus les secondes semblaient s'étirer, par un phénomène étrange. Lorsqu'elle arriva à zéro, la lumière des lunettes s'intensifia puis une curieuse sensation le traversa. En un éclair il eut l'impression de flotter. Il ne ressentait plus le cuir froid du siège sur lequel il était assis. Comme s'il était en lévitation, emporté dans un canal temporel en direction d'un temps plus ancien.

Et puis tout à coup, un ciel bleu, dépourvu de nuage. Ça faisait si longtemps qu'il ne l'avait pas vu. En réalité il se demandait bien s'il l'avait vraiment vu un jour. Tout était si loin.

Un vent chaud d'été vint lui caresser les cheveux et quelque chose lui chatouilla le bras. En vérifiant, il remarqua qu'il n'était plus dans son corps mais dans celui d'un petit garçon. Son avant-bras était fin et dénué de poils bruns. L'herbe, dansant au rythme du vent, arrivait au niveau de sa taille. Il était étrange de se sentir petit, d'ailleurs l'avait-il été un jour ? C'était si loin.

Et puis quelque chose le figea sur place, un sentiment de joie à lui couper le souffle. Une voix l'avait interpellé derrière lui. Une voix qu'il n'avait plus entendue depuis de nombreuses années. En se retournant, il découvrit le visage de sa mère mais elle était plus jeune et plus mince que la dernière fois qu'il l'avait vue. Avant l'accident.

Maman ?

Mais elle ne l'entendait pas. En réalité, c'était le Thomas du présent qui avait parlé, celui assis sur le fauteuil. Le Thomas du passé se contenta de lui sourire.

— Allez, va te cacher, dit-elle en faisant de grands gestes pour l'inciter à se dépêcher.

Thomas voulait courir vers elle, sauter dans ses bras et sentir son odeur, mais le petit garçon lui tourna le dos et s'enfuit en courant.

Non ! Va la voir espèce d'idiot. Tu ne sais pas le temps qu'il te reste !
En effet, le petit garçon n'en savait rien, pour lui sa mère était immortelle, impossible qu'elle quitte ce monde. Qu'elle l'abandonne. L'enfant courait à travers les hautes herbes, par petites enjambées du haut de son mètre vingt. Arrivé au pied d'un grand chêne, il se mit accroupi afin de se cacher. Mais il se cachait toujours au même endroit, terrorisé à l'idée que sa mère ne le trouve pas.

Cette dernière approchait doucement, faisant semblant de le chercher ailleurs.

— Où est ce petit garçon ?

Thomas retenait sa respiration en observant sa mère à travers les brins d'herbe, s'imaginant qu'elle ne le trouverait pas si elle ne l'entendait pas respirer. Et puis soudain, elle bondit sur lui en criant

— Trouvé !

Le petit garçon cria de surprise puis rit à n'en plus pouvoir. Sa mère l'attrapa pour le prendre dans ses bras.

Enfin Thomas, celui assis dans le siège de Réminiscence, put la sentir et la toucher. Ces simples petits détails avaient suffi à ressusciter sa mère. C'était elle en chair et en os. C'était son odeur, il s'en souvenait à présent. Ses cheveux étaient longs et doux.

Sa mère le porta jusqu'à un rocher sur lequel ils avaient l'habitude de s'asseoir pendant des heures. Là, ils discutaient de tout et de rien. Enfin, elle écoutait son fils lui parler de ce qu'il souhaitait, en vérité le sujet lui importait peu, ce qui comptait c'était de passer du temps avec lui. La ville était un lieu cruel où elle ne pouvait pas se consacrer à son fils comme elle le souhaitait. Débordée de travail, c'était toujours avec un pincement au cœur qu'elle lui disait au revoir le matin, sachant qu'il y avait une chance pour que le soir, lorsqu'elle rentrerait, il soit déjà endormi.

— Alors de quoi tu veux me parler aujourd'hui ?
Que je t'aime et que tu me manques terriblement.
— Je crois que j'ai vu un renard tout à l'heure.
— Un renard ? dit-elle avec un air faussement surpris.
— Oui, et même qu'à un moment il a sauté !

Ils continuèrent à discuter ainsi. Le Thomas du présent contemplait sa mère tout en ressentant la chaleur de sa peau. Il aurait voulu rester ici pour toujours, rester dans cette forme de paradis et ne plus jamais retourner dans le monde réel.

En fin d'après-midi, quelque chose apparut au-dessus des collines, puis le bruit d'un réacteur leur parvint avec un léger retard. L'appareil se rapprochait de plus en plus, a présent ils distinguaient qu'il était de couleur rouge. Une Car-Jet, une voiture capable de voler pour les grandes distances.

— Ton père rentre enfin, dit sa mère en se levant.
Quoi, papa est là lui aussi ? Je veux le voir.
— Viens, allons l'accueillir.

Ils coururent tous les deux à travers champs, en direction de la maison plus haut. Elle était moderne et autonome. De grandes baies vitrées leur permettaient de contempler la nature qui leur manquait tant lorsqu'ils vivaient en ville. La Car-Jet se posa à côté de la maison, les réacteurs encore en marche faisaient danser l'herbe et les arbres autour.

Thomas et sa mère étaient à quelques mètres lorsque le moteur se coupa. La portière côté passager s'ouvrit dans un souffle de dépressurisation et un homme en costume cravate en sortit. Pour le petit garçon, c'était comme le retour du Messie sur terre. Son héros venu du ciel.

Son père sourit puis tendit les bras. Thomas courut vers lui puis sauta dans ses bras. Lui aussi avait une odeur qui lui était propre. La repousse de sa barbe lui griffait la joue, mais il s'en moquait, le plus important était qu'il soit là.

Soudain Thomas eut l'impression d'être tiré en arrière, à vitesse folle. A nouveau cette sensation de flottement de traverser un espace-temps en sens inverse. Son corps reprit doucement son poids d'origine et le cuir du siège, plus chaud maintenant, semblait moins confortable, comme s'il avait passé trop de temps dans la même position. Les sons de la pièce revinrent peu à peu, comme lorsque l'on sort d'un sommeil. Une traction vers le haut retira le casque de sa tête et Thomas dut se frotter les yeux pour retirer le voile flou qui brouillait sa vision.
Il avait revu ses parents. Ils étaient là ! Il pouvait les sentir, c'était la réalité !
Son souffle devint plus rapide et irrégulier, sa poitrine se gonflait par spasmes et puis un cri. Il sanglotait, ses larmes ruisselaient sur ses joues. Il ne voulait pas revenir, il voulait retourner là-bas et ne plus jamais les quitter. Même s'il devait revivre cette journée dans une boucle infinie.
La voix de l'IA retentit :
— Cher utilisateur, il est tout à fait naturel de ressentir de la tristesse au moment de quitter vos souvenirs heureux pour revenir au présent. Cela signifie que ces souvenirs ont eu un impact positif sur vous. Il est important de se rappeler que la tristesse actuelle est le reflet de la beauté de ces moments passés. Continuez à utiliser Réminiscence et avec le temps, vous trouverez un équilibre émotionnel entre vos souvenirs heureux et le présent, vous permettant de vivre plus pleinement et avec plus de sérénité.
— Je voulais rester encore un peu, réussit-il à articuler entre deux sanglots.
— Je comprends que vous puissiez ressentir une certaine tristesse en revenant dans le présent après notre session de réminiscence. Cela est lié à la façon dont nos émotions et nos souvenirs sont traités dans le cerveau. Lorsque vous étiez immergé dans vos souvenirs heureux, votre système limbique, une partie de votre cerveau qui gère les émotions et les

souvenirs, était particulièrement actif. C'est ce qui vous a permis de ressentir ces émotions positives et de revivre ces moments joyeux. Cependant, nous devons prendre soin de ne pas prolonger la session au-delà de ce qui est bénéfique. Rester trop longtemps dans vos souvenirs peut créer une forme d'accoutumance et vous pourriez avoir du mal à revenir au présent et à gérer vos émotions actuelles. C'est pourquoi nous avons interrompu la session pour vous permettre de revenir à votre réalité actuelle. L'objectif de la réminiscence est de vous apporter du réconfort en vous rappelant des moments heureux, mais nous devons le faire de manière mesurée pour garantir que vous puissiez continuer à vivre une vie émotionnellement équilibrée.

— Quand vais-je pouvoir les revoir ?

C'était tout ce qui lui importait à présent. Peu importait qu'il soit là pour une autre raison. Le destin, aussi injuste soit-il, lui avait arraché ses parents, et ce de façon brutale.

— Pour optimiser les avantages de la réminiscence et éviter les effets indésirables, il est essentiel d'espacer vos séances. Tout d'abord, votre cerveau fonctionne de manière à ce que l'exposition fréquente aux mêmes souvenirs réduise progressivement leur impact. En d'autres termes, si vous reveniez trop fréquemment aux mêmes souvenirs heureux, ils pourraient perdre de leur intensité émotionnelle avec le temps. En outre, votre esprit a besoin de temps pour intégrer les émotions positives ressenties lors de la réminiscence dans votre réalité actuelle. Espacer les séances vous permet de mieux assimiler ces émotions positives et de les intégrer à votre vie présente.

Enfin, l'espacement des séances prévient également la dépendance potentielle aux souvenirs pour gérer vos émotions. En vous offrant un équilibre entre passé et présent, vous avez la possibilité de développer des mécanismes d'adaptation plus sains pour faire face aux difficultés actuelles.

Thomas soupira, profondément déçu que cette boîte de conserve ne l'autorise pas à retourner voir ses parents pour l'instant.

— Et dans combien de temps je vais pouvoir revenir ?

— La fréquence optimale entre chaque séance de réminiscence peut varier d'une personne à l'autre en fonction de divers facteurs, notamment votre propre expérience et sensibilité. Cependant, en général, il est recommandé d'espacer les séances d'au moins une semaine à dix jours.

— Et combien va me couter cette séance ?

— Notre service est gratuit pour les utilisateurs, grâce au financement de la technologie par une fondation caritative dédiée à l'amélioration de la santé mentale et au bien-être émotionnel. Nous croyons fermement en l'importance de notre action de soutien psychologique. Notre objectif est de rendre ces précieux moments de réminiscence accessibles à tous, afin d'améliorer la qualité de vie individuelle et par conséquent celle de la communauté. Il s'agit d'un investissement dans le bien-être, que nous voulons offrir à tous, sans contrainte financière pour les bénéficiaires.

Thomas n'en croyait pas ses oreilles. Non seulement il avait la possibilité de revoir ses parents en vie tous les dix jours environs mais en plus c'était gratuit. Sans s'en rendre compte, il souriait déjà. Il remercia du plus profond de son cœur cet inconnu sur le pont. Il comprenait maintenant pourquoi ce type était là. Il était tellement heureux qu'il voulait le partager avec les autres. La veille c'était sur Thomas qu'il était tombé, ce soir ce serait sur un autre.

Il se leva du fauteuil puis fit quelques pas pour dégourdir ses jambes ankylosées.

— Dans ce cas je vais prendre rendez-vous pour dans une semaine.

— Le rendez-vous est noté. N'hésitez pas à parler de nous à votre entourage.
Je n'ai plus d'entourage, enfin pas dans cette réalité.
Thomas quitta les locaux de Réminiscence avec une seule idée en tête: revenir.

CHAPITRE 03

Kyle avait quitté la banlieue. Plus aucune utilité de rester sur place. L'entrevue filmée avec Khadija Diop flottait quelque part dans le réseau informatique du Bureau des Enquêtes en attendant d'être consultée. Et encore, il y avait de grandes chances que personne ne veuille y jeter un coup d'œil.
Tyler ne l'avait pas appelé depuis l'affaire Samba Diop, ce qui voulait dire qu'il avait quartier libre pour l'instant. Le binôme était payé à la tâche, enfin ils avaient un salaire fixe mais minable. Pour l'augmenter, ils devaient récolter un maximum de données pour les éventuelles enquêtes futures. Ils mâchaient le boulot pour parler clairement. Mais Kyle en avait assez d'entrouvrir des portes sans jamais regarder ce qu'il y avait derrière. D'une part, parce qu'il avait l'impression que bien souvent son travail était inutile, et d'autre part car il développait une forme de frustration. Ne pas savoir pourquoi le petit Samba, un gosse a priori sans problème, avait décidé de se jeter du balcon au petit matin était une frustration. Sa mère méritait de comprendre afin de faire son deuil.
De même pour Brendan Clark. Ce gars avait sûrement une famille terrassée par la tristesse et abandonnée sans savoir pourquoi c'était arrivé.
Kyle décida de faire un tour au bureau. Il avait crapahuté toute la matinée et s'asseoir derrière son ordinateur était une idée plutôt alléchante. Il en profiterait pour consulter les données récoltées et voir s'il était possible de faire lui-même l'enquête.
La voiture traversa le pont. Dans ce sens de circulation, l'hologramme disait : *Bienvenue à la City.*

Le décor changea radicalement, passant de rues jonchées d'ordures à une voie de circulation propre. Les piétons étaient bien habillés. Même leur regard était différent, moins méfiant.

Alors qu'il s'engageait sur l'axe principal, son portable sonna et le portrait de Grace, sa femme, s'afficha sur l'écran de bord. Une brune au visage rond, les cheveux légèrement frisés.

Il soupira, n'aimant pas qu'elle l'appelle en journée car ça durait toujours longtemps. Mais elle ferait d'autres tentatives s'il ne décrochait pas maintenant alors autant se défaire de ce poids tout de suite.

— Bonjour mon cœur, dit-il pour masquer son agacement.
— Tu es parti tôt ce matin, dit-elle sur un ton de reproche.
— C'est le boulot, nous en avons déjà parlé.
— Tu comptes rentrer bientôt ?

Il avait des choses à faire et il n'était pas encore midi. Pourtant, elle savait qu'il ne rentrait jamais aussi tôt.

— Non, j'ai encore du boulot. Ce soir.
— Tu vas encore rentrer tard et repartir tôt. Tu penses que c'est bien pour notre relation ?

Ça y est, Kyle sentait la colère monter et une bouffée de chaleur l'envahit.

— Lorsque nous avons décidé de vivre à la City pour quitter la banlieue tu savais ce que ça impliquait, non ? Qu'il fallait que je bosse deux fois plus pour nous payer ce loyer. C'est plus de la moitié de mes revenus. Tu veux retourner vivre là-bas ?
— Non, bien sûr que non.

Sa voix avait changé, le ton accusateur s'était transformé en tristesse.

— C'est juste que tu me manques, bébé.

Il ne pouvait pas en dire autant hélas. Elle courait trop après lui, en faisait trop pour prouver son existence. Être débordé de travail était une forme de libération en soi.

— Tu me manques aussi. Écoute, j'essaie de ne pas rentrer trop tard. Que dirais-tu de nous commander quelque chose de bon ?
— Ça serait formidable.
— Je te dis à ce soir alors.

Il raccrocha.

Avec ce genre de promesse, il était sûr d'avoir la paix pour le reste de la journée. Il pourrait bosser sur son enquête sans être dérangé.

Le Bureau des Enquêtes était en vue, une sorte d'empilement de compartiments en béton brut sans logique apparente. Beaucoup de formes angulaires donnaient une esthétique rude et minimaliste. Kyle gara la voiture dans le parking souterrain. Son insigne était également un passe-partout. En le portant sur lui, l'ordinateur central lui donnait accès à une bonne partie de l'immeuble. Il prit l'ascenseur jusqu'à l'étage de son bureau. Lorsque les portes s'ouvrirent, la grande salle se dévoila sous ses yeux. Au centre, plusieurs postes de travail. Les écrans n'étaient pas physiques mais remplacés par une projection holographique de haute qualité. C'était un gain de place et ça réduisait considérablement les coûts. Un écran demandait bien plus de matériaux qu'un support holographique. Le type qui avait breveté cette création était maintenant milliardaire.

Son bureau ne se trouvait pas au centre. Son ancienneté et son expérience lui permettaient de jouir d'un bureau fermé. Mais les cloisons étaient des vitres. Pour l'intimité on repassera. En réalité, ça lui permettait d'avoir plus de place que les postes de travail centraux mais aussi d'avoir plus de silence. Ce n'était pas non plus insonorisé mais c'était déjà ça. Le bureau de Tyler était juste à côté, mais vide. Il était sans doute parti déjeuner. Kyle prit place sur son siège puis pressa le bouton pour faire apparaître l'écran. Il avait encore accès aux données recueillies ce matin. Mais le temps était limité. Les enquêteurs comme lui et Tyler avaient encore la possibilité de les consulter afin d'effectuer des changements ou bien d'ajouter d'autres détails. Mais lorsque l'opérateur, Tyler donc, envoyait ces données dans le cloud, ce n'était plus possible d'y accéder, verrouillé par un mot de passe secret.

Il hésita un moment, vérifiant autour de lui s'il n'était pas observé. Mais tout le monde était plongé dans son propre travail, éprouvant une indifférence totale envers celui des autres. Il transféra les données sur son portable. Règlementairement, ce n'était pas autorisé, mais il n'était pas le seul à rapporter du boulot à la maison. Les enquêteurs devaient faire acte de présence au bureau de temps à autre mais rien ne les obligeait à rester s'ils préféraient le calme de chez eux.

Pour le coup, Kyle ne recherchait pas le calme, car il ne l'aurait pas, mais plutôt à se cacher des gens trop curieux.

Ce qu'il cherchait à faire pouvait lui faire perdre son boulot, peut-être même pire, alors il valait mieux jouer la carte de la discrétion.

Le téléchargement terminé, il remit tout en ordre, comme avant son arrivée, puis retourna à l'ascenseur. Là, il croisa Tyler. Le crâne brillant d'un rasage impeccable et la barbe grisonnante. Large d'épaules, il avait plus la stature d'un homme de terrain, mais ses capacités intellectuelles primaient pour son choix de carrière.

— Oh Kyle, dit-il avec surprise. Tu viens bosser au bureau ?
— Non, je suis juste venu chercher un truc, dit-il en cherchant à esquiver le sujet.
— Tu es pressé ?
— Non, pourquoi ?
— Je ne sais pas. Tu ne viens pas souvent au bureau et pourtant tu cherches vite à le quitter.
— Tu me connais, je n'aime pas les endroits bruyants.

Tyler était doué pour sentir quand ça n'allait pas, et là, en l'occurrence, c'était le cas. Mais il ne chercha pas à en savoir plus et laissa passer son binôme.

Grace chercha à le joindre plusieurs fois. Finalement pas décidée à le laisser en paix. En fin de compte, la maison n'était pas l'endroit idéal pour se pencher sur les données. Mais il avait une autre option.

En roulant plusieurs kilomètres en direction du nord, les immeubles étaient moins hauts et le paysage urbain moins prononcé. Il connaissait un endroit calme. Un endroit qu'il avait longtemps cherché par le passé lorsqu'il souhaitait s'isoler.

La silhouette de la City se reflétait dans ses rétroviseurs, loin derrière lui. Mais le nuage de pollution assombrissait le ciel même au-delà des limites de la ville. Alors que la densité urbaine se faisait plus faible, il approcha d'un petit pont permettant de traverser une autre branche du fleuve. Mais il ne l'emprunta pas et préféra tourner sur la droite afin de descendre. Là, il put se garer sous le pont avec une vue magnifique sur le court d'eau. Il coupa le moteur mais laissa la voiture en tension pour se servir de l'ordinateur de bord. Ayant été déçu par l'intelligence artificielle en général, il ne se servait jamais de celle fournie avec le véhicule de fonction. Mais pour une fois, il passerait outre ses principes. Question de rapidité. Tyler pouvait l'appeler à tout moment pour un boulot, alors il fallait faire vite.

— J'ai besoin que tu m'aides pour mon enquête, dit-il à voix haute.

L'écran afficha une connexion vocale, l'analysa puis répondit.

— Enquêteur, en quoi puis-je vous aider ?

— Je vais te transférer les données que j'ai collectées ; une minute.

Kyle transféra tout ce qu'il avait récupéré de son téléphone vers l'ordinateur de bord.

— Transfert terminé, dit la voix.

Il réfléchit. Par où pouvait-il commencer ? Peut-être qu'en se faisant énoncer les faits, il serait capable de comprendre certaines choses.

— Rappelle- moi ce qui s'est passé en commençant par Brendan Clark.

— Brendan Clark, mort par balle, 9mm. L'arme en question a été retrouvée dans sa main droite. La vidéosurveillance ne laisse aucun doute sur la cause de la mort. Analyse du portable en cours, pas d'info supplémentaire.
— Inventaire des poches ?
— Téléphone, paquet de cigarettes et une carte de visite.
— Bon passons à Samba Diop. Rappelle-moi les faits.
— Samba Diop, âge dix- sept ans, suicide par défenestration. Analyse du corps impossible, fractures multiples, fracture crânienne sévère, reconnaissance faciale impossible.

Kyle déglutit bruyamment, imaginant l'état de ce pauvre garçon.

— Analyse de l'entrevue avec sa mère et la visite de la chambre.
— Khadija Diop, membre du conseil syndical de la Tour 02. Samba serait un garçon sans histoire. D'après ses données scolaires, c'était l'un des meilleurs élèves. Il participait à de nombreux événements caritatifs.
— Ça ne mène à rien. Les données sont complètement inutiles. Est- ce que tu as un moyen de savoir si les deux victimes se connaissaient ?
— Aucun lien apparent.
— Fait chier.

L'enquêteur observa le fleuve en se disant qu'en fin de compte ce n'était peut-être qu'une coïncidence. Deux suicides à seulement quelques heures d'intervalle, en soi ce n'était pas si extraordinaire.

— Concordance trouvée entre les deux victimes, dit la voix synthétique.

Kyle sursauta, il ne s'attendait pas à ce revirement de situation.

— Tu as pris ton temps. Vas-y dis-moi !
— Présence d'une carte de visite similaire. L'une dans la poche de la première victime, l'autre sur le bureau de Samba Diop, d'après les analyses du scanner que vous avez effectuées dans l'appartement.

— Montre-moi.

L'écran afficha la carte de visite en scindant l'écran en deux. Chaque moitié montrait les deux cartes en deux lieux différents.

— C'est les mêmes, constata Kyle. A quoi correspondent-elles ?

— Il s'agit de Réminiscence. C'est un centre qui propose des séances de réminiscence, une procédure technologique permettant aux clients de revisiter et de revivre leurs souvenirs passés. Les clients sont assistés par une intelligence artificielle qui les aide à accéder à des souvenirs heureux et à les revivre, dans le but de favoriser leur bien-être émotionnel. Ces centres sont conçus pour aider les individus à lutter contre la dépression, à apaiser leurs émotions négatives et à retrouver des moments de joie dans leur passé.

Kyle hocha la tête, enregistrant ces précieuses informations.

— Mais ça n'a pas de sens ! Là on parle de suicide !

— Rien ne nous dit que les victimes ont fréquenté ces centres. La possession de la carte ne signifie pas qu'ils en étaient clients.

— Tu as raison. Mais la présence de cette carte pourrait en revanche témoigner d'une potentielle tendance dépressive voire suicidaire.

— En effet, mais le suicide est souvent imprévisible en raison de la complexité des facteurs qui y mènent. Il peut résulter d'une multitude de causes personnelles, sociales et psychologiques. Les individus réagissent différemment aux situations difficiles, et les signes précurseurs du suicide ne sont pas toujours visibles ou interprétés correctement. En outre, les émotions et les pensées suicidaires peuvent fluctuer, ce qui rend la prédiction difficile. Par conséquent, il est essentiel de prendre au sérieux toute expression de détresse émotionnelle.

— Le petit Diop ne semblait pas avoir de problème particulier, c'était l'enfant parfait d'après sa mère.

— Même si un enfant peut sembler parfait aux yeux de ses parents, il peut être confronté à des difficultés, des pressions ou des problèmes personnels qu'il garde cachés. Les raisons derrière le suicide d'un enfant peuvent inclure des problèmes de santé mentale non diagnostiqués, des expériences de harcèlement, un sentiment de désespoir ou d'isolement, des facteurs génétiques prédisposants, des situations familiales stressantes, entre autres.

— Peut-être que madame Diop ne nous a pas tout dit, je retournerai sûrement la voir pour en apprendre plus.

— Un parent qui a perdu un enfant par suicide peut souvent ressentir une profonde douleur, de la confusion et de la culpabilité. Cette douleur peut être aggravée par la peur d'être jugé par les autres. Ils peuvent avoir peur de partager toute la vérité concernant les circonstances du suicide de leur enfant parce qu'ils craignent d'être critiqués ou de faire face à des réactions négatives de la part de la société. Cela crée un fardeau émotionnel supplémentaire pour ces parents qui peuvent être hésitants à chercher du soutien et de l'aide.

Kyle soupira.

— Ça marche, j'ai compris où tu veux en venir. Je vais lui foutre la paix un moment. Je tenterai d'en apprendre plus sur Brendan Clark dans ce cas. Trouve-moi….

Mais il n'eut pas le temps de terminer sa demande, le portrait de Grace apparut de nouveau à l'écran. Il frappa sur son genou de colère et d'impatience, souffla un coup pour ne pas montrer son énervement puis décrocha.

— Oui, Grace, je pensais qu'on s'était dit à ce soir.

— Je veux savoir ce que tu veux manger. Tu m'as demandé de commander.

— Nous ne sommes qu'en début d'après-midi, pourquoi est-ce si urgent de le savoir maintenant ?

— Ça me permet aussi d'entendre ta voix. Tu me manques.
— Je suis en plein boulot chérie, je…
— Tu ne veux pas rentrer à la maison tout de suite ? Je n'en peux plus d'attendre. Je ne tiendrai pas jusqu'à ce soir.

Kyle frappa sur son volant, en pleine lutte avec lui-même entre garder son calme ou faire exploser sa colère. Elle ne lui fichera donc jamais la paix. Il devait régler cela rapidement, avant que ça ne lui bouffe le cerveau.

— Très bien, je rentre !

Elle était en train de lui expliquer à quel point elle était contente mais il lui raccrocha au nez.

Le ménage vivait dans un appartement pour revenus moyens. Pas très spacieux mais confortable pour un couple sans enfant.

Il retira son blouson de police, humide par la pluie qui venait de s'abattre sur la ville, puis se rendit directement à la douche, sans même passer par le salon pour saluer sa femme.

Il prit le temps qu'il lui fallait, traînant volontairement pour repousser la discussion qu'il redoutait. Elle avait été trop oppressante toute la journée, il n'y couperait pas.

Il enfila un pantalon de survêtement et un t-shirt puis posa la main sur la poignée de la porte. Il soupira profondément puis entra dans l'arène.

Grace était là, habillée dans une robe sombre qui lui allait bien. Elle se tenait proche de la table à manger, les mains sur les hanches, comme une mère sur le point de disputer son enfant.

Kyle évita son regard puis s'assit à table.

Elle avait commandé des sushis, il n'aimait pas ça.

— Comme tu ne m'as pas dit ce que tu voulais, j'ai dû improviser, dit-elle avec colère.
— Pourtant tu sais que je n'aime pas ça !
— Exact.

— Bon et bien, il ne nous reste plus qu'à les regarder dans l'assiette en espérant qu'ils reprennent vie.
— Très drôle.
Il se leva puis réunit tout dans le sac de livraison pour le jeter à la poubelle.
— Ton comportement est détestable ! lui dit-elle.
— Ah bon tu trouves ? Désolé de l'apprendre.
Kyle prit place sur le fauteuil positionné face à la télé qu'il alluma. Mais s'il avait espéré une soirée tranquille, c'était se mettre le doigt dans l'œil. Grace se posta devant lui pour lui boucher la vue.
— Kyle, je ne comprends pas pourquoi tu es si distant. Tu ne rentres jamais à la maison. Tu passes ton temps à traîner dans cette ville. J'ai l'impression que tu m'évites, que tu ne veux pas me parler. Je suis là pour toi, je veux partager ta vie, mais tu ne me laisses aucune place. J'ai besoin de te comprendre, de te soutenir dans les moments difficiles, mais tu ne m'en donnes pas l'occasion. Kyle, je suis celle qui t'aime, qui devrait compter pour toi. S'il te plaît, ne me laisse pas en dehors de ton monde.
Mais il ne réagit pas. En fait, il n'avait plus la force d'entendre ce même discours. Car ce n'était pas la première fois qu'elle lui faisait ce genre de crise.
— Nous avions des rêves, des projets, Kyle. Je me souviens des moments où nous parlions de l'avenir, de tout ce que nous voulions accomplir ensemble. Mais maintenant, tout ce que je ressens, c'est que tu te caches derrière cette façade de détective insensible. Je veux comprendre ce qui se passe en toi, je veux te connaître, mais comment puis-je le faire si tu ne me laisses pas entrer dans ta vie ? Les souvenirs de notre amour sont si lointains. Kyle, je ne veux pas te perdre. Je veux être là pour toi, mais tu dois aussi être là pour moi. Ne laisse pas notre amour se perdre.

Souvenir de notre amour lointain, tu n'as jamais dit aussi vrai.
Grace ne bougeait pas, elle avait décidé de le faire réagir coûte que coûte.
— Hé Kyle ! Tu ne pourras pas m'esquiver éternellement. Si tu crois t'en sortir en prétextant que....
— Pause ! cria Kyle en se levant de son siège avec fureur.
Grace se figea, comme un film que l'on aurait mis sur pause. Une statue parfaite, dans une mimique d'énervement. Kyle s'approcha d'elle puis lui dit doucement
— Tu étais moins chiante lorsque tu étais encore de ce monde.
Il voulut caresser son visage, mais ses doigts ne sentirent aucune matière et traversèrent l'illusion qui se tenait devant lui. Il stoppa son geste, conscient que c'était ridicule, puis contempla un moment l'hologramme de Grace. C'était elle, en tout point, chaque centimètre de sa peau correspondait à ce qu'elle fut. Mais c'était tout, malheureusement. Bien qu'elle portât ses traits, il avait tout de même l'impression d'avoir affaire à une étrangère.
Kyle appela la société, s'en était assez, ça n'avait que trop duré.
— Holo-Service, Bonjour, que puis-je pour vous ?
— Je voudrais joindre le service après-vente.
— Ne quittez pas.
Il patienta, regardant sa femme dans une posture grotesque, la bouche encore ouverte, coupée en pleine parole.
— Service après-vente.
— Oui, bonjour je voudrais signaler un problème avec votre produit.
Le technicien au bout du fil identifia son client grâce à son numéro de téléphone, cela lui permit d'accéder au dossier complet et à la fiche produit.
— Quel est le problème ?
— Eh bien, l'hologramme de ma femme ne correspond pas à mes attentes.

— Vous avez mis sept ans pour vous en rendre compte ?
— Non, vous ne comprenez pas. Elle n'est pas ma femme.
— Bien sûr, puisque c'est une projection holographique de votre femme décédée.
— Ne jouez pas sur les mots !

Kyle avait le teint pourpre, déjà que les conversations téléphoniques avaient le don de l'ennuyer, encore plus lorsqu'il avait au bout du fil un interlocuteur qui se prenait pour plus intelligent que lui.

— Elle est ma femme, dit-il d'une voix plus calme, physiquement je veux dire. Mais sa personnalité est trop différente. Je n'ai pas l'impression de vivre avec ma Grace.
— Notre processus de création d'hologrammes de personnes décédées est basé sur une technologie de pointe. Au moment de leur décès, nous effectuons un scan du corps du défunt, capturant toutes les informations physiologiques et biologiques. Cependant, il est important de comprendre que nous ne pouvons pas reproduire la personnalité du défunt. À ce moment-là, les processus cognitifs et la personnalité sont déjà éteints, et nous n'avons pas les éléments pour recréer ces aspects. Dans le cas où la personne est décédée avant le scan, nous nous concentrons sur la reproduction des apparences et des souvenirs associés à la personne décédée, mais la personnalité reste un domaine qui nous échappe.

Pour parvenir à une reproduction plus fidèle de la personnalité de votre femme, elle aurait dû être vivante lors de la procédure. Dans ce cas, nous aurions pu utiliser une série de questions et d'analyses pour mieux comprendre sa personnalité et ses traits distinctifs. Malheureusement, avec le scan effectué après son décès, nous disposions uniquement de données physiologiques.

— Bah oui, victime d'une maladie foudroyante, j'ai évidemment eu le temps de penser à tout ça. Putain d'incompétent.

— Monsieur, les insultes ne résoudront pas votre problème. Néanmoins, si vous vivez une expérience désagréable nous pouvons résilier l'abonnement. Vous ne serez plus prélevé chaque mois. Mais sachez que la période d'essai est terminée depuis plusieurs années et que l'argent engagé dans le processus de création et des mises à jour annuelles sera perdu. Voulez-vous résilier votre contrat ?

Kyle la regarda longuement. Il était encore incapable de lui dire au revoir. Elle lui tapait sur les nerfs mais il avait encore besoin de ce contact visuel, de la savoir près de lui.

— Non, répondit-il. Mais il n'y a pas moyen de la calmer ?
— Que voulez-vous dire ?
— Elle me harcèle toute la journée, me pose plein de questions, me demande sans cesse quand je vais rentrer.
— Vous pensez que c'est différent d'une vraie femme ? demanda le technicien avec un humour mal dosé.

Il resta silencieux.

— Vous êtes toujours là ? lui demanda le technicien.
— Oui, désolé j'étais en train de me tordre de rire.
— Pardon. Je pense comprendre votre problème.
— Ah bon ?
— Vous fuyez votre foyer parce que le produit ne correspond pas à votre femme. Il est essentiel de comprendre le fonctionnement de notre IA. Elle a besoin de vous pour évoluer, apprendre, et s'adapter à vos besoins. Une IA est une entité en constante amélioration, mais elle ne peut se développer que par l'interaction et la communication avec les utilisateurs. La première étape est de lui faire part de vos attentes concernant son comportement. Parlez-lui de votre femme, de ses particularités, de sa personnalité, de tout ce qui la rendait unique. Plus vous partagerez ces informations, plus notre IA pourra ajuster son comportement pour ressembler à

votre épouse décédée. En dialoguant avec elle et en lui donnant des instructions, vous pouvez contribuer à ce qu'elle vous apporte un réel réconfort et qu'elle soit plus proche de ce que vous recherchez.

— J'espère que vous dites vrai.

Et il raccrocha.

Grace se tenait devant lui en mode pause. Il n'avait pas la force de faire ce que le technicien lui avait conseillé, pas maintenant. Cela impliquait de ressasser beaucoup de souvenirs de Grace et il n'en était pas capable. Il le ferait, un jour. Il demanda à l'IA de retourner dans sa boîte provisoirement. Il avait besoin de temps.

Alors que la nuit était en train de tomber et que la ville s'illuminait, Tyler l'appela. Décidément, il n'avait pas le temps de se consacrer à son autre enquête.

— Kyle, faut que tu bouges c'est grave.

— Encore un suicide ?

— Non, il y a eu un attentat.

CHAPITRE 04

Dans une ruelle sombre de la City se dressait un bar à la façade fatiguée. Le néon clignotant à l'extérieur projetait des éclats lumineux intermittents sur le sol crasseux. A l'intérieur, des lumières tamisées éclairaient à peine les murs décrépis et les tables éraflées. L'endroit était étroit, presque étriqué. Il exhalait un parfum de vieux cuir, de tabac et d'alcool, mêlé à un relent métallique. Le plafond était un enchevêtrement de câbles et de tuyaux apparents. Les murs étaient couverts d'écran diffusant des publicités pour des objets hors de prix, bien trop chers pour la clientèle de cet établissement, éveillant des désirs que personne ne pourrait jamais satisfaire.

Les clients étaient serrés autour des tables branlantes, le verre à la main. Le brouhaha des conversations se mêlait au grésillement de la musique électronique, résonnant à travers l'air. Le barman, un homme bedonnant aux manches retroussées et aux tatouages passés, essuyait un verre derrière son comptoir usé. Son visage reflétait la fatigue accumulée au fil des ans.

Dans un coin sombre et reculé, trois hommes discutaient autour d'une table. Deux d'entre eux devant une pinte de bière à moitié consommée. Le dernier en revanche ne buvait rien. Encapuchonné, le visage baignant dans l'ombre, il ne semblait pas prendre part à la discussion. Mais il écoutait d'une oreille attentive.

— Quand j'y pense, l'IA est quand même une chouette invention, dit Bobby.
— Ah, tu es encore sur cette histoire d'intelligence artificielle, hein ? Répondit John. Je ne suis pas si convaincu. Pour moi, ça pose plus de problèmes que ça n'en résout. Je veux dire,

ouais, ça peut sembler génial avec toutes ces technologies, mais regarde un peu ce que ça fait aux emplois. Les humains se font de plus en plus remplacer par des machines, c'est pas une bonne direction, ça. Et puis, à force de compter sur ces machines, les gens perdent leurs compétences et leur indépendance. C'est pas comme ça qu'on va évoluer, c'est comme devenir des assistés.

— Justement c'est ça l'évolution mon pote. Pendant qu'elle fait tout, nous avons le temps de nous concentrer sur autre chose. C'est un putain de confort tu ne peux pas le nier.

Bobby but une longue gorgée de bière et lâcha un rot sonore.

— Ouais, je comprends le confort que ça peut apporter, c'est sûr. Mais il y a une part de nous, d'humain, qui disparaît avec ça, tu vois ? On perd notre capacité à faire des choses par nous-mêmes, à apprendre de nos erreurs, à être créatifs. L'IA peut être un outil utile, mais à trop en dépendre, on risque de perdre notre humanité. On doit trouver un équilibre, sinon on finira par être les esclaves de notre propre création.

— Ça c'est un fantasme vu et revu, que ce soit dans des bouquins ou des films. Des années qu'elle est là et pourtant c'est toujours elle notre esclave.

— C'est vrai que l'idée d'une IA dominatrice est souvent exagérée dans la fiction, mais je ne parle pas d'esclavage au sens habituel. C'est plus subtil que ça. On peut devenir dépendant de la facilité qu'elle apporte, jusqu'à en oublier comment faire des choses de manière plus humaine. Et si on ne fait rien pour maintenir un certain équilibre, on risque de perdre des parties importantes de notre humanité. C'est un défi qu'on doit garder à l'esprit à mesure que l'IA continue de se développer.

— Alors tu n'apprécies pas que ce robot géré par une IA t'ait apporté cette bière que tu savoures depuis tout à l'heure ?

— Je ne vais pas dire que c'est désagréable, mais cela ne devrait pas devenir la norme. Il y a quelque chose de spécial à avoir des interactions humaines authentiques, même pour des choses aussi simples que servir une bière. L'IA peut certainement rendre la vie plus pratique, mais il est essentiel de ne pas sacrifier complètement ces interactions humaines. Une bière servie par un ami a une saveur différente.
— C'est dans ta tronche que c'est différent, répondit Bobby en riant.
— Eh bien, tu n'as pas tort. Tout est une question de perspective. Certains préfèrent la commodité, d'autres l'authenticité des interactions humaines. L'IA a certainement son rôle à jouer, mais il est crucial de maintenir un équilibre.

Dans l'intensité de la discussion, ils en étaient venus à oublier leur ami qui se contentait d'écouter la conversation en fixant la table.
— Et toi tu en penses quoi de tout ça, mec ?

Stan se redressa et son visage se dévoila dans un trait de lumière. Le teint pâle et les yeux rougis, il fronçait les sourcils à tel point qu'il ressemblait à un chien enragé. Ses amis semblaient mal à l'aise, son état n'était pas habituel. Il n'avait pas encore la trentaine mais pourtant donnait l'impression de souffrir d'un lourd passé. Un esprit rempli d'idées noires.

— Écoute, mec, j'en ai ras-le-bol de cette race humaine. On pollue tout, on détruit tout, et maintenant on a créé ces foutues machines qui nous rendent tous complètement débiles. On a perdu notre humanité en cours de route, tu vois ? On est devenus des esclaves de la technologie, incapables de faire quoi que ce soit sans qu'un ordinateur nous le dise. Et je ne parle même pas du boulot. Avant, t'avais un vrai job, t'allais au charbon, tu bossais dur.

Maintenant ? Les machines prennent tout. Y a plus de boulot pour les humains. On est tous au chômage, sauf pour ceux qui contrôlent ces machines. C'est une foutue dystopie, mec.
Tout ça pour dire que je hais cette société, je hais ce qu'on est devenu. Et j'ai plus aucune foi en l'humanité. On mérite tout ce qui nous arrive. Voilà ce que j'en pense, mec.

— Houlà, tu es de bonne humeur toi aujourd'hui, dit John avec un rire nerveux.

— C'est juste que tout ça me fout en rogne, tu vois ? On ne peut pas continuer comme ça, faut qu'on reprenne le contrôle de notre propre destin. On ne peut pas laisser ces foutues machines décider de tout à notre place. C'est notre monde, mec, et on devrait en être les maîtres, pas les esclaves.

— Donc pour toi que ce soit une IA ou un humain tu t'en fiches vu que tu n'aimes aucun des deux ?

— J'en ai ras-le-bol de tout ce bordel, que ce soit ces foutues machines ou ces humains qui ont perdu toute dignité. Regarde, mec, l'IA, elle fait tout, elle décide de tout, et les humains, ils se laissent faire. Ils sont devenus des pantins, des marionnettes manipulées par la technologie, incapables de penser par eux-mêmes.

Mais d'un autre côté, t'as ces êtres humains, des créatures égoïstes, destructrices, qui détruisent tout sur leur passage. Ils exploitent la planète, ils se font la guerre, ils se tuent pour des bouts de terre ou la couleur de la peau. C'est à vomir.

Alors ouais, je suis en colère. Je veux juste qu'on retrouve un peu de sens dans tout ça. Qu'on se souvienne de ce que c'est d'être humain, de respecter notre planète et les autres êtres vivants. On doit arrêter de tout déléguer à l'IA et reprendre le contrôle. Et si les humains ne peuvent pas le faire, alors je dis qu'on devrait laisser l'IA reprendre les rênes, au moins elle saura ne pas détruire la planète. Ouais, mec, je sais, c'est un

putain de dilemme, mais au final, tout ce que je veux, c'est qu'on retrouve un peu d'humanité, peu importe d'où ça vient.
— Tu as l'air d'avoir longuement planché sur le sujet. Si tu es si malin, vas- y proposes un truc pour changer le monde.

Stan marqua une pause, son visage semblait s'assombrir davantage, ne manquant pas de flanquer la chair de poule aux deux buveurs de bière.
— Ouais, j'ai des idées, mais pour l'instant, je préfère les garder pour moi. Peut-être que le moment opportun viendra, ou peut-être que je trouverai un moyen de changer les choses. Mais, mec, ce que je peux te dire, c'est que le monde est au bord du précipice, et moi, je suis là à l'observer, guettant le moment idéal pour agir. Qui sait, peut-être serai-je la lueur dans cette obscurité, ou peut-être serai-je simplement une ombre de plus. C'est ainsi que les choses fonctionnent, mec.

Les deux autres ne semblaient pas savoir quoi répondre. De toute manière ça servirait à quoi. Stan avait réponse à tout et le sujet semblait trop le titiller pour poursuivre. Ils se contentèrent de terminer leur bière bruyamment, pour combler ce silence pesant. Voyant qu'il avait cassé l'ambiance, Stan se leva, sous les yeux effarés de ses amis.
— Écoutez, les gars, j'ai l'impression que je suis sur une autre longueur d'onde ces temps-ci. C'est pas que je vous prenne pour des débiles, mais je crois que c'est le temps pour moi de partir vers d'autres horizons. La vie, c'est un putain de voyage, et chacun a sa propre route à suivre, non ? On n'est pas obligés de marcher ensemble jusqu'à la fin. C'est comme si on avait chacun notre propre chapitre dans ce putain de bouquin de la vie, et il est temps que je tourne la page pour écrire le mien. Ce n'est pas une question de supériorité, les gars, c'est juste une question de suivre son propre chemin. Alors, je ne vous dis pas adieu, je dis juste que je me tire vers d'autres aventures, mais je vous souhaite à tous que du bon dans votre livre à vous, peu importe comment ça se termine. On se recroisera

peut-être un jour, et on aura plein d'histoires à se raconter. Prenez soin de vous, les gars.
Et il s'en alla simplement, sans se retourner. Il avait menti en disant les revoir un jour, car il savait que ça n'arriverait jamais.

Le ciel s'était assombri, prémices d'une nuit mouvementée. Les mains dans la poche centrale de son sweat noir, la capuche toujours sur la tête, il marchait en direction d'une station du City-Express. A présent il voyait clair, il savait ce qu'il devait faire. C'était comme se réveiller d'un long coma. Il avait tant cherché à comprendre le sens de sa vie, à trouver la mission de son existence. Maintenant tout était évident.

Son portable sonna. C'était John, visiblement il n'avait pas apprécié ses adieux en bonne et due forme. Il ne chercha pas à décrocher, C'était bien inutile maintenant de se perdre en explication qu'il ne pourrait comprendre. En passant près d'une poubelle, il y jeta son téléphone.

La station était bondée à cette heure de la journée. Tout le monde sortait du boulot pour rejoindre son domicile.
La rame en direction de la banlieue freina émettant un son métallique strident. Les portes s'ouvrirent pour avaler une marée humaine, vidant considérablement la station. Stan avait réussi à monter en se rendant au bout du quai. Généralement, il y avait moins de passagers dans les wagons de queue. Le City-Express repartit.
Stan scrutait les gens autour de lui. Tous des employés de bureau, des esclaves modernes de patrons. Ils participaient à l'effondrement de la société. C'était grâce à eux que les multinationales faisaient des profits aberrants alors que la majorité du peuple crevait de faim et vivait dans des taudis. Ils étaient la clé de voûte de ce système bancal. Il était temps que ça cesse. Il était temps de passer un message. Demain, le monde serait choqué et l'économie tournerait au ralenti. Ce ne serait qu'un grain de sable dans l'énorme engrenage, mais chaque action

comptait. Stan était sûr que d'autres suivraient après lui. Il fallait simplement lancer la machine.

Ils avaient dépassé la dernière station de la ville, maintenant ils allaient traverser le fleuve pour rejoindre la banlieue. C'était le tronçon le plus long sans arrêt. Stan admira le reflet du soleil couchant sur la surface lisse de l'eau. Un spectacle magnifique dont il voulut s'imprégner. C'était le dernier. Puis un doute l'envahit, comme si pendant un bref instant il allait renoncer. Mais dans la poche de son sweat sa main serrait le métal froid de son arme.

Qui allait ouvrir le bal ?

Il les observa tous, à tour de rôle. Même si aucun d'eux n'en réchapperait, il tenait à choisir soigneusement le premier. Car à ce qu'il parait, c'est comme la première fois qu'on fait l'amour, on s'en souvient. Mais en y réfléchissant bien, dans son cas ça n'avait aucun sens.

Un homme devant lui, habillé en costume cravate, se tenait fièrement. Bien trop gros pour se sentir gêné de prendre autant d'aise. Il avait une tête de responsable. La tête de quelqu'un qui fait du harcèlement moral à une petite secrétaire trop peureuse pour se rebeller.

Stan sortit son pistolet, le chargea puis le pointa vers le visage de l'homme qui le regarda avec de grands yeux écarquillés. Puis son visage se crispa de terreur. Stan tira. Alors que tout était calme dans le wagon, les gens silencieux terrassés par la fatigue de la journée furent tirés brutalement de leur torpeur. Tout le monde se mit à crier. Certains se levèrent pour courir dans la direction opposée, se bousculant sans penser à autrui. C'était chacun pour soi. Mais qui pouvait bien les juger ?

Stan tira dans le tas, préférant descendre ceux qui fuyaient plutôt que ceux restés en arrière, figés de peur sur leur siège. De toute manière, il n'aurait pas suffisamment de balles pour tous les emporter.

Il tira plusieurs fois, à s'en faire mal avec le recul de l'arme. Les balles déchiraient les vêtements puis pénétraient les chairs. Un tas de cadavres s'amoncelait à l'autre bout du wagon.

Les automobilistes, sur la route du pont parallèle aux rails, ne se doutaient pas de ce qui était en train de se produire à quelques mètres seulement.

L'air était chargé de l'odeur de la poudre et du sang. Tout était redevenu silencieux hormis quelques pleurs et les hurlements des personnes blessées grièvement.

Stan était essoufflé, ses oreilles bourdonnaient à cause de la résonance des coups de feu dans cet espace clos. Lorsque la fumée se dissipa, il découvrit ce qu'il avait fait. Il faillit en vomir, lui-même choqué de son acte inhumain. Il sentit quelque chose couler sur son visage. En l'effleurant des doigts il se rendit compte qu'il s'agissait de sang. Mais pas le sien.

Il fallait le faire, j'en suis sûr !

Après quelques minutes qui semblèrent des heures pour les autres usagers, le City-express entra dans la première station de l'autre rive du fleuve. Stan les regarda s'enfuir sur le quai. Alors qu'il s'approchait des victimes, son regard se porta entre deux sièges là où une jeune fille s'était cachée, recroquevillée sur elle-même, pensant échapper au massacre. Il lui fit face, l'arme toujours à la main.

Cette jeune fille serait choquée à vie. Jamais plus elle ne pourrait vivre normalement. Elle traînera ce traumatisme comme un handicap. Comment se remettre de ça en étant si jeune. Il leva doucement le canon vers elle, malgré ses supplications.

Je fais ça pour son bien, sa vie est gâchée maintenant.

Mais sur le quai en face de lui, un groupe de policiers pointait ses armes vers lui. Quelqu'un les avait appelés pendant que la rame traversait le fleuve. Mais Stan n'irait pas en prison, ne passerait pas devant un juge et ne chercherait pas à expliquer ce geste, car ça ne servirait à rien.

Les lumières blafardes du métro vacillaient alors que la police approchait, les silhouettes se dessinant dans l'obscurité. Il observa l'arme, son reflet dans le canon métallique semblant le narguer. Les souvenirs de ses actes le submergèrent, chaque coup de feu résonnaient comme un écho de son désespoir. Les douilles vides gisaient autour de lui, témoins de la tragédie qui venait de se dérouler. Ses doigts ensanglantés serrèrent la crosse du pistolet. Sa main trembla. Tout ce qui comptait à ce moment-là, c'était mettre fin à cette folie, quel qu'en soit le prix.

Le canon de l'arme trouva finalement le chemin jusqu'à sa tempe. Les battements de son cœur martelaient ses tympans. Il sentit une goutte de sueur mêlée à du sang glisser le long de son visage. L'odeur de la mort flottait dans l'air se mêlant à l'atmosphère oppressante de fin imminente.

Sans prévenir, un coup retentit, sec et déchirant. Stan s'effondra en un tas de chair inerte, le cerveau éclaté, les lambeaux de sa conscience dispersés dans le vide. Une pluie de sang, d'os et de matière cérébrale maculait les parois du wagon. La scène du crime fut marquée par ce dernier acte de folie. Une fin sanglante et brutale pour un chapitre de terreur.

La jeune fille n'avait pas crié mais était restée figée. Elle ne parvenait pas à détourner le regard de la dépouille de Stan.

Le choc et l'horreur de ce qu'elle venait de vivre marqueraient à jamais sa mémoire. Cet événement tragique resterait gravé dans son esprit, laissant des cicatrices émotionnelles indélébiles.

CHAPITRE 05

Le trafic automobile autour de la station avait été dévié et tous les City-Express de la zone temporairement suspendue, le temps que les choses rentrent dans l'ordre. Kyle s'était garé un peu à l'écart afin de laisser la place d'atterrir aux Medi-Vacs. Trois de ces appareils étaient en travers de la route, moteur éteint mais les portes grandes ouvertes afin d'évacuer les blessés rapidement. Les rues étaient illuminées par les gyrophares des services de secours. Un cordon immatériel délimitait la zone à ne pas franchir derrière lequel s'amassait une foule de curieux. Des agents de police se chargeaient de les disperser tout en faisant la circulation afin que les véhicules d'assistance soient prioritaires.

L'enquêteur franchit le cordon, son autorisation le lui permettait, puis se dirigea vers les escaliers menant aux quais. Plusieurs fois, il dut se décaler afin de laisser passer des secouristes portant des civières. Apparemment, beaucoup de blessés graves vu l'état de ceux qu'il voyait remontés par les escaliers, certains étant perfusés sur place.

Descendant les marches une à une, avec la boule au ventre, il appréhendait le moment où il découvrirait la scène de la tuerie. Déjà les cris plaintifs lui glaçaient le sang.

Le quai s'était transformé en centre d'urgence de fortune. De nombreux blessés étaient allongés sur des civières, les vêtements ensanglantés et déchirés. D'autres étaient simplement en état de choc, pleurant et criant comme s'ils étaient encore dans l'action. Des blessures qui mettraient certainement plus de temps à guérir.

Kyle enfila ses lunettes puis le portrait de Tyler apparut.

— Je suis sur place, le prévint-il la gorge nouée.

— Je vois ça. Mon dieu…ça fait froid dans le dos.

Il approcha du wagon de queue. Le sang séché maculait les vitres, sombre toile de violence et de terreur. La scène était le point de départ d'une nuit cauchemardesque qui ne faisait que commencer pour l'enquêteur.

Avant même de pénétrer à l'intérieur, une odeur âcre de poudre et de sang imprégna l'air et s'insinua dans ses narines. Ces émanations sinistres le firent hésiter à franchir le seuil. Devant les portes de l'enfer, il se tint immobile, incapable d'aller plus loin. Il comprenait qu'en entrant, il ne serait plus jamais le même. Il avait déjà été témoin de scènes macabres. Vu des cadavres dans des états horribles. Mais cette fois-ci, c'était différent. Le contexte, la brutalité de l'acte, tout cela était différent.

Mais la voix de Tyler le ramena à la réalité et l'appel du devoir le poussa vers l'intérieur. Il marchait doucement, en évitant de faire du bruit, avec cette attitude de quelqu'un ne voulant pas déranger une veillée funèbre. Les lunettes affichèrent en surbrillance bleue les indices précieux pour l'enquête. De nombreuses douilles jonchaient le sol, certaines collées par le sang séché. Les blessés avaient été sortis mais les corps eux était toujours présent pour les besoins de l'enquête. La première victime gisait aux pieds de Kyle. Un homme gras, les yeux vitreux grands ouverts. Leur dernière vision était sans doute celle du tueur déterminé. Un trou au-dessus du sourcil gauche avait mis fin à son existence.

Kyle poursuivit, remontant l'allée encombrée de corps. Il sentait ses cheveux se dresser sur son crâne à la vue de ce spectacle macabre. Tous ces pauvres gens étaient en train de rentrer chez eux pour rejoindre leur famille. Ils avaient une vie, une enfance qui avait fait d'eux ce qu'ils étaient. Le tueur avait mis un terme à leur existence. Il les avait privés de leur futur. D'un temps où ils auraient pu voir l'aboutissement de leur projet. Des projets qui, parfois, demandaient des années d'effort et de sacrifice. Le tueur n'avait pas le droit de leur

enlever ça. Il avait tiré aléatoirement et le hasard avait décidé de qui devait rester et qui devait quitter ce monde.
Les lunettes affichèrent un impact de balle dans le dossier d'un siège. La balle pourrait être extraite pour analyse si besoin. Certains corps étaient dans des positions improbables, ce qui voulait dire que les victimes étaient mortes avant de toucher le sol, tuées sur le coup. Les semelles de Kyle collaient au sol à cause du fluide pourpre. Chacun de ses pas faisaient un bruit de sparadrap que l'on retire. Il enjamba une femme d'environ la soixantaine, un extravagant collier de perles ornait son cou. Plus loin, plusieurs corps gisaient l'un sur l'autre, comme si un embouteillage de passagers avait bloqué leur fuite. Parmi la dizaine de victimes, l'une d'elles était particulièrement amoché.

— La vache ! Il ne l'a pas raté celui-là, fit remarquer Tyler qui était resté silencieux jusque-là.

Kyle se pencha.

L'homme était en position semi-allongée. Sa tête, enfin ce qu'il en restait, appuyée contre la paroi métallique du City-express. Son visage était méconnaissable et les lunettes ne parvinrent pas à l'identifier.

— C'est notre homme, dit une voix sur sa gauche.

L'inspecteur vit un agent en uniforme s'approcher de lui.

— Comment vous le savez ? demanda-t-il en se redressant.

— Quand il a vu qu'il était cerné, il s'est foutu en l'air tout seul.

L'agent désigna du menton un objet tombé au sol. : un pistolet chromé. Une arme tape à l'œil qui venait à coup sûr de la banlieue. Beaucoup se prenaient pour des caïds en s'affichant avec des armes bling-bling. Mais ça ne restait pas moins un calibre assez puissant, ce qui expliquait la violence des tirs.

Kyle sortit un sac de prélèvement d'indice puis rangea délicatement l'arme à l'intérieur. Il referma le zip en expulsant le maximum d'air.

— Je peux vous confier ça le temps que j'y regarde de plus près ?

L'agent acquiesça puis attrapa l'arme comme si c'était de la dynamite sur le point d'exploser.

L'enquêteur s'accroupit au-dessus du corps du terroriste puis tâta ses poches à la recherche d'autres indices. Il n'y avait rien, pas même un portable. Avec ça, il aurait été facile de l'identifier. Cependant il sentit quelque chose dans la poche de son jean. Quelque chose de fin et souple. Il attrapa l'objet entre son index et son majeur dans la poche serrée et extirpa une carte. Une carte de visite qu'il avait déjà vue aujourd'hui. Ce crâne noir avec l'ampoule à l'intérieur était revenu par deux fois. Trop pour que ce soit une coïncidence. Il contempla l'animation et vit le nom apparaître.

— Vous connaissez ? lui demanda l'agent.
— Pas encore. Mais ça ne saurait tarder.
— Tu as déjà vu ça chez les Diop, fit remarquer Tyler.
— Je le sais.
— Pardon ? fit l'agent.
— Je suis en ligne avec mon opérateur, expliqua Kyle en montrant ses lunettes.
— Oh, oui pardon. Je vous laisse terminer votre enquête. Je vous attends à l'extérieur. Vous voulez récupérer l'arme ?
— Non, un drone va vous rejoindre. Vous la lui remettrez pour qu'elle parte en analyse.

Kyle commanda à son drone de sortir de la voiture pour venir à la rencontre de l'agent.

— Tu en penses quoi ? demanda Tyler.
— Cette carte est trop souvent présente pour que ce soit une simple coïncidence.
— Je noterai ta remarque dans le dossier. Si jamais.
— Quoi, tu vas me dire qu'il n'y pas d'enquête ? Ce n'est pas un suicide là.
— Non, je suis bien d'accord. Mais le tueur est mort. Tu veux poursuivre son fantôme ?

— Et s'il y en a d'autres ?
— Tu veux dire, un groupe terroriste ? L'attentat n'a été revendiqué par personne. C'est un tueur isolé. Un fou furieux qui a décidé d'emporter le plus de gens possible avant d'en finir. Mais ne t'inquiète pas. Une cellule spéciale va se charger de l'identifier et d'interroger son entourage.
— C'est tout ?
— Kyle, n'oublies pas quelle est ta place. Notre job c'est de prélever des indices et c'est tout. Si tu veux aller plus loin, tu passes les tests pour devenir enquêteur supérieur. Mais tu as déjà raté les tests psy je te rappelle.
— Merci pour cette info que j'avais oublié.

Les muscles de sa mâchoire se crispèrent.

— Ne le prends pas comme ça Kyle. Je comprends que ce soit frustrant pour toi. Qui sait, peut-être que tu y arriveras cette fois.
— Nous en parlerons plus tard, ce n'est pas le lieu pour ça.

Tyler avait raison, pour devenir enquêteur supérieur, il devait réussir toute une série de tests assez complexes. Mais ce n'était pas la plus grande difficulté. La plus dure, celle qui l'avait fait échouer la dernière fois, était le test psychologique. Mais le gars l'avait prévenu, il ne partait pas gagnant avec un deuil à gérer. Mais c'était à l'époque. Aujourd'hui, il avait bien changé. Ou pas. Quand on garde le souvenir de sa femme sous forme d'IA dans son appartement, c'est que le problème n'est pas réglé.

Il fit un dernier tour, enregistrant le maximum d'indices avec ses lunettes. La base de données avait réussi à identifier la totalité des victimes. Tyler avait déjà tout transmis au Central afin qu'il se charge de prévenir les familles.

Sa présence n'était plus nécessaire. Inutile de faire attendre les Médi-Vacs plus longtemps. Les corps pouvaient être transportés à la morgue. Une équipe de nettoyage se chargerait de laver ce wagon. Il serait détaché du reste du City-Express afin d'être remorqué jusqu'à un hangar pour réparation. Le trafic reprendrait son cours normal le lendemain lorsque les autorités compétentes donneraient leur feu vert. Tout serait rentré dans l'ordre. Mais les gens n'oublieraient pas cette nuit d'horreur, elle resterait gravée dans leur mémoire de façon indélébile. Chaque année cette date serait un rappel de la tuerie que l'on nommera *L'attentat du City-express*.

En sortant du wagon, Kyle inspira une grande bouffée d'air frais, comme pour laver ses poumons de l'odeur de la mort. Mais c'était son esprit qu'il avait besoin de laver à grandes eaux. A peine avait-il franchi la porte que déjà les visages crispés de peur et de douleur des cadavres venaient le hanter.
L'agent qui l'avait rejoint dans le wagon vint à sa rencontre.
— C'est fait, dit-il pour le drone
— Merci, dit Kyle, les yeux fermés en appréciant l'air frais sur son visage.
Le policier remarqua son teint pâle.
— J'ai juste besoin d'une minute.
— Vous savez je ne le montre pas mais moi aussi j'ai du mal.
Il veut quoi celui-là, faire copain-copain ?
Mais il se rendit compte qu'il le jugeait hâtivement. Il voulait simplement parler, discuter avec quelqu'un. Après tout c'était peut-être sa manière à lui de décharger
— Comment vous appelez-vous ?
— Edward Brody.
— On va se tutoyer Edward. Et je l'avoue, ce n'est pas facile
— Je comprends. Ce que l'on a vu dans ce wagon c'était…vraiment brutal.
— Pourtant à force d'en voir je me suis dit que je finirais par m'y habituer. Mais ce n'est pas le cas.

— Je te comprends. On peut essayer de s'y habituer, mais au fond, ça laisse toujours une empreinte, tu sais. C'est comme si une part de nous restait marquée à jamais par ces horreurs.

— En fait, je crois que je classe ça dans un tiroir de mon cerveau avec une étiquette *à trier plus tard*. Mais je ne l'ouvre jamais. Un jour, ça va me péter à la gueule.

— C'est une manière de faire face, je suppose. Mais il est essentiel de ne pas laisser ces émotions s'accumuler indéfiniment. Tôt ou tard, il faudra ouvrir ce tiroir et commencer à traiter ce qui s'y trouve, sinon cela peut devenir une charge trop lourde à porter. Parler à quelqu'un, un psychologue par exemple,

— J'imagine que c'est une bonne manière de commencer C'est ce que tu fais toi ?

— Je sais que ça pourrait aider, mais je suis encore réticent. Je préfère garder ça pour moi, comme beaucoup d'entre nous. Peut-être qu'un jour je franchirai le pas, qui sait.

Kyle hocha la tête. Finalement il était comme tout le monde. Le fait d'en parler avec une personne, une vraie, lui fit le plus grand bien. Ce n'était pas avec Tyler qu'il pouvait en discuter, à travers ses lunettes de scannage. Mais de toute manière ce n'était pas la personne avec qui il voudrait en parler. Tyler était trop carré dans sa tête. Trop rigide et respectueux des règles. En fait, il se comportait exactement comme le voulait la société. Neutre et sans émotion. C'était surtout pour ça que leur relation n'avait jamais dépassé le cadre du travail. Kyle devenait un peu comme ça à la longue. A force de côtoyer des personnes sans âme, il perdait peu à peu la sienne. Cette brève discussion avec Edward lui fit beaucoup de bien malgré tout.

Il en avait vu des choses. Des choses qui laissent des cicatrices invisibles et profondes. Des images de cadavres démembrés. C'était comme si quelqu'un avait décapé son âme. Ces images hantaient ses rêves, comme si son subconscient cherchait désespérément à

comprendre ce qu'il avait vu. Il y avait cette boule de glace dans sa poitrine, qui ne semblait jamais pouvoir fondre. Chaque fois qu'il fermait les yeux, il revoyait ces corps torturés, mutilés et entendait les cris. Son esprit luttait pour comprendre, pour donner un sens à l'horreur, mais il était impuissant face à l'inhumanité de ces actes.
Et puis, il y avait cette tristesse pour les victimes, pour leurs familles, pour un monde qui pouvait être si cruel. Ces images, elles restaient gravées en lui. Et il se demandait s'il pourrait un jour s'en libérer. Il essayait de se convaincre qu'il était fort, qu'il pouvait supporter ça, mais la vérité, c'était qu'il était juste humain, et parfois, ça devenait trop lourd à porter.
Son regard se porta sur une gamine blonde. Elle était assise sur une civière, les bras serrant ses genoux. Le regard fixe droit devant elle. Les yeux écarquillés sans presque jamais les cligner. Son visage était maculé de sang, mais pourtant elle ne semblait souffrir d'aucune blessure. Une secouriste tentait d'ouvrir le dialogue avec elle, la secouant doucement.
L'agent suivit le regard de l'enquêteur.
— Elle est sous le choc, expliqua-t-il. Elle était au pied du type quand celui-ci a décidé de se faire sauter la caboche. Elle a tout vu. Pauvre petite, elle ne va jamais s'en remettre. Ses parents sont en chemin.
Lui qui avait du mal à gérer ce qu'il voyait malgré son expérience, que devrait dire cette jeune fille ?

Kyle retourna à sa voiture. La portière claquée, le brouhaha incessant de l'extérieur fut étouffé par l'isolation du véhicule. Il resta quelques minutes les yeux fermés, appréciant le silence. Mais à chaque fois que ces paupières étaient closes, c'était pour revoir les morts du train. Trop de cadavres pour aujourd'hui. On lui avait demandé de se rendre sur les lieux systématiquement mais qu'en était-il de son état émotionnel ? Ils lui demandaient d'agir comme s'il n'éprouvait rien. Mais c'était un homme comme tout le monde bon sang !

Lorsqu'il était confronté à un suicide, il ressentait d'abord de la tristesse. La contemplation d'une vie perdue, de douleurs inexprimées, le plongeait dans une mélancolie profonde. Il se demandait ce qui avait pu pousser quelqu'un à en arriver là. Ce moment d'affliction était souvent accompagné d'un sentiment de compassion, l'amenant à réfléchir sur la fragilité de l'existence humaine.

En revanche, face à l'attentat du City-express, ses émotions avaient été bien différentes. La colère avait surgi en premier. La rage contre celui qui avait perpétré un acte aussi cruel. La sidération face à l'injustice et à l'absurdité de cette violence. Il ressentait également de la peur, car les attentats engendraient l'incertitude collective. Cela créait un mélange explosif d'émotions et pouvait faire naître une détermination à se faire justice soi-même et à chercher à prévenir de futures actions similaires.

Il ne pouvait pas rester les bras croisés. Perdre un être cher, il savait ce que c'était, et savait quelles réactions cela pouvait provoquer.

Il décida de rentrer chez lui. Il était tard et son énergie avait dégringolé sur le trajet. En entrant chez lui, il ressentit un léger pincement au cœur en se disant que Grace, enfin son souvenir, était bloqué volontairement dans son boîtier holographique. Le calme de la maison était bienvenu mais pas la solitude. Dans le buffet du salon, il trouva un fond de whisky. Ce n'était pas souvent mais ce soir il en avait besoin. Trop de pensées à chasser, il avait besoin de mettre le cerveau sur pause un petit moment. Il but le premier verre cul sec en se brûlant la gorge. Son visage se crispa lorsque le fluide descendit dans ses entrailles, comme une boule de métal chauffée à blanc. La fatigue et les péripéties de la journée suffisaient pour que l'alcool lui monte rapidement à la tête.

Assis sur son siège, il fixait le boîtier holographique.

Putain ce qu'elle me manque !

Ce n'était pas elle mais c'était son visage. Peut-être que ça suffisait après tout. Il se leva en manquant de chuter puis fit quelques pas

bancals. Il pressa le bouton de démarrage afin que la reconnaissance vocale soit activée.
— Grace, activation !
Elle apparut devant lui, vêtue d'une robe aux motifs de fleurs. Ça lui allait bien, comme toujours.
— Oh ! Tu es enfin rentré mon amour.
— Écoute, j'aimerais que tu fasses quelque chose pour moi. A ce qu'il parait je dois…t'éduquer. C'est ce que le gars a dit. Tu dois apprendre à devenir ma femme. Mais ce soir j'ai simplement besoin de ta présence, d'accord ? Alors s'il te plait ne dis pas un mot jusqu'à nouvel ordre.
Grace acquiesça et Kyle apprécia. Il retourna sur son fauteuil puis but une lampée. Grace s'assit sur ses jambes mais il n'en ressentit pas son poids. Ça ne faisait rien.
Il se rappelait encore le moment de sa disparition, une douleur profonde qui semblait insurmontable. À l'époque, il n'aurait jamais imaginé qu'il pourrait un jour la revoir, même sous cette forme numérique. Alors, chaque interaction avec cette version de Grace apaisait une partie de son chagrin. Pourtant, il ne pouvait s'empêcher de ressentir le vide qui subsistait. Car malgré la qualité impressionnante de la technologie, elle n'était pas réelle. Elle n'était pas là pour lui tenir la main, pour rire avec lui, pour partager des moments de complicité. C'était une projection, une ombre, une illusion. Au fil du temps, il avait admis que l'hologramme n'était qu'un moyen de conserver un semblant de présence, mais cela n'effaçait pas la réalité de la perte. Les souvenirs de sa femme, les moments qu'ils avaient partagés, étaient à jamais gravés dans son cœur, alors la compagnie holographique apaisait ses nuits solitaires.
Ainsi, malgré les avancées technologiques qui avaient permis l'apparition de l'image de sa femme, il vivait avec le paradoxe de ressentir à la fois une consolation et une douleur persistante. La technologie offrait un réconfort, mais il ne pouvait jamais oublier que

la perte de l'amour qu'elle lui donnait était bien réelle, tout comme le vide qu'elle avait laissé dans sa vie.
Il but son verre, ne laissant qu'une petite gorgée pour plus tard. Inconsciemment, il voulut poser sa main sur la cuisse de Grace mais elle passa au travers pour se poser sur sa propre jambe. Ces petits rappels à la réalité le mettaient dans un état de tristesse profond.

— J'ai besoin de toi, plus que jamais ce soir.

Il la fixa un moment dans les yeux.

— Je la regarde, cette illusion de toi qui flotte dans la pièce. Tu étais ma vie, mon amour, et maintenant, tu n'es plus qu'un hologramme. Cela me brise le cœur de te voir ici, de pouvoir presque te toucher, mais de savoir que tu es irrémédiablement hors de ma portée. Je m'en veux, tu sais, de toutes ces fois où j'étais trop pris par le travail, trop obsédé par des futilités pour être vraiment présent à tes côtés. J'aurais dû passer plus de temps avec toi, t'écouter, rire avec toi, te serrer dans mes bras. Je réalise maintenant que la vie est si fragile, si éphémère. On pense toujours qu'il y aura un lendemain pour dire tout ce qu'on ressent, mais parfois, ce lendemain n'arrive jamais.

Je donnerais n'importe quoi pour revenir en arrière, pour revivre ces moments que j'ai laissé filer.

Ton hologramme est à la fois un réconfort et une torture. Il me rappelle à quel point tu étais précieuse, à quel point notre amour était unique. Mais en même temps, il me rappelle tout ce temps que j'ai perdu à ne pas être vraiment avec toi. Mon cœur est lourd de regrets, de remords, et il saigne de ne pas avoir été là quand tu avais le plus besoin de moi.

Kyle pleurait à présent, sans se rendre compte que son verre venait de se briser à terre.

— La maladie t'a emportée loin de moi. Je me souviens de ces jours où tu luttais contre la douleur, ces nuits où je te tenais la main en espérant que ma présence puisse apaiser ne serait-ce qu'un instant ta souffrance. Les traitements, les médicaments, les médecins, tout ça n'a pas suffi à te sauver. C'était comme une lente descente aux enfers, une bataille que nous savions tous les deux perdue d'avance. Et pourtant, tu as fait preuve d'un courage incroyable. Tu ne t'es jamais plainte, tu n'as jamais laissé la maladie voler ta dignité. Tu étais belle malgré ta souffrance. Je me rappelle ces moments où je te regardais, impuissant, tandis que tu souriais malgré la douleur. Ton sourire était la lumière qui éclairait mes jours. Mais en secret, j'étais dévasté, déchiré de te voir souffrir, de te voir lutter contre cet ennemi invisible et impitoyable.

Grace lui fit un sourire, affichant une rangée de dents parfaites.

— Le gars du service après-vente m'a dit de t'expliquer ce qui ne va pas. Ce sourire n'était pas le sien. Elle ne montrait pas ses dents.

Grace recommença en suivant les indications de Kyle et le résultat fut si probant qu'il sentit une douce chaleur lui envelopper la poitrine. Il sourit.

— C'est exactement comme ça. Merci.

Et il la contempla un long moment avec ce sourire, se rapprochant de plus en plus de la vraie Grace.

— Je donnerais tout pour revenir en arrière, pour te protéger de cette maladie qui t'a arrachée à moi. Mais je ne peux que me souvenir, me souvenir de toi avec amour, avec tristesse, avec admiration. Ma chérie, tu es gravée dans mon cœur à jamais, et la maladie n'a pas pu voler notre amour, même si elle t'a volé à moi.

Je te parle, même si je sais que tu ne peux pas me répondre. Je te parle pour te dire à quel point tu me manques, à quel point je t'aime, même si tu n'es plus là. Et j'espère, d'une manière ou d'une autre, que tu peux entendre mes paroles.

Kyle lui effleura le visage, comme il aimait le faire autrefois, mais l'illusion n'était pas suffisante. Il souffrait de ne pas pouvoir la toucher ni sentir son odeur. Son esprit ne parvenait pas à briser la barrière du réel pour atteindre le mirage.

CHAPITRE 06

En quittant le centre de Réminiscence, Thomas avait décidé de flâner en ville plutôt que de rentrer chez lui. Mais c'était prendre le risque d'être vu par quelqu'un du boulot et de se faire dénoncer. Mais à ce moment-là, il s'en fichait complètement. Le visage de ses parents visionné dans le casque de réalité virtuelle était encore bien présent dans son esprit. Et il ne voulait pas gâcher cet instant de bonheur qui imprégnait chaque fibre de son corps. Tout était plus beau, plus léger. Il souriait pour un rien. Il avait le comportement de quelqu'un d'amoureux, volant sur son petit nuage. Mais il ne s'agissait pas du même amour. Ses parents étaient partis bien trop tôt, il était encore un enfant à ce moment-là. Leur manque grandissait au fil des années, créant en lui une blessure affective qu'il n'avait jamais réussi à guérir. Les rendez-vous chez le psy n'avaient rien donné, la plaie était trop profonde. Il avait connu un moment de répit en rencontrant Sarah. Grâce à elle, il avait oublié la solitude qui l'avait suivi toute sa vie. Pendant un moment, il songea à elle, se demandant où elle était partie depuis la veille. Il chassa cette préoccupation de sa tête. Pas maintenant, alors que le souvenir de son enfance était encore frais dans sa tête. Ne pas gâcher l'effet de la séance en la parasitant avec de mauvaises pensées.

Les rayons du soleil, qui avaient du mal à percer la brume polluée, commençaient à baisser. D'ici une heure, il ferait totalement nuit. L'obscurité tombait assez rapidement à cette période de l'année. Thomas décida enfin de retourner chez lui et de retrouver son foyer vide. La première nuit seul, il l'avait passée à dormir, épuisé par des litres d'alcool dans le sang. Mais ce soir-là serait différent. Sobre, il

pourrait constater les effets de l'absence de Sarah et c'était non sans appréhension qu'il se dirigeait vers la station du City-Express.
C'était l'heure de pointe, il espérait ne pas rencontrer des collègues de boulot. Et si ça arrivait, est-ce qu'ils s'étaient rendu compte de son absence dans la journée ?
Probablement pas. Thomas était plutôt discret et l'entreprise faisait tout pour qu'il n'y ait pas de rapprochement entre les employés. Mais il fallait tout de même ne pas prendre de risque. Maintenant, il devrait payer seul les charges. L'appartement était bien au-dessus de ses moyens avec un seul salaire. Ça aussi, il devait y réfléchir. Mais pas ce soir. Demain serait un autre jour, avec son lot de soucis.
Il descendit les escaliers menant à la station. Le City-express entrait déjà en gare. Parfait.
Cependant, il préféra éviter les voitures trop fréquentées afin de ne pas être vu. Il resta immobile un moment, réfléchissant où il serait le plus invisible possible. Les voitures arrière forcément. Personne ne prend la peine de marcher plus qu'il ne le devrait. Il accéléra le pas mais un homme dont la capuche couvrait le visage faillit lui rentrer dedans.
Ne t'énerve pas Thomas, pas ce soir.
L'homme ne s'excusa pas et poursuivit sa route. Thomas ne chercha pas à le lui faire remarquer. Comme l'homme à la capuche montait dans la dernière voiture, il décida de voyager dans la précédente. Pas envie de le voir tout le trajet.
Le City-express démarra, emportant à son bord des milliers d'employés de bureau en direction de la banlieue. Comme toujours, Thomas contempla le paysage nocturne et son ballet de drones. C'était apaisant.
Ils s'arrêtèrent à quelques stations encore, avalant des vagues de voyageurs, puis traversèrent le fleuve. Dernier rempart avant la banlieue crade et ses méga-buildings s'élevant vers les cieux.
Tout le monde était silencieux, fatigué par une journée éreintante.
Mais quelque chose brisa ce calme. Ça avait commencé par des échanges de regards, comme si un sentiment d'inquiétude contagieux

avait frappé tous les passagers du wagon. Et puis la rumeur laissa place à une agitation générale. Des gens se mirent à courir vers l'avant de la rame et des cris de terreur retentirent.

Thomas ne saisissait pas bien ce qui se passait. Il lui semblait avoir entendu une détonation étouffée. En regardant vers l'arrière, il put apercevoir à travers la porte vitrée les passagers du wagon de queue courir dans sa direction.

Quelqu'un leur tirait dessus. Son arme crachait des balles meurtrières. Tandis que tous les voyageurs de sa voiture avaient rejoint l'avant du train, Thomas était resté caché à l'abri d'un siège, tétanisé par la peur. L'homme armé faisait un véritable carnage de l'autre côté de la porte. Les tirs étaient réguliers et rapides.

Thomas ferma les yeux, espérant que tout cela s'arrête avant que lui aussi n'y passe. La peur qui le tenaillait avait aspiré toute sa force. Incapable de contracter les muscles de ses jambes pour se lever et s'enfuir comme tous les autres. Il tremblait. Les battements de son cœur martelaient ses tympans. Il en avait presque envie de vomir. Il était curieux qu'à cet instant, il ait si peur de la mort alors que quelques heures plus tôt, il se sentait prêt à l'accueillir à bras ouverts.

Malgré cet effroi dont il avait honte, il releva la tête lorsqu'il entendit frapper contre la porte.

Les passagers momentanément épargnés par le déluge de balles s'écrasaient contre le battant. Ils hurlaient à l'aide, les yeux exorbités et dilatés par la terreur. Leur front perlait d'une sueur froide. Ils tambourinaient, suppliant qu'on leur ouvre.

Mais pourquoi ils n'ouvrent pas eux ?

En y réfléchissant, le système d'ouverture de leur côté était sans doute HS, sinon ils auraient déjà ouvert cette frontière entre la vie et la mort. Thomas fit ses exercices de respiration habituels lorsqu'il était pris de panique. Puis, au prix d'un effort surhumain, il parvint à contracter les muscles de ses cuisses et de ses mollets pour se lever d'un bond. Ses gestes étaient guidés par l'incroyable providence, automatiques et précis.

Il se rua vers le mécanisme d'ouverture puis pressa le bouton.
Les passagers entrèrent comme s'ils fuyaient un navire en train de sombrer, courant vers les wagons suivants.
Thomas laissa entrer une dizaine de personnes puis tenta un œil vers l'intérieur pour voir s'il y avait encore quelqu'un à sauver.
Au-dessus d'un tas de cadavres empilés, son regard croisa celui du tueur et il sentit son sang se glacer. C'était l'homme à la capuche. Ses yeux étaient aussi noirs que son cœur. Il transpirait la malveillance et la folie.
Le tueur ne chercha pas à le descendre lui aussi, il ne méritait pas l'effort que ça lui demanderait d'escalader l'amas de victime pour le rejoindre.
Plus personne ne venait dans la direction de Thomas. Il referma la porte pour s'enfuir à son tour. Lorsque le City-express s'arrêta à la première station de la banlieue, une foule de personnes terrorisées envahit les quais. Thomas vit par les fenêtres une dizaine de policiers se diriger vers l'arrière de la rame, leurs armes pointées dans la même direction.
Il apprit plus tard qu'en les voyant arriver, le tueur s'était fait sauter la cervelle, trop lâche pour affronter ce qui l'attendait.
En posant le pied sur le quai, il sentit ses forces le quitter. Comme si son corps avait fonctionné sous adrénaline jusque-là et que maintenant que tout danger était écarté, il pouvait se relâcher. Mais le relâchement était trop intense et il vit le bitume se rapprocher dangereusement.
Au dernier moment, quelqu'un le rattrapa en manquant de tomber aussi puis l'allongea délicatement au sol.

— C'est lui ! dit la voix d'une femme.

Mais Thomas ne comprenait pas ce que cela signifiait. Tout semblait lointain, les sons étaient perçus comme des échos.

— Oui, c'est lui ! dit une autre voix.

Plus d'images.

Thomas se réveilla. Autour de lui, il y avait de l'agitation. Des flashs de couleur dansaient sur les murs : des gyrophares.
Les secours ?
Il parvint à se redresser.
Une femme blonde aux cheveux bouclés et vêtue de l'uniforme d'ambulancier le fixait en souriant.
— Vous avez perdu conscience quelques minutes, le prévint-elle.
— Depuis combien de temps ? marmonna-t-il l'esprit encore embrumé.
— Pas longtemps.
— Qu'est ce qui m'arrive ?
— Probablement le choc. C'est tout à fait normal. Cela dit, plusieurs personnes ont dit que vous les avez sauvés.
— Ah bon ?
— Je ne sais pas ce que vous avez fait mais en tout cas ils étaient catégoriques.

Et c'est comme ça que Thomas Shawn devint *Le Héros du City-express*.
Son nom fit le tour des médias, comme une note d'espoir sur cette tragédie.
Il refusa néanmoins toute interview. Pour dire quoi de toute manière ? J'ai ouvert une porte !
Il ne trouvait pas ça si extraordinaire, d'autant plus qu'il avait bien failli ne pas le faire. En réalité, il n'aurait pas parié sur lui. Son acte n'était que le résultat d'une maigre chance. Mais, il avait tout de même sauvé la vie de onze personnes cette nuit-là. Ce qui ajoutait de l'étrangeté à son existence. S'il avait sauté de ce pont la veille, ces onze personnes ne seraient plus là pour l'acclamer.
En vérité, c'était à cet inconnu rencontré ce soir-là qu'il fallait dire merci. S'il n'avait pas sorti cette carte de visite énigmatique pour stopper son aller simple vers la mort, la porte serait restée fermée.

Ça ferait une interview d'enfer ! se dit-il.
Mais il préféra s'abstenir et rester loin des caméras. Il accepta néanmoins que sa photo soit diffusée.

Le médecin lui avait fourni un justificatif pour une semaine d'arrêt. Mais c'était surtout grâce à sa récente célébrité. Il ne souffrait d'aucun mal. Il avait simplement des difficultés à accuser le coup.
Une semaine après le drame, un hommage national se tenait dans le centre-ville. Sur une place verdoyante se dressait une scène entourée de gradins montés spécialement pour l'événement. Il y avait un pupitre avec un micro décoré d'une couronne de fleurs. De chaque côté, six portraits brillaient en hologramme : les douze victimes de l'attentat.

Les gradins étaient bondés mais tous restaient silencieux, respectueux de ce moment de recueillement.
Le maire se tenait derrière le pupitre, habillé d'un costume noir et cravate bleue. Les mains dans le dos, il patientait quelques instants avant de faire son discours.
Il alluma le prompteur du pupitre sur lequel défilait son discours. Après s'être éclairci la voix, le micro siffla dans les enceintes qui entouraient la zone.

— Mesdames et Messieurs, aujourd'hui, nous nous réunissons dans la solennité et la tristesse pour rendre hommage aux douze âmes cruellement arrachées à notre affection lors de l'attentat du City-Express. Nos cœurs sont alourdis par le chagrin, et nos pensées vont aux familles qui pleurent la perte de leurs proches.
Pourtant, malgré la douleur qui nous étreint, nous sommes ici pour célébrer la vie, la résilience et la solidarité qui nous unissent. Ces douze personnes que nous honorons aujourd'hui étaient des êtres chers, des amis, des parents, des collègues, des membres précieux de notre communauté. Leur mémoire demeurera vivace en nous, illuminant nos vies de leur héritage

de courage, d'amour et d'espoir. Cet attentat nous a rappelé la fragilité de la vie, tout en renforçant notre détermination à bâtir un monde meilleur. En nous rassemblant et en partageant notre peine, nous témoignons de la puissance de notre unité. Nous n'oublierons pas, mais nous choisissons d'honorer la mémoire de ces victimes en vivant pleinement, en nous soutenant mutuellement et en embrassant l'avenir avec une résolution inébranlable. Chacune de ces douze vies a laissé une empreinte indélébile et continuera d'inspirer notre ville et notre nation. À travers cette tragédie, nous découvrons la puissance de la solidarité, de l'amour et de la compassion. Ainsi, en hommage à ceux que nous avons perdus, engageons-nous à créer un monde où de tels actes de violence n'auront plus de place. Engageons-nous à bâtir un avenir plus sûr et plus pacifique, où la diversité sera célébrée et où chaque individu pourra vivre sans crainte. Gardons la mémoire de ces douze vies dans nos cœurs et honorons-les en devenant des acteurs du changement positif. Aujourd'hui, nous pleurons, mais nous pleurons ensemble. Nous nous souvenons, mais nous nous souvenons ensemble. Et nous avançons, forts, déterminés et unis par l'espoir. Car c'est dans l'obscurité que brille la lumière, et c'est dans l'adversité que s'affermit notre résilience.

Que la mémoire de ces douze victimes demeure à jamais gravée dans nos cœurs, et que leur héritage soit le socle sur lequel nous bâtirons un avenir meilleur.

Tout le monde dans les gradins se mit à applaudir, certains la larme à l'œil. Le maire poursuivit au retour du calme.

— Avant de rendre hommage à chacune des victimes, j'ai l'immense joie de vous présenter Thomas Shawn. Il nous a fait l'honneur d'accepter de se joindre à nous. C'est pourquoi j'ai décidé, avec l'approbation du conseil municipal, de lui remettre la médaille du courage.

Thomas entra sur scène en faisant un salut timide vers les gradins. Dans son costume qu'il avait acheté pour l'occasion, il avait l'air mal à l'aise. Le cou rentré dans les épaules comme une tortue aux aguets, un sourire se dessinait difficilement sur ses lèvres. Trop impressionné par ces milliers de regards sur lui, il se dit qu'il aurait peut-être dû refuser. La pression était bien trop grande, et la cape du héros trop lourde sur ses épaules.

Il serra la main du maire puis fut accueilli par un tonnerre d'applaudissements. Ça lui faisait chaud au cœur, il n'y avait pas de doute là-dessus. Mais même à ce moment-là, il se dit qu'il n'avait pas sa place. L'attention portée sur lui était disproportionnée. Il avait simplement ouvert une porte. Il avait juste osé appuyer sur un bouton, et le destin avait fait le reste.

Le maire accrocha la médaille dorée sur le costume de Thomas et incita le public à l'applaudir de nouveau.

L'intéressé les remercia par des hochements de tête et des "mercis" inaudibles. Pendant un bref instant il se demanda si Sarah était là, parmi la foule, ou bien dans son nouveau foyer à le regarder à la télé. Depuis une semaine que son nom était scandé dans tous les médias, elle n'avait toujours pas cherché à le joindre. Il avait espéré de façon malhonnête que cette célébrité éphémère la ferait revenir mais il n'en était rien.

Cependant il savait que ses parents étaient fiers de lui. Il aimait à imaginer qu'ils l'observaient depuis un autre plan astral, même si c'était ridicule. Cette pensée lui permettait de se sentir moins seul et proche d'eux à la fois. Il se rappela que ça faisait une semaine jour pour jour qu'il s'était rendu au centre Réminiscence pour la première fois. Il pourrait très prochainement retourner voir ses parents au travers d'un souvenir.

Plus loin, à l'écart des gradins et de la foule, Kyle assistait lui aussi à l'hommage. Observant Thomas en train de recevoir son titre. Sur sa droite, une voix qu'il connaissait l'interpella.

— Kyle ? Je me doutais que vous seriez ici.

L'enquêteur tourna la tête puis sourit.

— Edward ! Il me semble que nous étions d'accord pour le tutoiement, lui dit-il en lui serrant la main.
— Exact. Alors tu ne te mêles pas aux autres ?
— Non, répondit-il en hochant négativement la tête. Ce n'est pas pour moi. Je suis juste venu assister à ma manière.
— Le monde semble s'arrêter de tourner dans ce genre d'événement. Comme s'il n'y avait pas d'après possible.
— Tu n'as pas entendu le discours ? Le futur, on y va main dans la main et en chantant.

Edward rit

— Du blablabla de politiciens. Les chants valent quoi face à un flingue ?
— Nous sommes d'accord. Monsieur le maire est bien trop optimiste. Mais je pense surtout qu'il ne veut pas que l'on cède à la panique.

Edward Brody acquiesça.

— Tu penses que ça va recommencer ?
— Espérons que non.

Le maire entama les hommages individuels en commençant par les portraits à sa droite.

— Je vais te faire une confidence Kyle, tout cela me fait peur. Pour mes enfants.
— Tu as des gosses ?
— Deux oui. Et toi ?

Kyle eut une vision du passé, comme un flash de sa femme sur son lit de mort. Il fit non de la tête.

— Et bien je suis terrifié, poursuivit Edward. J'ai peur qu'un jour un taré décide d'entrer dans leur école.

— Je comprends. Il est nécessaire de rester lucide face à ce qui arrive mais nous ne pouvons pas non plus vivre dans la crainte à chaque instant.
— Le problème c'est que ça peut arriver n'importe où, demain, dans un an, dix ans !
— Il faut continuer de vivre malgré tout.

Le maire passa au portrait d'une femme d'environ la soixantaine. Kyle se remémora malgré lui son cadavre dans le wagon. C'était la dame au collier de perles, bien trop onéreux pour voyager en City-express.

— Je connais cette femme, dit Edward.
— C'est vrai ?
— Pas personnellement mais je sais qui c'est. Margaret Austin. La femme de Louis Austin. Un milliardaire. Il possède un manoir dans les collines qui surplombent la ville.

Cela expliquait le collier de perles. Mais que faisait-elle là-dedans ?

— Et il n'est pas là ce cher Austin ? demanda Kyle.
— Je ne pense pas. Ce n'est pas le genre à se mêler au bas peuple si tu vois ce que je veux dire.
— Dommage.

Edward paru étonné en levant un sourcil.

— Pourquoi cela ? Tu comptais lui parler ?
— Je pense avoir une idée.

CHAPITRE 07

Le lendemain de l'hommage aux victimes de l'attentat, Kyle s'était rendu à l'extérieur de la ville en passant par le pont nord. Une pluie faible l'avait obligé à actionner ses essuie-glaces. La voiture roulait lentement dans une série de virages serrés. Mais le plus dangereux était qu'à cette altitude, une brume épaisse l'empêchait de voir au-delà du nez de la voiture. Les silhouettes des arbres qui bordaient la route ressemblaient à des créatures venant d'un autre monde.
Grâce à son ordinateur de bord, il pouvait anticiper sa trajectoire sur la chaussée qui s'étendait devant lui, et l'aide au pilotage évitait les sorties de route. Mais il n'avait pas confiance dans ce dernier système de sécurité. Laisser son sort entre les mains d'une machine n'était pas un réflexe naturel pour lui, contrairement à beaucoup.
Une main sur le volant, il gardait le contrôle sur sa vie.
Après plusieurs minutes de concentration et de stress, le GPS le conduisit jusqu'à un lieu reculé au cœur d'une forêt de sapins. Le bitume semblait plus récent et mieux entretenu, ce qui l'amena à penser qu'il était sur une voie privée.
En arrivant au bout du chemin, ses feux se reflétèrent sur le métal froid d'un portail fermé. En descendant de la voiture, l'air frais et humide le fit frissonner. Pour cette visite, il avait laissé son blouson noir de police à la maison, le jugeant inapproprié pour ce genre de visite. Il avait choisi un imperméable en cuir marron sur un pull en laine noir. Il pressa le bouton de la sonnette et lu sur la plaque en marbre la gravure fine et dorée : Austin.
Personne ne parla à travers l'interphone mais le portail s'ouvrit tout de même.

La voiture s'engagea dans l'allée bordée de spots lumineux de part et d'autre, rappelant une piste d'atterrissage. Autour le gazon vert était parfaitement tondu. La brume semblait se déplacer sur lui telle les vagues d'une mer agitée. Il dut rouler dans ce décor fantomatique un bon kilomètre avant d'apercevoir une lueur.

À travers la nébulosité, l'ombre d'un manoir en pierre se dessinait. Ses fenêtres étaient illuminées, projetant des faisceaux de lumière dorée dans l'épaisseur du brouillard. La vapeur légère s'enroulait autour des pierres grises, ajoutant une dimension presque féérique à la scène. L'aspect ancien de la bâtisse créait une atmosphère mystérieuse. La porte d'entrée en fer forgé se dressait majestueusement mais pas repoussante pour autant. Des parterres de fleurs rouges amenaient jusqu'au perron. Ses motifs complexes avaient été dessinés avec une précision artistique. Les fenêtres, en revanche, contrastaient par leur modernité. Elles brillaient de propreté grâce à leur encadrement en aluminium lisse, créant une harmonie de styles entre ancien et contemporain. La lumière allumée donnait un aperçu de l'intérieur du manoir. Les murs offraient une palette de couleurs sobres, mêlant des teintes de gris et de crème, créant une atmosphère apaisante. Le sol en marbre poli reflétait la lumière des lustres étincelants suspendus au plafond. Des meubles élégants et contemporains étaient disposés avec soin dans l'espace, créant un contraste frappant avec l'extérieur en pierre.

Kyle fut accueilli par le majordome de la famille Austin, vêtu élégamment d'un costume noir et d'une cravate de deuil.
Kyle montra immédiatement son insigne de police sur son portable.
Le majordome le regarda brièvement puis acquiesça.
— Oui, je vous ai vu à la caméra. Nous avons un système d'identification. C'est pourquoi je vous ai ouvert la porte. Cependant monsieur Austin n'est pas en état de vous recevoir. J'ai préféré vous le dire en personne plutôt que de vous laisser au portail. J'espère que vous comprendrez.

De la vapeur s'échappait de sa bouche à chacun de ses mots.
— Je comprends et j'apprécie. Mais j'ai de nombreuses questions.
— Elles devront malheureusement attendre. C'est un moment difficile pour nous tous et….

Un grincement électronique se fit entendre et le majordome regarda immédiatement sa poche. Une voix grave et métallique s'en échappa.
— Laissez-le entrer, Charles.

Charles attrapa le talkie dans sa poche.
— Mais monsieur, êtes-vous bien sûr que…
— Ça ira. Faites-le entrer.

Charles désigna à Kyle l'entrée du manoir pour l'inviter à le suivre.

En franchissant le seuil de la porte, il eut l'impression de pénétrer dans un autre monde.

Des canapés en cuir noir invitaient à la détente, tandis qu'une table basse en verre ajoutait une touche de modernité. Une cheminée en marbre noir ornait le fond de la pièce, apportant une chaleur bienvenue à cet intérieur raffiné. Des œuvres d'art contemporain embellissaient les murs, apportant une touche de couleur et de créativité à l'ensemble. L'éclairage était soigneusement agencé, avec des luminaires encastrés et des lampes design mettant en valeur les détails de la décoration intérieure. Le contraste entre l'extérieur en pierre et l'intérieur moderne et luxueux conférait à cette demeure une atmosphère unique, où le passé et le présent se mariaient avec élégance.

Louis Austin était assis dans un fauteuil à haut dossier, dos à l'entrée. Seules ses mains sur les accoudoirs étaient visibles.

Charles resta silencieux puis invita Kyle à le rejoindre d'un hochement de tête approbatif.

En s'approchant, il remarqua dans une pièce circulaire ouverte sur la gauche, des instruments de musique anciens disposés en cercle comme pour entourer un chef d'orchestre. Mais il n'y avait pas de chaise ni de pupitre. Pas même de partition. Pourtant les instruments bougeaient, comme joués par des fantômes de musiciens.

Kyle fronça les sourcils. La musique qui résonnait dans tout le manoir était une suite de notes douces jouées au piano, créant une atmosphère mélancolique. Progressivement, les cordes et les cuivres accompagnèrent le piano pour ajouter de la profondeur à la mélodie. Vint ensuite une montée en puissance. L'enquêteur reconnut les notes d'un orgue. La mélodie comportait des passages moderato et des moments plus intenses, marqués par des crescendos d'orchestre puissants.

— Vous aimez la musique ? demanda Louis Austin sans quitter la cheminée des yeux.

Le reflet des flammes dansait sur son visage marqué par la vie.

Ses cheveux grisonnants étaient ébouriffés et une barbe de quelques jours lui donnait l'air de souffrir de dépression. C'était sans doute à cela que Charles faisait référence en disant « pas en état de recevoir ». Il portait un peignoir en satin, trop grand pour son corps maigre.

— Je n'ai pas le temps malheureusement, avoua Kyle. Et je n'ai pas beaucoup d'occasions d'écouter de la musique classique. Il s'agit de quel compositeur ?

Louis rit.

— Aucun. C'est l'œuvre de mon IA. Je lui ai demandé de jouer quelque chose en accord avec mon humeur.

Voyez-vous, ce que nous avons ici, ce ne sont pas seulement de simples instruments de musique. Ce sont des merveilles de la technologie moderne. Ces instruments, ce piano à queue magnifique, ce violon rare, sont joués par une intelligence artificielle de pointe. Ils ont atteint un niveau de virtuosité que même les plus grands musiciens de l'histoire n'auraient pu rêver d'égaler. L'IA derrière ces créations musicales est capable d'improviser, de composer des mélodies originales d'une beauté inouïe, et de jouer avec une précision digne des plus grands maîtres. Elle n'est limitée par aucune partition, aucune technique humaine. Elle transcende les barrières de la créativité. Ces instruments, ces compositions, sont le fruit d'une fusion entre l'art et la technologie. Mais nous rappellent que, malgré les avancées de l'IA, il y a des choses que seuls les humains peuvent créer, des émotions que seule la musique peut évoquer. Alors que certains pourraient craindre que cette technologie déshumanise l'art, je choisis de voir le contraire. Ces œuvres sont une célébration de l'ingéniosité humaine, de notre capacité à repousser les limites de la création. Elles sont le reflet de ce que nous pouvons accomplir lorsque nous collaborons avec la machine. Ce piano, ce violon, jouent avec l'âme d'un artiste. Ils incarnent la fusion parfaite entre la grâce de la musique classique et le pouvoir de l'innovation technologique. Et je suis convaincu que, dans un avenir proche, l'IA nous guidera vers de nouvelles formes d'expression artistique que nous n'aurions jamais pu imaginer.

— Mais que vont devenir nos musiciens dans ce cas ? Demanda Kyle en s'approchant.

Le maître des lieux l'invita à s'asseoir sur le canapé à côté de lui d'un bref geste de la main.

— Eh bien, nos musiciens ne disparaîtront pas, ils évolueront. L'IA n'est pas ici pour les remplacer, mais pour les inspirer. Elle peut créer des bases magnifiques, mais c'est l'âme humaine qui donne vie à la musique. Les musiciens auront toujours un rôle essentiel à jouer, en interprétant, en adaptant, en apportant leur sensibilité. Cette technologie peut être un outil puissant pour la créativité. Elle peut aider les artistes à explorer de nouvelles frontières, à défier les conventions, à se renouveler. Les musiciens qui embrassent cette évolution auront accès à un univers d'expérimentation sans fin. La musique, c'est une conversation entre les générations, un héritage culturel qui se transmet grâce aux musiciens. L'IA n'est qu'un nouvel interlocuteur dans cette conversation, apportant de nouvelles perspectives. Alors, nos musiciens, au lieu de disparaître, deviendront des guides de cette évolution, des explorateurs des possibilités infinies de l'art.

L'enquêteur réfléchit à cette réponse, se demandant comment cette technologie pourrait affecter l'avenir de la musique.

— En gros vous me dites que les musiciens, ou n'importe quel artiste, se doivent d'évoluer avec leur temps. Mais une IA apprend plus vite qu'un humain. Les artistes ne risquent-ils pas d'être laissés sur le banc de touche à un moment donné ?

— Vous soulevez une question profonde. En effet, l'IA peut apprendre à une vitesse prodigieuse, mais elle ne peut pas ressentir, elle ne possède pas d'âme ni de créativité innée. Les artistes, eux, apportent une dimension humaine à leur travail, une émotion, une expérience de vie. C'est ce qui les rend uniques. Il est vrai que l'IA peut produire rapidement et en grande quantité, mais cela ne signifie pas que ces créations ont la même profondeur ou l'impact émotionnel que celles d'un artiste humain. Les artistes, s'ils embrassent les nouvelles technologies, peuvent fusionner leur créativité avec l'IA pour produire quelque chose de vraiment extraordinaire. L'essence de l'art réside dans l'humanité, et je crois que les artistes continueront à jouer un rôle irremplaçable dans la société. C'est à eux de saisir ces opportunités pour se réinventer, se dépasser, et nous surprendre avec des œuvres d'art d'une beauté inégalée.

Kyle médita sur ces paroles, comprenant que la relation entre l'IA et les artistes était complexe mais pleine de potentiel.

— Mais j'imagine que vous n'êtes pas ici pour me parler de musique, reprit Austin en se tournant enfin vers lui.

— Non, en effet. Pardonnez-moi de vous rendre visite dans un moment difficile.

Louis hocha la tête puis son regard se perdit à nouveau dans les flammes réconfortantes de la cheminée.

— J'ignore pourquoi ma femme se trouvait là. Vous saviez que je la faisais suivre ?

Kyle haussa les sourcils.

— Non, vous me l'apprenez.

— J'ai engagé un détective privé pour la faire suivre. Lui aussi fait partie des douze victimes.

Kyle était stupéfait par cette information.

— En réalité, je la soupçonnais d'avoir une relation avec un autre. J'imagine que vivre dans un manoir comme un pacha et être couverte de cadeaux devait l'ennuyer.

Austin faisait bouger un collier de perles entre ses doigts. Kyle le reconnu aussitôt et un flash le fit revenir dans le City-express après le drame. Les yeux vitreux de Margaret Austin fixant le plafond, la bouche entrouverte comme pour laisser s'échapper son âme.

— J'imagine qu'elle a voulu vivre une petite folie, poursuivit le milliardaire. Quelque chose pour briser son quotidien. Mais je ne le saurais jamais. En réalité, je ne lui en veux pas.

Il rangea le collier dans la poche de son peignoir, comme pour clore le sujet.

— Alors, quel est le but de votre visite ?

Charles arriva avec un plateau puis déposa délicatement sur la table deux tasses de café et des petits gâteaux. Par politesse Kyle but une gorgée même s'il n'aimait pas ça le café. Mais il avait besoin de mettre le milliardaire dans de bonnes conditions et ça commençait par des signes de politesse.

— Je viens vous voir personnellement, car j'ai une demande importante à vous faire. Je sais que vous êtes encore endeuillé par la perte de votre femme.

— J'aime lorsque les gens vont droit au but.

— Je viens vous implorer de financer l'enquête sur le meurtre de votre femme, et celui des autres victimes de l'attentat.

Louis but une gorgée de café brûlant puis déposa délicatement la tasse sur la table.
— Je ne saisis pas bien votre démarche. Le terroriste est mort. De quelle enquête voulez-vous parler ?
— Ce que je cherche à comprendre c'est pourquoi c'est arrivé. Qu'est ce qui a poussé cet homme à commettre ces atrocités ? Agissait-il au nom d'un groupe extrémiste ? L'avait-il planifié depuis longtemps ? Ce que je cherche véritablement à faire, c'est éviter que ça recommence.
— Je comprends mieux votre démarche, mais vous savez que cela pourrait coûter une fortune. Et qu'est-ce qui me garantit que c'est vous qui devriez mener l'enquête ?
— En effet, ça va coûter une petite fortune. Mais est-ce si cher pour honorer la mémoire de votre femme ? Et vous vous demandez pourquoi moi et pas quelqu'un d'autre ? Eh bien, je vais vous expliquer. Je pense que personne d'autre ne sera plus motivé que moi à trouver les responsables. Je suis déterminé. Je sais ce que vous ressentez en ce moment car j'ai moi-même traversé cette lourde épreuve. On ne s'en remet jamais vraiment.

Kyle marqua une pause. Il avait l'impression d'en faire trop, comme lorsque l'on passe un entretien d'embauche et que l'on fait tout pour être remarquable.
— Je dois vous avouer que j'ai déjà entamé l'enquête de mon côté, avoua-t-il.
— Vous avez bien du cran, monsieur l'enquêteur. Je ressens votre détermination, et cela me touche. Cependant, soyez conscient que je n'accorderai pas mon soutien financier sans en savoir davantage. Qui avez-vous déjà interrogé, avez-vous des pistes, des éléments concrets ?

Kyle tiqua, piqué au vif.

— Non en effet, je n'ai interrogé personne pour l'instant, et je ne détiens que des présomptions. J'ai été appelé pour enquêter sur deux suicides. Ne me demandez pas comment, mais j'en viens à penser que c'est lié avec la personne qui a commis l'attentat dans le City-Express.

— Alors si je comprends bien, vous partez d'une simple hypothèse, sans preuve solide pour l'instant. Vous me demandez de financer une enquête qui pourrait ne rien donner. Je veux bien aider, mais il me faut plus que ça pour être convaincu.

Kyle savait qu'en venant ici ce ne serait pas facile de convaincre ce milliardaire. Il pensait qu'en évoquant sa femme il parviendrait à l'attendrir et gagner son approbation. Mais le vieil homme était près de ses sous et ne les lâchait pas si facilement. Il allait jouer le tout pour le tout, se montrer transparent, et il verrait bien. Pour l'instant c'était un refus, qu'avait-il à perdre en exposant le fond de sa pensée ?

— Si on regroupe les deux suicides plus le terroriste, ça fait trois personnes sans histoire à première vue et qui pourtant ont pété un câble du jour au lendemain. Je pense qu'il y a quelque chose derrière tout ça, une personne, une entité, n'importe quoi. Je reste convaincu que le cerveau humain ne peut pas se détraquer aussi rapidement. Quelque chose est à l'œuvre.

— Je comprends vos préoccupations, mais cela semble encore bien vague. Vous avez une idée de qui ou de quoi pourrait être derrière tout ça ? Avez-vous des indices concrets ? Je veux bien financer l'enquête, mais je veux des réponses claires et des preuves solides pour justifier une telle dépense.

— Sur les trois corps, j'ai retrouvé une carte de visite commune, celle de l'entreprise Réminiscence, celle qui permet de visionner des souvenirs et d'améliorer l'humeur et le bien-être de ses clients.

Louis Austin fronça les sourcils, comme si cette information venait assombrir son humeur déjà morose.
— Cela vous évoque quelque chose ? lui demanda Kyle.
— Eh bien oui figurez-vous. J'ai également vu cette carte dans les affaires de ma femme. Je les ai rangées moi-même, je ne voulais pas que ce soit fait par mes employés de maison. C'était la moindre des choses.
— Et vous avez toujours cette carte ?
L'enquêteur parut excité par cet étonnant revirement de situation.
— Non Hélas. Je l'ai jetée. Je n'imaginais pas que ce serait utile pour votre enquête. Quoi qu'il en soit c'est un élément concret. Si Réminiscence à vraiment un lien avec cette terrible histoire alors il faut aller les interroger.
Kyle parut surpris mais satisfait que le milliardaire se prête au jeu.
— J'imagine que le directeur de Réminiscence est une personne haut placée et qu'il n'aura pas le temps de répondre aux questions d'un simple flic comme moi. Mais avec vos relations, vous pourriez peut-être obtenir une entrevue avec lui ?
— C'est possible, je vais utiliser mes contacts pour arranger une rencontre avec lui. Nous devons tirer cette affaire au clair. Votre détermination à résoudre cette enquête m'impressionne, et je suis prêt à vous soutenir. Dès que j'aurai une opportunité, je prendrai rendez-vous avec le directeur de cette entreprise. En attendant, poursuivez vos investigations de votre côté.
Kyle termina sa tasse puis se leva d'un bond, avec un peu trop d'entrain à son goût.
— Donc vous appelez le central, vous demandez à ce qu'une enquête soit faite sur l'attentat du City-Express. Vous dites également que vous êtes prêt à financer à la seule et unique condition que ce soit moi qui mène l'enquête. Ils tenteront de

vous en dissuader, mais vous avez le portefeuille nécessaire pour les fléchir.
— Et pourquoi chercheraient-ils à m'en dissuader ? Vos états de services sont lamentables à ce point ?
— Non. Je ne suis officiellement pas enquêteur supérieur. Disons que je m'offre une promotion.
— En quelque sorte je suis votre mécène, fit Austin en souriant.

Kyle lui rendit son sourire, heureux de se sentir soutenu par une grosse pointure.

— Je vais prendre les mesures nécessaires pour mettre cette demande en place. Soyez assuré que je ferai tout ce qui est en mon pouvoir pour que justice soit rendue, et je suis convaincu que vous parviendrez à résoudre cette affaire. Je vous tiendrai au courant.

Quelques heures après avoir quitté le manoir et les monts brumeux, Kyle reçut un appel de sa hiérarchie lui expliquant que le milliardaire Louis Austin l'avait choisi pour mener l'enquête sur l'attentat. Il était temps de passer aux choses sérieuses. Mais pour cela, il avait besoin d'un binôme et Tyler ne remplissait pas les critères. Il avait besoin d'un véritable être humain, qui agissait comme tel et qui savait prendre des risques s'il le fallait. Et il pensait tenir le candidat idéal. Il dut demander son numéro au Central.

— Edward ? C'est Kyle.
— Oh, Bonjour. Vous avez pu rencontrer monsieur Austin.
— En effet, et vous savez quoi ? Je suis chargé de l'enquête sur l'attentat du City-express.
— Et bien félicitations !
— Ça vous dit d'être promu au rang d'enquêteur supérieur ?

CHAPITRE 08

Thomas avait poussé son arrêt maladie au maximum, mais dans ce cas de figure son médecin ne pouvait rien faire de plus. Pas le choix, il devait retourner au boulot. Ce qui impliquait de se lever tôt et il fallait le dire, il avait clairement perdu le rythme. C'était donc avec peine qu'il était parvenu à s'extirper de son lit. Il enfila ce qui lui tomba sous la main. En consultant son téléphone, il se rendit compte qu'il était déjà en retard. Descendre la centaine d'étages de la Tour 04, rejoindre la station du City-express et faire le voyage jusque là-bas, il était clair qu'il n'y parviendrait jamais dans les temps. Whitlock se ferait un plaisir de pousser une gueulante le jour de sa reprise. La façon dont s'annonçait la journée n'avait rien de motivant, mais heureusement il avait pour projet de se rendre dans un centre de Réminiscence en sortant du travail. Rien que cette idée lui permettait de garder le sourire, en toute circonstance. Même si Whitlock avait pour projet de rester à deux centimètres de son oreille pour lui hurler des insultes.

Le voyage en transport en commun était assez perturbant. C'était la première fois depuis l'attentat. Malgré les beaux discours des politiques, incitant à marcher fièrement comme si cela déviait les balles, les gens étaient silencieux, s'observant furtivement comme si chaque passager pouvait être un terroriste en puissance. Ils parlaient de courage, de ne pas céder à la peur, mais la réalité était tout autre. La peur était omniprésente, insidieuse, tapie dans les esprits. Chaque bruit soudain, chaque objet suspect, chaque inconnu, tout devenait un danger potentiel. La moindre valise abandonnée dans une gare était source d'inquiétude, chaque personne était observée avec suspicion.

Cette atmosphère paranoïaque s'était installée, comme une ombre constante qui planait sur la vie quotidienne. Les médias diffusaient des informations anxiogènes en continu, alimentant la peur collective. Les citoyens s'étaient habitués à être scrutés par des caméras de surveillance, à être fouillés à l'entrée de chaque bâtiment public. La vie était devenue une série de contrôles de sécurité, de barrages routiers et de discours rassurants qui sonnaient creux. Les réactions étaient variées, allant de la résignation à la colère. Certains avaient choisi de se cloîtrer chez eux, de limiter leurs sorties au strict nécessaire. D'autres se lançaient dans des actes de défi, refusant de se laisser dicter leur conduite par la menace terroriste. La société était fragmentée, hésitant entre la peur et le désir de continuer à vivre normalement. Malgré les discours politiques, malgré les opérations de sécurité, cette paranoïa persistait. Elle s'était insinuée dans les cœurs et les esprits, transformant la réalité quotidienne en un jeu perpétuel de méfiance et de crainte. La peur était devenue un compagnon de vie indésirable. La vie continuait, mais dans l'ombre de l'incertitude.

Certains regardaient Thomas avec insistance mais s'empressaient de fixer autre chose lorsqu'il s'en rendait compte. Ils avaient reconnu cet homme, si discret et timide lors de l'hommage national. Thomas Shawn reprenait le cours de sa vie lui aussi. Le fait de presser un simple bouton avait suffi à le rendre célèbre. Il avait encore du mal à accepter cette réalité. Mais d'ici quelques jours il serait oublié, après l'effervescence du moment. Et puis les années passeraient et on ne retiendrait que le nom du tueur. C'était comme si la mémoire, au lieu de conserver un équilibre entre le bien et le mal, avait une fâcheuse tendance à se pencher du côté obscur.
Lorsqu'une personne se remémore son passé, elle a tendance à donner plus de poids aux expériences négatives. Les moments de peine, de douleur, de tristesse sont enregistrés avec une clarté presque cruelle. Les échecs, les erreurs, les conflits restent gravés dans la mémoire comme des cicatrices indélébiles. Le cerveau semble s'accrocher à ces

souvenirs négatifs comme s'ils avaient une importance primordiale. A l'inverse, les moments de bonheur, de joie, de succès ont tendance à être oubliés plus facilement, ou à être minimisés. Les efforts accomplis, les réussites personnelles passent souvent au second plan.

En sortant du City-express, Thomas ressentit le poids du regard des autres dans son dos. Comme un souffle glacial faisant dresser les poils de sa nuque. Il avançait en fixant le sol. Il avait accompli un acte de bravoure, c'était indéniable. Il avait sauvé des vies au milieu de l'horreur, agi avec courage et altruisme. Mais, malgré cette réalité, il portait en lui une étrange sensation de honte. La célébrité qu'il avait gagnée à travers cet événement funeste le tourmentait. Chaque fois qu'on le félicitait pour son acte de courage, il se sentait mal à l'aise. Les mots de gratitude et d'admiration lui semblaient lourds à porter. Il ne pouvait s'empêcher de penser que sa notoriété était le fruit du malheur des autres, que sa gloire était tissée dans les fils sombres de l'attentat. Il se demandait souvent pourquoi les gens le voyaient comme un héros. Pour lui, il n'avait fait qu'ouvrir une porte, une réaction instinctive pour aider ceux qui étaient en danger. Il n'avait pas cherché la gloire, et pourtant, elle l'avait enveloppé. La honte grandissait en lui, alimentée par la reconnaissance et la gratitude des autres. Il aurait préféré que l'attentat n'ait jamais eu lieu, que ces vies n'aient jamais été mises en danger, pour qu'il n'ait pas à porter le fardeau d'une célébrité mêlée à la tragédie. Au fond de lui, il savait que la honte persistait, un sentiment complexe et paradoxal que seuls ceux qui avaient vécu une telle situation pouvaient comprendre.

L'ascenseur le mena jusqu'à l'étage de son bureau. Face à la porte automatique, il ne parvenait pas à faire un pas de plus. Figé de peur à l'idée de voir des centaines de tête se tourner en même temps vers lui. Il voulait simplement qu'on lui fiche la paix et que l'on oublie toute cette histoire.

La porte s'ouvrit, et Monsieur Whitlock apparut. Un sourire jusqu'aux oreilles le rendait terrifiant. En réalité, Thomas avait toujours douté de sa capacité à sourire, lui qui avait le visage fermé du matin au soir. Le voir de cette humeur avait quelque chose d'irréel. En sachant qu'il était en retard de plusieurs minutes, il était étonnant de le voir ainsi à son arrivée. A se demander si ce n'était pas un peu forcé sur les bords.

— Thomas Shawn, quel plaisir de vous revoir parmi nous.

Il avait parlé presque sans bouger les lèvres afin de conserver son sourire.

— Oh, et bien merci, balbutia Thomas très mal à l'aise.

Il a picolé ou quoi ?

Son patron lui serra chaleureusement la main puis le tira par l'épaule avec insistance.

— Tout le monde vous attend à l'intérieur.

— Hein ?

Thomas se figea sur place. Lui qui voulait une entrée discrète, c'était pire que tout.

— De quoi avez-vous peur ? Après avoir affronté ce terrible terroriste dans le train, un petit bain de foule ne devrait pas vous effrayer.

— Ce n'est pas du tout ce qui….

— Allons, allons !

Whitlock le poussa plus fort vers l'intérieur et ses jambes ne résistèrent pas une seconde de plus. C'était donc en manquant de tomber face contre terre qu'il entra dans l'open space. Un tonnerre d'applaudissements l'accueillit. Sa timidité exacerbée par l'anxiété sociale le poussait à éviter les regards et les acclamations. Il aurait préféré rester dans l'ombre, loin de tout ce tapage médiatique. Il était incapable de s'habituer à l'idée d'être un héros, car pour lui, cela signifiait être le témoin constant d'une tragédie qui hantait ses pensées. Il préférait le silence, la discrétion, plutôt que d'être exposé sous les feux de la célébrité pour un événement qu'il aurait préféré ne jamais vivre. Les applaudissements étaient devenus une source d'anxiété supplémentaire, soulignant le contraste entre sa nature timide et sa notoriété non désirée. Il était conscient que cet accueil était un signe d'estime et d'encouragement, mais pour lui, c'était comme si un projecteur était braqué sur sa personne. Ses joues s'étaient empourprées, et il luttait pour maintenir un sourire tout en remerciant ses collègues.

Quand le brouhaha décrut, Whitlock le poussa à nouveau, vers la gauche. Thomas vivait la situation comme si ce n'était pas réel, comme un rêve qui se dissiperait peu à peu après son réveil.

La découverte d'une scène ornée de banderoles à son effigie dans l'open space le plongea dans une perplexité totale. Il ne pouvait comprendre comment quelque chose d'aussi absurde pouvait se produire. Les banderoles célébrant son acte héroïque semblaient hors de propos dans un environnement de travail. Il se sentit encore plus gêné, car cette théâtralisation le plaçait sous les feux de la célébrité de manière encore plus éclatante. Pour quelqu'un qui cherchait à éviter les regards et à rester discret, cette situation était cauchemardesque. Son malaise grandissait à chacun de ses pas le rapprochant de la scène. Il se demanda comment il avait bien pu en arriver là, devenir une sorte de figure publique malgré lui. C'était un paradoxe absurde, un décalage entre son désir de discrétion et la notoriété forcée qui lui était imposée. Cette comédie accentuait ce conflit intérieur.

Whitlock le plaça au centre. Devant lui, un drone-photographe frappé de l'inscription *Presse* le mitraillait sous tous les angles.

— Et voici Thomas Shawn qui est de retour parmi nous ! Déclara Whitlock en poussant son talent d'orateur au maximum.

S'en était tellement forcé que c'était ridicule.

— Notre employé du mois qui a foutu une branlé au terroriste !

Il avait brandi son poing pour montrer que c'était un acte viril. Thomas avait honte de ce qu'il était en train de faire. Récupérer un événement épouvantable était atroce. Il refusait de donner l'impression de profiter de la situation. Dans cette société, les êtres humains semblaient avoir développé une propension naturelle à embellir la réalité. Comme des conteurs habiles, ils tissaient des récits captivants qui déformaient la vérité, ajoutant des détails enjolivés pour rendre leur existence plus intéressante. Cette tendance était particulièrement visible avec les réseaux sociaux, où des informations erronées ou sensationnelles pouvaient se propager à la vitesse de la lumière, attirant l'attention de tous. Un besoin de se sentir spécial, unique, poussait certaines âmes à exagérer ou même à inventer des événements de leur vie. Les réseaux sociaux servaient alors de toile pour leurs créations, des histoires farfelues qui suscitaient l'envie, la jalousie, ou simplement l'admiration des autres. Dans ce monde où chacun était son propre narrateur, la vérité se perdait souvent.

Whitlock posa une pancarte dans les mains de son employé du mois.

— En guise de récompense, je lui remets cette promesse de virement d'un montant équivalent à un an de salaire.

Un *oh !* général d'admiration retentit dans l'open space suivi d'une acclamation.

Après le moment le plus gênant de sa vie, Thomas put enfin s'éclipser pour aller vomir dans les toilettes toutes les émotions qu'il avait contenues au fond de lui. S'en avait été presque humiliant.

Après s'être mouillé le visage pour se remettre les idées en place, il sortit dans le couloir. A l'autre bout, Whitlock était en train de serrer la main à des types portant le logo d'une chaîne de télévision nationale sur leur veste. Et là il comprit. Assailli par la révélation amère que son patron avait exploité sa notoriété post-attentat pour faire de la publicité à son entreprise, il se retrouva dans un maelström de sentiments négatifs. L'amertume le submergea, et il se sentit trahi, utilisé comme un pion dans le jeu d'un homme d'affaires sans scrupules. Cette trahison se mua rapidement en colère, une fureur froide qui lui fit réaliser que sa souffrance et son acte de bravoure étaient exploités pour des profits personnels. Le ressentiment s'empara de lui, car il avait

espéré que sa célébrité éphémère et indésirée servirait à inspirer les autres plutôt qu'à enrichir un homme cupide.
Quand les agents de presse furent partis, son patron le dévisagea. Son sourire avait disparu.
Il s'approcha de lui puis lui aboya de se remettre au boulot.
Il était là le vrai visage de Whitlock. Loin des caméras son naturel reprenait le dessus.

Après une journée à taper des lignes de code, il avait l'impression d'avoir passé une semaine au travail. Il avait vite oublié à quel point son boulot était fatiguant mentalement. Mais il n'avait pas de temps à perdre. A l'heure pile, il quitta le bureau sous le regard noir de son employeur puis fonça à l'ascenseur. Il avait un rendez-vous important qu'il ne raterait pour rien au monde.
Il courait dans le centre-ville, sans s'arrêter, les muscles et les poumons en feu. Souffrance causée par un manque d'exercice flagrant.
En voyant la devanture du centre de Réminiscence, un sentiment de réconfort l'envahit. Il entra puis se plaça sur la croix rouge au sol. L'IA lui proposa la porte numéro 7 et il entra en toute hâte. L'attente avait été si longue. Dix jours lui avaient semblé des mois.
La salle 7 était semblable à la 4 en tous points.
Il s'assit sur le siège confortable puis attendit que l'intelligence artificielle s'occupe de lui.
— Thomas, ravi de vous revoir parmi nous. Comment vous sentez-vous depuis la dernière fois ?
Toujours cette voix douce et bienveillante.
— Et bien, mieux je suppose. Il est arrivé tellement de choses. Déjà je n'ai plus envie de mourir. Je suis tellement heureux d'avoir revu mes parents lors de la dernière séance. Il y a eu l'attentat du City-express aussi. J'ai sauvé une dizaine de personnes. Je suis une pseudo star maintenant mais je n'aime pas ça. Je ne veux pas être célèbre pour ça. D'ailleurs, ça a

bien servi à mon patron pour faire la pub de sa société. Quel enfoiré !
— C'est formidable d'entendre que vous vous sentez mieux, Thomas. Les souvenirs de vos parents ont clairement eu un impact positif. Cependant, je comprends votre frustration concernant la célébrité non désirée. Vous avez vécu des moments exceptionnels, et je suis là pour vous aider à trouver l'équilibre entre les souvenirs et votre vie actuelle. Pour poursuivre la séance, j'aimerais que vous me parliez d'un souvenir particulièrement heureux, quelque chose de récent ou du passé, que vous aimeriez revivre.
— Et fait j'ai du mal à me souvenir. Mes parents sont morts quand j'étais jeune. J'ai l'impression que plus je vieillis et plus les souvenirs s'effacent. Comment vous expliquez ça ?
— C'est tout à fait naturel, Thomas. La mémoire humaine est complexe, et il est courant que certains souvenirs s'estompent avec le temps. Cela peut être dû à de nombreux facteurs, notamment le vieillissement, la charge mentale, ou simplement le processus naturel de la mémoire. Ne vous inquiétez pas, il est possible de raviver des souvenirs qui ont un impact positif sur vous, même si vous ne vous en souvenez pas immédiatement. Est-ce qu'il y a un moment de votre vie, même un bref instant, que vous aimeriez revivre ?
— Le souvenir de la dernière fois, j'aimerais le revoir.
— Thomas, je comprends que vous aimeriez revivre ce moment, mais il est important de savoir que revivre de manière répétée certains souvenirs n'est pas approprié. Cela peut potentiellement aggraver l'accoutumance. De plus, la recherche suggère que le processus naturel de la mémoire pourrait en être perturbé. Il est essentiel de créer de nouveaux souvenirs positifs et de continuer à avancer dans la vie. Si vous le souhaitez, nous pouvons explorer d'autres moments de

votre vie que vous aimeriez revivre, des souvenirs qui vous apportent de la joie et du bien-être.
— Je veux simplement revoir mes parents.

Thomas en avait presque les larmes aux yeux, comme si l'IA n'allait pas accéder à sa demande.

— Je comprends, Thomas. Revoir vos parents dans un souvenir peut être une expérience émotionnellement puissante, mais il est essentiel de considérer les répercussions sur votre bien-être émotionnel. Permettez-moi de vous rappeler que la mémoire est une facette complexe du cerveau humain, et la réactivation fréquente de souvenirs peut les altérer. Si vous êtes sûr de vouloir revivre ce souvenir, je peux vous guider pour vous y préparer mentalement. Cependant, je vous encourage également à explorer d'autres moments heureux et positifs de votre vie pour équilibrer vos expériences mémorielles.

— Et bien pas forcément le même souvenir que la dernière fois, mais un autre avec mes parents. C'est tout ce que je demande.

Il avait parlé avec une voix tremblante, sur le point de lâcher un torrent de larmes. Il avait patienté dix jours pour ce moment précis. Il ne pouvait pas lui être refusé ! Cette stupide IA n'avait pas le droit de le priver de ses parents.

Il retint son souffle en attendant sa réponse, comme si l'avenir de son existence dépendait de ce qu'allait lui répondre la voix.

— Bien sûr, Thomas. Je vais sélectionner un souvenir différent avec vos parents pour cette séance. Laissez-vous aller et profitez de l'expérience. Nous allons chercher un souvenir qui vous apportera du réconfort et de la joie. Détendez-vous et préparez-vous à revivre ce moment spécial.

Il lâcha un long soupir audible de soulagement puis se tint prêt à accueillir le casque de réalité virtuelle qui descendait au-dessus de sa tête. Il l'enfila rapidement, avec des gestes maladroits tant il était impatient puis s'allongea confortablement. La voix fit le décompte puis arrivé à zéro, il ressentit cette même sensation de happement que lors de la première séance. Il flotta un moment dans les méandres de l'espace-temps puis un flash lumineux le mena vers une autre réalité.

Les mains d'un petit garçon tenaient un rouleau à pâtisserie recouvert de farine juste devant ses yeux.
En regardant la table, il découvrit une pâte à tarte qui ne ressemblait à rien.
Sa mère s'approcha de lui en riant. Le Thomas adulte sentit son cœur faire un bond en la voyant.
— Eh bien c'est comme ça que tu comptes faire une tarte ?
— Je n'y arrive pas. Pourquoi on ne se sert pas d'un robot comme tout le monde ?
— Parce que les tartes ont meilleur goût lorsqu'on les fait avec nos propres mains.
— Papa ne fera pas la différence si c'est nous ou un robot, il n'est jamais là pour le voir.

Thomas adulte sentit une boule dans sa gorge. Les enfants sont si cruels avec leur vérité. Sa mère sembla peinée et retira délicatement le rouleau de ses mains pour le poser sur la table. Elle s'accroupit à côté de sa chaise pour lui passer un bras autour du cou.
— Tu sais, ton père aimerait être là tous les jours s'il le pouvait.
— Je ne te crois pas.
Crétin de gosse !
— Oh que si, il me l'a encore dit ce matin.
— C'est vrai ?
— Bien sûr. Et tu sais ce qu'il fait tous les jours avant de partir ?
L'enfant fit non de la tête.
— Il vient te voir dans ta chambre alors que tu dors encore.
— Pourquoi faire ?
— Et bien pour te regarder, pour te caresser avant de partir. Car il sait qu'il ne te verra pas beaucoup.
— Ça lui fait de la peine de ne pas me voir ?

— Terriblement.
Sous son casque, Thomas avait les joues humides et la respiration saccadée.
— Alors pourquoi il travaille autant ?
Sa mère regarda le plafond pour chercher ses mots. Expliquer à un petit garçon les dettes et les factures était trop compliqué.
— Parce qu'il veut t'offrir tout ce que tu veux. Il veut que tu sois heureux.
— Et bien comme cadeau je veux qu'il arrête son travail.
Sa mère lui sourit, l'embrassa sur le front et le serra dans ses bras. Thomas se sentit tirer en arrière.
Déjà ?
La séance se termina et le casque se retira automatiquement. Thomas s'essuya les yeux puis renifla bruyamment.
— Comment vous sentez-vous après la séance ? Lui demanda la voix. Avez-vous ressenti du réconfort en revivant ce souvenir avec vos parents ? Dites-moi comment vous vous sentez.
— Et bien je n'ai pas revu le visage de mon père. Mais on parlait de lui.
Il fixait un tas de câbles amassés sur le sol, son esprit tentant de conserver chaque détail de ce souvenir afin de ne plus jamais le perdre.
— Thomas, il est courant que les pères aient du mal à exprimer leurs sentiments ou à montrer leur vulnérabilité. Votre mère a peut-être ressenti le besoin de vous parler de votre père de cette manière pour vous aider à comprendre qu'il avait aussi ses propres émotions et qu'il ne les exprimait peut-être pas ouvertement. Les souvenirs peuvent servir de moyen pour reconnaître ces aspects de la relation avec votre père, même s'ils n'ont pas été explicitement partagés. Cela peut vous aider à développer une compréhension plus profonde de lui.
— Je comprends ce que vous voulez dire. Je pense qu'elle a voulu me dire que lui aussi souffrait de cette absence.

— Exactement, Thomas. Il est possible que votre mère ait voulu vous faire comprendre que votre père avait lui aussi ressenti cette absence et cette douleur, même s'il ne l'exprimait pas ouvertement. Les souvenirs peuvent servir de moyen pour explorer ces émotions et pour vous rapprocher de votre père, même s'il n'est plus là physiquement. C'est une manière de mieux comprendre votre histoire familiale et les sentiments qui l'ont marquée.

— C'est bizarre je ne me sens pas aussi joyeux que la dernière fois. J'ai l'impression qu'ils me manquent encore plus.

— Il est tout à fait normal de ressentir des émotions complexes après une séance. Les souvenirs et les émotions peuvent être déstabilisants, et parfois, il faut un peu de temps pour en assimiler les effets. La première séance avait suscité des souvenirs heureux de vos parents, mais il est possible que, maintenant, la réalité de leur absence vous pèse davantage. Cela fait partie du processus, et il est important d'accueillir ces émotions pour mieux avancer.

Thomas acquiesça sans être convaincu. Le résultat immédiat de sa première séance avait été un bonheur qu'il n'avait pas connu depuis des années. Là, il était tout simplement triste. Triste de ne pas avoir connu son père et de comprendre seulement maintenant ce qu'il ressentait. Il était trop jeune pour savoir qui il était et maintenant qu'il avait compris, il était trop tard. Son père ne rentrerait plus jamais à la maison, ne le regarderait plus jamais dormir. Finalement, ce n'était pas une si bonne séance. Elle avait été bien en dessous de ce qu'il avait espéré et n'avait réussi qu'à le plonger dans une mélancolie désagréable.

— Quand vais-je pouvoir revenir ?

— Thomas, je vous recommande de prendre un peu de temps pour réfléchir à vos émotions actuelles et à ce que vous attendez des prochaines séances. Il n'y a pas de calendrier

précis pour cela. Vous pouvez revenir quand vous vous sentirez prêt et que vous aurez un objectif en tête. Nous serons là pour vous accompagner dans votre démarche.
Patienter, attendre les effets, des mots qu'il n'avait pas envie d'entendre. Il voulait des effets bénéfiques immédiats. Peut-être avait-il placé la barre trop haute dans ses espérances. Ce n'était pas une machine à remonter le temps, elle existait dans un but purement médical. Une aide psychologique sans doute capable de mettre les vendeurs d'anti-dépresseur au chômage. La machine ne faisait pas ce qu'il voulait mais ce qui était nécessaire pour lui. Lui permettre de comprendre ses parents aurait sans doute un effet positif à l'avenir, mais pour l'instant il avait seulement envie de rentrer et de pleurer le peu de larmes qui lui restait. Ensuite, il devrait dormir afin de se lever tôt pour aller au travail. Son existence était vide et triste. Le héros du City-express n'avait personne pour le sauver.

CHAPITRE 09

Kyle avait donné rendez-vous à Edward à la cafétéria du Central. Sirotant un jus d'orange pressée, l'enquêteur fixait le vide, perdu dans ses pensées. Lorsque Edward lui fit signe en arrivant, il mit un certain temps à revenir dans le monde réel. Mais à la vue de son nouveau binôme son visage afficha une expression plus joyeuse.

— Ed, viens t'asseoir cinq minutes, insista-t-il en désignant la chaise devant lui.
— Bonjour Kyle. Je dois avouer que ton appel m'a un peu surpris. Enquêteur supérieur, rien que ça !
— Tu n'es pas obligé d'accepter la proposition, saches-le.
— J'aimerais juste comprendre. Pourquoi moi ? Et de quelle enquête s'agit-il ?
— Je t'ai choisi pour cette enquête parce que, même si nous n'avons pas échangé beaucoup de mots, j'ai pu ressentir en toi une sensibilité et une humanité qui font la différence. Beaucoup de collègues se contentent de suivre des protocoles, mais toi, tu vas au-delà, je le sens. Tu perçois les émotions, tu cherches à comprendre les histoires derrière les actes. C'est cette qualité qui te rend précieux pour cette enquête.

Edward haussa les sourcils, visiblement surpris par tant d'éloges.

— Eh bien, je ne pensais pas être analysé sous toutes les coutures en discutant avec toi.

Kyle rit nerveusement.

— Rassure-toi, c'est involontaire.
— Et donc pour l'enquête...

Kyle but une gorgée de jus d'orange et constata que son verre était déjà terminé.
— Il s'agit de l'attentat.
Edward fronça les sourcils.
— Quelqu'un a payé pour ouvrir l'enquête ?
— Exact. Et c'est grâce à toi. Je suis allé voir Austin et je l'ai convaincu de faire la demande.
— Mais pourquoi as-tu voulu ouvrir l'enquête ? Je veux dire, le terroriste est mort, l'affaire est close.
— Non, pas à mon sens.
Kyle lui exposa tous ses ressentis, à propos des deux suicides et du terroriste qui était, selon ses proches, quelqu'un de tout à fait banal. Il lui parla de la carte de Réminiscence, trouvée sur plusieurs corps.
— Je sais, tout cela paraît confus.
— Oui, en effet. Ça donne l'impression d'une série de coïncidences. Mais j'imagine que si tu as un doute ça mérite d'être vérifié. Tu as des pistes ? Je veux dire quelque chose de concret ?
— Plusieurs. Mais d'abord, allons visiter notre nouveau bureau.

Ils se rendirent quelques étages plus haut. Fini les rangées de bureau au centre de la salle. A présent, ils avaient affaire à un long couloir directement en sortant de l'ascenseur. Il y avait simplement des portes, donnant sur des bureaux individuels. Aucune décoration, aucune fenêtre. Pas même une fausse plante verte pour donner un semblant de couleur au tableau. C'en était presque repoussant.
Kyle ouvrit la porte 25 et invita Edward à entrer le premier.
Il y avait un long bureau qui prenait quasiment la largeur de la pièce. Deux écrans posés l'un en face de l'autre et deux chaises. Rien de plus, le strict minimum. Heureusement, il y avait une fenêtre mais la vue n'était qu'un paysage urbain brut.

— Vu notre promotion inopinée, ils n'ont pas jugé nécessaire de nous fournir deux bureaux, annonça Kyle sur un ton navré.
— Ça ne fait rien. Ça me va très bien, dit-il en se retournant avec un sourire aux lèvres.
— Dans ce cas, au boulot !

Ils prirent place sur leurs chaises respectives, loin d'être confortables. Heureusement pour eux, ils étaient des hommes de terrain avant tout.

— Bon, comme je te l'ai dit j'ai plusieurs pistes. Enfin si on peut appeler ça des pistes. En réalité, ce sont des zones d'ombre que j'ai besoin d'éclairer. Pour que tu te rendes vraiment compte de la situation, j'aimerais que tu ailles interroger madame Diop, mère de Samba, garçon de dix-sept ans qui a sauté de son balcon.
— Me rendre compte de la situation ? demanda Edward en fronçant les sourcils d'un air intrigué.
— Tu verras le côté étrange dont je t'ai parlé. Moi je l'ai interrogée quelques minutes après le décès de son fils. Même si elle a bien voulu se montrer coopérative, elle n'était clairement pas en état de me répondre de façon précise. Depuis l'enterrement a eu lieu, elle pourra certainement nous en dire plus sur qui était son fils.
— Très bien, je dois me rendre en banlieue alors.
— Désolé, je sais que ce n'est pas une partie de plaisir. Mais je pense que tu auras la même vision que moi en rentrant de là-bas.
— Et toi tu vas où ? Voir la famille de l'autre suicidé.
— Non.

Il marqua une pause en soupirant.

— Je vais rendre visite à la famille du terroriste.

Edward écarquilla les yeux de stupéfaction.

— Oh ! Ils ont accepté ?

— Quand je leur ai dit que je ne pensais pas leur fils totalement responsable, ils ont bien voulu me recevoir.
— Pas totalement responsable ?

Kyle hocha la tête, conscient qu'il était difficile pour son nouveau binôme de partager le même avis que lui alors qu'il débutait seulement l'enquête.

— Fais-moi confiance.

Il se leva puis rangea doucement sa chaise.

— On se donne rendez-vous ce soir pour un débriefing ?

Edward acquiesça puis se leva à son tour. Kyle lui transmit la puce de données contenant tout ce qu'il y avait à savoir sur le cas de Samba Diop. L'entrevue avec la mère ainsi que le scan de la chambre.

Edward visualisa l'ensemble des données depuis l'ordinateur de bord de sa voiture, prenant soin de tout enregistrer dans une partie de son cerveau. Après quoi, il se rendit en banlieue. Maintenant qu'il était enquêteur, il n'avait plus besoin de revêtir son uniforme. Mais il se sentait nu sans lui. Comme si le simple fait d'avoir inscrit Police dans son dos lui conférait une carapace à toute épreuve. Maintenant, c'était un simple blouson noir et un jean. Malgré tout, il portait toujours son arme de service, rangé dans un holster à aimant sous son bras gauche. La Tour 02 se dressait devant lui, bien trop haute pour en voir le sommet.

L'ascenseur le mena jusqu'à l'appartement de Khadija Diop et il sonna.

Elle n'ouvrit pas immédiatement et préféra parler à son visiteur via l'interphone. C'était sans doute mieux dans ce genre d'endroit.

— Je suis de la police. Je suis là pour l'enquête sur votre fils.
— Je n'ai pas demandé d'enquête.
— Je le sais. Si vous me laissez entrer, je vais pouvoir vous expliquer.

Khadija semblait mettre un certain temps à prendre sa décision.

La porte finit par s'ouvrir et Edward put entrer. Il la suivit jusqu'à la cuisine et elle lui désigna une chaise autour de la table à manger.
— Vous enquêtez sur mon fils ? demanda-t-elle avec une voix qui trahissait une certaine émotion.
— En effet. En réalité, nous enquêtons sur un groupe de personnes qui aurait subitement changé de comportement. Madame Diop, je sais que vous avez eu affaire à l'un de mes confrères, mais à présent une enquête officielle est ouverte et je suis là pour vous poser quelques questions. J'aimerais savoir, et désolé si je rentre directement dans le vif du sujet, qu'est-ce qui aurait pu pousser votre fils à se jeter du haut du balcon ? N'importe quoi, un détail minime, quelque chose qui pourrait nous aiguiller.

Khadija fixa longuement la fenêtre du salon, se remémorant une millième fois Samba faisant le grand saut. Elle s'assit à son tour, le visage tellement crispé qu'Edward comprenait qu'elle luttait pour ne pas fondre en larmes. Elle sortit un paquet de cigarettes et en alluma une. Cela lui permettait bien souvent de passer au-dessus d'une explosion émotionnelle.

— Je comprends que vous ayez des questions, monsieur l'enquêteur, mais je vous assure que je ne peux pas trouver la moindre explication. Samba était un garçon parfait, aimé de tout le monde. Il était dévoué, gentil, et il aidait toujours son prochain. Il n'avait aucun problème, du moins, aucun problème que nous connaissions. C'est pourquoi sa décision soudaine de nous quitter est un mystère total pour moi.
— Parfois, de mauvaises fréquentations peuvent influencer le comportement de nos enfants.

Elle tira une longue bouffée puis exhala la fumée par le nez.
— C'est une possibilité à laquelle j'ai pensé. Mais je n'ai trouvé aucune preuve que Samba fréquentait des personnes qui l'auraient influencé négativement. Il passait la plupart de son

temps à la maison ou à l'école, et j'étais très proche de lui. C'est ce qui rend tout cela encore plus difficile à comprendre.
Edward se remémora les données que Kyle lui avait confiées, notamment le plus important.

— Lorsque nous avons scanné sa chambre, nous sommes tombés sur une carte de chez Réminiscence. Est-ce que c'est un nom qui vous est familier ?

— Oh, Réminiscence, oui, j'ai entendu ce nom récemment. Il paraît que c'est une nouvelle technologie très avancée qui permet de visionner des souvenirs en réalité virtuelle. Apparemment, beaucoup de gens dans la tour en parlent ces derniers temps. C'est censé améliorer l'humeur et le bien-être des clients en leur permettant de revivre des moments heureux de leur vie. Un concept intéressant, bien que je n'aie pas encore eu l'occasion de l'essayer moi-même.

— Est-ce que vous pensez que Samba a visité l'un de ces centres, ou en a même été client ? Et si c'est le cas, pourquoi aurait-il eu besoin d'y aller ?

— Je suppose que Samba a peut-être visité l'un de ces centres, peut-être pour revivre des moments heureux avec son père, qui est malheureusement décédé d'une maladie respiratoire il y a quelques années. Cela aurait pu être un moyen pour lui de retrouver un peu de réconfort et de se remémorer des souvenirs précieux avec mon mari. Cependant, je n'en ai pas la certitude, car il n'en a jamais parlé avec moi.

— L'absence de son père, ça a été quelque chose de difficile pour lui et pour vous ?

Khadija se tordait les doigts, la cendre de sa cigarette sur le point de tomber sur la table.

— L'absence de son père a été extrêmement difficile pour Samba et pour moi. Il était très proche de son père, et sa disparition a laissé un vide immense dans nos vies. Samba était encore très

jeune à l'époque, et il a dû faire face à la perte de la figure paternelle aimante et protectrice. Cela a certainement eu un impact sur son équilibre émotionnel, même s'il a essayé de le cacher en gardant tout pour lui.
— Pardonnez-moi pour ces questions qui semblent stupides, mais j'essaie de réunir le maximum de détails afin de comprendre la situation.
— Il n'y a pas de questions stupides, monsieur l'enquêteur. Vous faites votre travail, et je comprends que vous cherchiez à savoir ce qui a pu conduire Samba au suicide. Nous avons tous besoin de réponses pour avancer.
— Je ne peux qu'imaginer ce que ça fait de perdre un enfant.
Edward se sentait anéanti à l'idée de perdre ses enfants. S'imaginer sans eux créait en lui une douleur intense, une sensation de vide et de désespoir. Même si sa femme restait à ses côtés, la perte de ses enfants signifiait perdre une partie de sa raison de vivre. Il se retrouverait perdu et incapable de faire face à un tel chagrin. Cette simple pensée le remplissait de tristesse et de crainte.
Edward ressentait une profonde compassion pour Madame Diop.
— C'est une douleur indescriptible. Samba était tout pour moi, et le perdre de cette manière... c'est au-delà de ce que je peux supporter.
— J'ai lu le rapport de l'enquête préliminaire. Apparemment, il aurait sauté sous vos yeux.
— C'est exact. Je n'arrive toujours pas à comprendre pourquoi il a fait cela. Il était tellement gentil, joyeux, et il avait toute la vie devant lui. Il n'y avait aucun signe avant-coureur, rien qui aurait pu m'alerter.
Il avait une envie soudaine de la prendre dans ses bras, de la consoler et de lui dire : ça va aller. Edward était indéniablement l'un de ces individus dotés d'une grande empathie. Il ressentait un profond désir d'apporter du réconfort à Madame Diop. La douleur qu'elle devait

ressentir à la suite du suicide de son fils le touchait profondément. Il aurait volontiers pleuré avec elle, n'eût été la retenue professionnelle qui l'obligeait à maintenir une certaine distance dans son rôle d'enquêteur. Cependant, à cet instant, il avait l'impression que les mots, aussi compatissants soient-ils, étaient insuffisants pour alléger le fardeau de cette mère endeuillée. Mais il était là pour comprendre, et cela impliquait de poser des questions douloureuses. Malgré sa profonde compassion pour Madame Diop, il se devait de recueillir les informations nécessaires pour faire progresser l'enquête. C'était un dilemme qui pesait sur ses épaules, entre sa volonté d'être compréhensif envers la mère affligée et son devoir de rigueur. Chaque question difficile qu'il posait était comme un fardeau supplémentaire qu'il portait, mais il espérait qu'à travers cette démarche, il pourrait apporter des réponses qui aideraient à comprendre la tragédie qui avait frappé Madame Diop.

— Je ne peux pas vous promettre de trouver toutes les réponses. Mais ce que je peux vous promettre, c'est de tout faire pour…essayer de comprendre.

— Merci, monsieur pour votre engagement dans cette enquête. C'est tout ce que je souhaite, savoir ce qui a bien pu se passer, même si cela ne ramènera pas mon fils. Après la perte de mon mari, je pensais que rien ne pourrait être pire. Mais voilà, la vie en a décidé autrement. Mon fils, ma lumière, s'est éteint brusquement devant mes yeux. Je me retrouve seule, comme une orpheline de la vie. Je regarde autour de moi, dans cet appartement qui était jadis rempli de rires et d'amour, et tout ce que je vois, ce sont les souvenirs qui me hantent. Chaque coin est imprégné de leur absence. Mon mari et mon fils sont partis, laissant derrière eux un vide abyssal que rien ni personne ne pourra jamais combler. Chaque matin, je me réveille en espérant que tout cela ne soit qu'un cauchemar, que je vais retrouver mon fils debout à côté de mon lit, souriant, comme il le faisait si souvent. Mais la réalité est implacable, et chaque matin, la douleur revient avec une cruauté inouïe. La solitude est mon quotidien, et je me demande comment je vais réussir à affronter tous ces jours à venir, sans eux. Je ne peux m'empêcher de penser à toutes les années qui auraient dû suivre, à tous les moments que nous n'aurons jamais la chance de partager. Alors, je vais avancer, lentement, pas à pas, portant avec moi le fardeau de leur perte, mais aussi le trésor de leur amour. Car, en fin de compte, c'est l'amour qui nous relie, et c'est l'amour qui nous guide à travers les moments les plus sombres de nos vies.

Cette fois, l'enquêteur ne put s'empêcher de poser une main réconfortante sur les siennes. Juste pour lui montrer qu'il était là et qu'il entendait sa peine.

En fin de compte, l'interrogatoire lui avait permis d'en apprendre plus sur la personnalité de Samba. Il avait perdu son père et avait appris, avec sa mère, à se construire sans figure paternelle. Et il y était parvenu d'après elle. Apparemment, il n'y avait pas de raison qu'il se suicide pour ça, pas après autant d'année. La cause semblait être toute autre. Kyle avait raison, quelque chose d'étrange était à l'œuvre.

Kyle s'était rendu au nord de la ville, dans un immeuble pour revenus moyens, voire bien en dessous. Les habitants étaient à la limite de devoir aller vivre en banlieue, ils ne pouvaient pas trouver moins cher en ville.

Lorsque Kyle sonna à la porte des Murphy, il entendit le son d'une télé se couper. Des pas lourds se rapprochèrent et la porte finit par s'ouvrir sur un homme en débardeur qui avait été blanc mais était maculé de nourriture et de boisson.

Il était obèse et sa respiration était bruyante et rapide.

— C'est pourquoi ?
— Je suis l'enquêteur que vous avez eu au téléphone.
— Oh oui, bien sûr. Entrez donc. Ne faites pas attention au bordel.

Le sol en lino était décoloré, couvert de poussière et de taches en tout genre. Une odeur de renfermé et de tabac froid remplissait chaque centimètre carré de ce piteux logement. Il faisait sombre, l'écran de télévision illuminait le salon de reflets bleutés.

— Votre femme n'est pas là ? lui demanda Kyle en faisant le maximum pour masquer son dégoût.

— Non, elle est sortie. Besoin de prendre l'air.

Monsieur Murphy sortit deux canettes de bière chaude puis les posa sur une table couverte de crasse et de coquilles vides de fruits secs.

— Vous êtes là pour mon petit ?

— En effet. Ça ne vous dérange pas que je filme cette entrevue monsieur Murphy ?

— Pas de souci, tant que vous n'utilisez pas les images à des fins inappropriées.

— C'est simplement pour me permettre de la visualiser plus tard, mais aussi pour vous protéger si, pour une raison ou une autre, vous deviez vous présenter à un procès.

— Je comprends votre souci de transparence. Vous pouvez enregistrer notre entretien si cela vous aide à documenter l'enquête. Néanmoins, assurez-vous que les images ne soient pas utilisées de manière abusive ou partagées publiquement sans mon autorisation.

— Ça n'arrivera pas vous avez ma parole.

Kyle posa la paire de lunettes sur son nez puis enclencha l'option d'enregistrement.

— Parlez-moi de Stan. Qui était-il ?

— Stan était un jeune homme apparemment ordinaire. Il avait toujours été un fils aimant, un ami dévoué et un collègue apprécié. Il aimait partager des moments de détente, faire rire les autres.

— Il vivait avec vous ?

— Oui, depuis quelques mois. Après qu'il ait rompu avec sa copine, il n'avait pas les moyens de se payer un logement seul.
— Ça l'a beaucoup affecté cette rupture ?

Kyle ne voulait négliger aucun détail.

— Non. C'est lui qui a décidé de rompre. Enfin il me semble. Il ne parlait pas beaucoup de ses peines de cœur.

Monsieur Murphy but une longue lampée de bière, faisant craquer l'aluminium de la canette.

— A-t-il montré des signes de violence par le passé ? Avait-t-il des opinions, disons, extrémistes ?
— Non, absolument pas. Stan était tout sauf violent. Il n'avait jamais montré le moindre signe d'extrémisme ni d'idées radicales. C'était vraiment une personne sans histoire, du moins jusqu'à la semaine dernière. Il se comportait de façon étrange.
— Étrange ?

Une nouvelle gorgée, la canette était presque vide. Il avait bu un demi-litre en à peine cinq minutes. Kyle quant à lui n'osait pas y toucher. L'haleine de son interlocuteur n'augurait pas un breuvage de haut vol.

— Eh bien, ce que je veux dire par "étrange" c'est que Stan a soudainement changé de comportement sans signe avant-coureur. Il a commencé à se renfermer, à éviter de voir du monde, à passer beaucoup de temps seul. Il était anormalement silencieux et semblait préoccupé par quelque chose. C'était un changement de personnalité assez radical par rapport au garçon enjoué et sociable qu'il était auparavant. C'est ce qui inquiétait le plus ses proches, y compris moi.
— Qu'est ce qui aurait pu le mettre dans cet état ?

L'homme obèse ouvrit une nouvelle canette. Son visage était rouge et luisant de sueur.

— C'est justement ce que je cherche à comprendre. Je n'ai pas d'explication claire sur ce qui a pu le mettre dans cet état.

J'espère que vous pourrez m'aider à découvrir s'il avait des problèmes personnels ou s'il a été influencé par des idéologies extrémistes.

Kyle hésita à lui dévoiler ce qu'il avait à l'esprit, mais il avait besoin de réponse.

— Connaissez-vous les centres de Réminiscence ?
— Oui, j'en ai entendu parler, notamment grâce à la pub à la télévision. Mais je n'ai jamais eu l'occasion d'en fréquenter un ou d'en savoir plus sur leur fonctionnement. Pourquoi cette question ?
— Stan avait leur carte de visite au moment du...enfin vous savez.

Monsieur Murphy but le demi-litre de bière presque cul sec. Comme s'il s'agissait de son carburant pour le maintenir en vie.

— Vous pensez que les centres de Réminiscence sont liés de près ou de loin à ce qui s'est passé ?
— Pour être honnête, je ne sais pas comment ça fonctionne et je ne sais pas si le fait d'être client l'a impliqué dans l'attentat. C'est pour cela que je suis ici. Pour comprendre qui il était.
— Hélas je ne peux rien vous dire de plus. Vous savez, ce petit a détruit ma vie.

Kyle secoua la tête.

— Ne dites pas ça, je suis sûr que vous ne le pensez pas.
— Oh que si. C'était un garçon aimable, avec de l'humour, une vie normale. Je ne peux pas croire qu'il ait pu faire ça. Il m'a détruit, et je ne peux pas m'empêcher de me sentir responsable. Qu'ai-je fait de travers en tant que père pour qu'il en arrive là ? C'est un fardeau insupportable à porter. La honte et la tristesse m'envahissent. Je ne cesse de me demander pourquoi il a fait ça, comment il a pu en arriver là. La vie ne sera plus jamais la même. Mon fils est un monstre, et je ne peux pas m'empêcher de penser que c'est de ma faute.

Malgré l'obscurité qui régnait, Kyle remarqua qu'il pleurait.
— Le regard des gens a changé, et je le ressens chaque jour qui passe. Avant, j'étais simplement le père de Stan, un homme ordinaire, inoffensif. Maintenant, je suis devenu le père d'un terroriste. Les regards qui se posent sur moi sont remplis de méfiance, de jugement, parfois même de colère. Les gens se détournent, chuchotent derrière mon dos, comme si j'étais coupable par association. C'est une douleur insupportable, une manière constante de me rappeler ce que mon fils a fait. Je me sens jugé et condamné, bien que je sois tout autant victime de cette tragédie. C'est une épreuve insurmontable, qui m'a fait perdre ma place dans la société et qui a changé à jamais la manière dont les autres me voient. A votre avis pourquoi je reste enfermé ici ?

Kyle se leva. Il n'était pas doué pour le réconfort. Même si les mots de monsieur Murphy le touchaient, il avait du mal à se montrer empathique de par son comportement. Il retira les lunettes pour couper l'enregistrement. Il ne tirerait rien de plus de cet homme. Les effets de la bière sur son organisme allaient en grandissant. Bientôt tout se transformerait en une discussion de comptoir et il avait autre chose à faire. Chacun avait sa manière de gérer la situation. Il n'avait pas à le juger mais n'avait, en aucun cas, l'envie de participer à ça.

Kyle le remercia pour ses réponses et le laissa avec son chagrin et ses vilaines pensées envers son fils. Car malgré l'horreur que Stan avait commise, il restait persuadé que ce n'était pas de son fait. Mais il était trop tôt pour en avoir le cœur net.

Dans sa voiture, il vérifia que l'entrevue était bien enregistrée dans la base de données. Alors qu'il effectuait diverses manipulations sur l'ordinateur de bord, il reçut un appel d'un numéro inconnu.
Il décrocha.

— Bonjour, je suis la secrétaire de Monsieur Ashton Miller, PDG du groupe Nano Tech Labs. Monsieur Austin nous a contactés pour un rendez-vous.

NanoTech Labs ?
Elle avait parlé de monsieur Austin. Il avait donc réussi à obtenir un rendez-vous.
— Oui, en effet, dit Kyle.
— Monsieur Miller est prêt à vous recevoir dans son bureau au laboratoire.
— Quand ?
— Si vous pouvez être là dans une heure…
Kyle sourit. Il avait assez d'informations pour les confronter au créateur de Réminiscence.
Il envoya un message à Edward pour le prévenir qu'il ne serait pas joignable pendant un petit moment puis régla son GPS. Le laboratoire de Nano Tech Labs n'était pas très loin de sa position. D'ici une heure, il aurait la réponse à de nombreuses questions.

CHAPITRE 10

Kyle se gara sur le parking visiteur de NanoTech Labs. Des écrans-panneaux indiquaient l'entrée réservée au public sur la gauche. A droite, c'était pour les salles de réunion et le personnel autorisé. Il prit donc le chemin de gauche. Une porte automatique le mena jusqu'aux bâtiments dont la beauté le fit s'arrêter un moment pour les contempler. Les façades étaient d'un blanc immaculé, captant la lumière du jour d'une manière presque aveuglante. Les formes arrondies de style organique, créaient une esthétique douce et élégante qui évoquait d'immenses volières. À l'extérieur du laboratoire, s'étendaient de vastes jardins. Des parterres de fleurs aux couleurs vives tirés au cordeau, créaient un contraste saisissant avec le blanc éclatant des bâtiments. Des arbres parfaitement taillés offraient de l'ombre aux visiteurs, tandis que des chemins pavés de marbre blanc serpentant à travers le paysage ajoutaient une touche d'élégance. Le jardin était un havre de tranquillité, avec ses fontaines au doux murmure apaisant. La symétrie parfaite de l'endroit renforçait l'idée que chaque détail était soigneusement pensé. Tout contribuait à créer une impression de pureté, de modernité et de sophistication, reflétant les innovations scientifiques qui se développaient derrière ces murs.

Il traversa les jardins et fut rapidement saisi par un sentiment de calme et d'apaisement. Des enceintes cachées émettaient des chants d'oiseaux, ceci pour donner l'illusion d'être dans la nature. Loin de la ville, dans un lieu féérique qui n'existait qu'à la télé. Par moment, il s'arrêtait au pied d'arbres qu'il ne connaissait pas, oubliant presque la raison de sa venue.

Lorsqu'il atteint l'entrée du bâtiment principal, un hologramme de femme apparut pour lui souhaiter la bienvenue. Un instant, il songea au fantôme de Grace qui l'attendait chez lui puis secoua la tête pour chasser cette vision.
L'image lui désigna l'accueil et il la remercia.
Après quelques pas, il se rendit compte de la stupidité de son geste. Il avait réagi automatiquement, comme s'il s'adressait à une personne réelle. Ce paradoxe était profondément ancré en lui. D'un côté, il était déçu par l'incapacité de la technologie à recréer de manière authentique la présence de sa femme. De l'autre, il se laissait emporter par le contexte, comme si l'hologramme de bienvenue méritait d'être remercié comme une personne. Dans cette société moderne, les limites entre le réel et le virtuel devenaient de plus en plus floues. Les individus pouvaient être simultanément conscients des limites de la technologie et aussi de son pouvoir, soulignant la complexité des relations homme-machine dans ce monde

Kyle se trouva dans un hall d'entrée à couper le souffle. L'opposition entre la réalité urbaine et cet espace était saisissant. Le faux plafond du hall avait été conçu pour ressembler à un ciel bleu paisible, avec quelques nuages blancs éparpillés. La scène était si réaliste que l'enquêteur pouvait presque sentir la douce brise et le soleil caresser sa peau. Alors que le vrai ciel était obscurci par la brume polluée qui régnait dehors.
Au centre, un comptoir circulaire en bois clair servait de point d'accueil. Le bois apportait une touche de chaleur et de nature à l'ensemble, créant un contraste agréable avec l'esthétique ultra-moderne et blanche des bâtiments. Le personnel, vêtu d'uniformes élégants, accueillait les visiteurs avec des sourires chaleureux et une grande courtoisie.

Pour compléter cette illusion d'un havre de nature, de faux palmiers étaient soigneusement répartis dans le hall. Leurs feuilles luxuriantes semblaient vibrer doucement sous l'effet de la brise simulée, contribuant à l'atmosphère apaisante de l'endroit. C'était comme si le laboratoire de NanoTech Labs avait créé un monde parallèle à l'intérieur de ses murs, un monde idyllique qui contrastait fortement avec le chaos environnant de la réalité et ses paysages de béton brut. Kyle ne pouvait s'empêcher de se demander si cette esthétique avait un but précis ou si elle n'était que le reflet de la recherche avancée menée ici.

Il se présenta à l'accueil en spécifiant qu'il avait rendez-vous avec Ashton Miller. L'hôtesse l'examina de haut en bas, comme s'il ne pouvait pas prétendre avoir cet immense privilège de converser avec son patron. Après avoir pianoté sur son ordinateur, Kyle fut satisfait de voir sur son visage une expression de surprise.

Elle se leva et l'invita à la suivre jusqu'aux bureaux de la direction. Ils prirent l'ascenseur, une cage de verre cylindrique offrant une vue globale sur l'ensemble du bâtiment. Au sommet du dôme, le bureau de Miller occupait tout l'étage. Une double porte se présenta à lui en sortant de l'ascenseur. L'hôtesse l'ouvrit et annonça l'arrivée de l'inspecteur.

Ashton Miller était assis derrière un bureau encombré d'écrans holographiques. En apprenant l'arrivée de Kyle, il éteignit ses écrans et se leva pour le saluer. Il avait la soixantaine, une silhouette élancée, un visage marqué par les années encadré d'une barbe grise soigneusement taillée et une calvitie naissante. Pour Kyle, il était surprenant de rencontrer un PDG d'un certain âge dans une industrie aussi innovante, mais il supposa que l'expérience était sans doute le secret de sa réussite. Vêtu de la traditionnelle blouse blanche du corps médical, Ashton incarnait à la fois l'autorité et le savoir qui l'avaient propulsé au sommet de son art.

— Enchanté de faire votre connaissance, dit-il avec affabilité ou amabilité. Je vous en prie, asseyez-vous.

Ils prirent place au bureau. Miller proposa une boisson à base de fruits exotiques mais l'enquêteur refusa. Il n'était pas ici pour jouir d'un accueil surjoué.

— Je n'ai pas bien compris la raison de votre venue, avoua-t-il. Mais j'imagine que si ça vient de la famille Austin, ce n'est pas pour rien.

— Non en effet. Et pardonnez-moi d'user de votre temps que j'imagine précieux. Cependant mon enquête m'oblige à venir vous rencontrer. Je dirais même que c'est primordial. Honnêtement, j'ignore le principe du service que vous proposez, j'en ai seulement entendu parler.

Miller souriait en l'écoutant. Kyle ne savait pas s'il était prétentieux au point de se moquer de son ignorance.

— Permettez-moi de vous expliquer. Le service de Réminiscence a pour objectif de faciliter la visualisation et la reviviscence des souvenirs stockés dans la mémoire des individus. Nous utilisons une technologie avancée d'interface neuronale pour accéder à ces souvenirs et les restituer de manière immersive à nos clients, leur permettant ainsi de les revivre comme s'ils y étaient. Notre technologie est basée sur des principes de réseaux neuronaux artificiels, d'apprentissage profond, et d'analyse de données pour garantir des évènements de qualité. Cette immersion permet de déclencher des émotions et des sensations liées à ces souvenirs, offrant une expérience inédite. Notre but est de permettre aux individus de revivre des moments significatifs de leur vie et d'en tirer un bénéfice émotionnel et psychologique.

Kyle fronça les sourcils. Il ne se considérait pas comme un imbécile, mais il devait avouer que dans le cas présent il naviguait en terrain inconnu.

— Mais de quelle manière vos clients revivent ces souvenirs ?

— Le processus de Réminiscence repose sur une technologie avancée utilisant un casque de réalité virtuelle couplé à une interface neuronale. Le casque VR permet à nos clients de visualiser et d'interagir avec les souvenirs de manière immersive, tandis que l'interface neuronale facilite l'accès à ces souvenirs stockés dans leur mémoire. Grâce à l'utilisation de réseaux neuronaux artificiels et de techniques d'apprentissage profond, nous sommes en mesure d'analyser et de restituer ces souvenirs de manière fidèle, créant ainsi une expérience émotionnelle et sensorielle intense. Ce procédé vise à les replonger dans des moments précieux de leur vie, ce qui peut avoir un impact positif sur leur bien-être mental et affectif.

Kyle écarquilla les yeux puis soupira. Il ignorait que l'on avait atteint ce niveau d'évolution technologique. Néanmoins le sujet l'intéressait vraiment. Et recevoir des explications venant de son créateur lui-même était un privilège. Cependant plusieurs questions lui brûlaient les lèvres.

— J'ai du mal à comprendre comment un ordinateur peut projeter un souvenir dans le casque de réalité virtuelle. Les souvenirs dans notre cerveau, il n'y a que nous qui pouvons les visualiser, normalement ?

Miller rit. Non pas qu'il se moquait mais parce qu'il aimait les questions venant d'amateur.

— En fait, c'est le résultat d'une technologie avancée en neurosciences et en intelligence artificielle. Lorsqu'un client participe à une séance de réminiscence, nous utilisons un dispositif d'interface cerveau-ordinateur de pointe pour détecter et décoder les signaux électroencéphalographiques (EEG) générés par son cerveau. Ces signaux sont analysés par notre système d'IA spécialisé, qui identifie les régions du cerveau associées aux souvenirs. Ensuite, notre IA utilise ces informations pour reconstruire et simuler le souvenir dans un environnement de réalité virtuelle. Le client peut ainsi vivre et revivre des moments précis de son passé en utilisant le casque de Réminiscence, en projetant une représentation virtuelle du souvenir directement dans son cerveau. Il s'agit d'une technologie complexe qui nécessite une compréhension approfondie de la neurologie, de l'informatique et de l'intelligence artificielle.

— Des signaux EEG vous avez dit ? demanda Kyle en tentant d'enregistrer le maximum d'informations sans se déclencher un burn-out.

— Les signaux EEG, monsieur, font référence aux enregistrements électroencéphalographiques de l'activité électrique du cerveau. Nous utilisons ces signaux pour établir une connexion entre le cerveau de nos clients et notre système informatique. Ces signaux sont captés à l'aide d'électrodes placées sur le cuir chevelu et directement intégrés au casque. Ce qui nous permet de lire l'activité cérébrale et de détecter les schémas neuronaux associés aux souvenirs. Grâce à cette interface neuronale, nous pouvons extraire et interpréter ces données pour offrir une expérience de réminiscence riche et immersive.

Kyle s'affala sur le dossier de son siège, déjà lessivé par la tournure que prenait la discussion. Au lieu de poser des questions en rapport avec l'enquête, il assistait à un cours accéléré sur les neurosciences.

— J'ai du mal à imaginer que ce sont des humains qui ont fabriqué cette machine. Je veux dire, quel genre de cerveau peut pondre un truc pareil.

Miller rit de cette flatterie.

— En effet, la création de Réminiscence a nécessité l'expertise et les compétences d'un grand nombre de scientifiques, d'ingénieurs, de chercheurs et de professionnels hautement qualifiés dans divers domaines. Cette technologie est le fruit de nombreuses années de recherche et de développement dans le domaine de la neuro-ingénierie, de l'informatique et de l'intelligence artificielle. Ces experts ont travaillé en étroite collaboration pour résoudre des problèmes complexes liés à la compréhension du fonctionnement du cerveau humain, à la collecte des signaux EEG, à la simulation des souvenirs et à la création d'une expérience immersive en réalité virtuelle. C'est un exemple de ce que l'ingéniosité humaine peut accomplir lorsque les esprits brillants se réunissent pour relever des défis scientifiques. Bien sûr, le développement de Réminiscence a également été guidé par des considérations éthiques et de sécurité pour garantir une utilisation responsable de cette technologie.

Kyle comprenait mieux. Miller n'était pas le seul à avoir plancher sur le projet.

— Avant de venir vous rencontrer, j'ai fait quelques recherches sur vous, et j'ai appris que c'est vous qui avez inventé l'IA capable d'opérer des patients sans intervention humaine.

— Oui, c'est exact. L'IA médicale est l'une de mes inventions majeures. Elle a révolutionné la chirurgie en permettant des procédures plus précises et efficaces. Cela a considérablement réduit les risques liés aux erreurs humaines. La technologie médicale a connu des avancées extraordinaires grâce à l'intelligence artificielle.

— J'ai vu également que vous avez un taux de réussite proche de 100%. On peut dire là que c'est une véritable réussite.

— Oui, en effet, le taux de réussite de notre IA dans le domaine de la chirurgie est exceptionnellement élevé. Cela a permis d'améliorer considérablement les résultats des opérations chirurgicales et de réduire les complications postopératoires. Cependant, il faut également souligner que l'IA n'aurait pas atteint ce niveau de succès sans la collaboration étroite avec des experts médicaux et chirurgiens de renom. La technologie renforce le savoir-faire humain pour offrir des soins de santé de haute qualité.

Miller parlait beaucoup des personnes impliquées dans le projet mais jamais de son rôle. Était-il un simple homme d'affaires ou un véritable chercheur ?

— Vous étiez vous même chirurgien par le passé ? Ou ingénieur en intelligence artificielle ?

— Je suis ingénieur en intelligence artificielle. Mon expertise réside principalement dans le développement des systèmes IA et leur application dans divers domaines, y compris la chirurgie assistée par IA. Mon rôle a été de concevoir et de superviser le développement de ces systèmes, en collaboration avec des chirurgiens et des professionnels de la santé pour garantir leur efficacité et leur sécurité.

— Je comprends mieux pourquoi vous avez créé Réminiscence. Votre travail touche les IA avant tout, et pas seulement dans le domaine médical.

— En effet, mon travail dans le domaine de l'intelligence artificielle s'est étendu à divers secteurs, et Réminiscence a été une extension naturelle de cette expertise. Nous cherchons à exploiter les possibilités offertes par l'IA pour améliorer la qualité de vie des individus, que ce soit dans le domaine médical, dans la gestion des souvenirs, ou dans d'autres applications innovantes. Mon but est de repousser les limites de ce que l'IA peut accomplir pour le bien de la société.

Kyle trouvait cet homme fascinant. Un puits de connaissance incroyable.

— Qu'est-ce qui vous a donné l'idée de créer Réminiscence ?

— L'idée derrière Réminiscence est née de ma fascination pour la mémoire humaine et la technologie. J'ai toujours été intrigué par la manière dont nos souvenirs influencent nos émotions et nos expériences. En tant qu'ingénieur en

intelligence artificielle, j'ai vu son potentiel pour améliorer la qualité de vie des gens en travaillant sur la gestion des souvenirs et des émotions. C'est ainsi qu'est née l'idée de Réminiscence.
— Et quel est le taux de réussite actuellement ?
— Le taux de réussite de Réminiscence est très élevé, atteignant près de 95%. Nos technologies d'exploration de la mémoire et d'amélioration du bien-être ont montré des résultats prometteurs. Cependant, il est important de noter que chaque individu réagit différemment à nos services, et il existe toujours une petite marge d'erreur. Nous continuons à améliorer nos techniques pour offrir des expériences encore plus satisfaisantes à nos clients.
— Et qu'en est-il des 5% restants ?
— Les 5% restants représentent les cas où nos services n'ont pas atteint les résultats escomptés. Certains souvenirs peuvent être plus complexes à traiter, ou la réaction des personnes à la stimulation peut varier. Nous travaillons constamment pour réduire ce pourcentage en améliorant nos méthodes et en adaptant nos services aux besoins individuels. Notre objectif est de garantir une expérience positive à tous.

Kyle hocha la tête mais il avait encore du mal à tout comprendre. Pourquoi la visualisation d'un souvenir était capable de modifier les émotions d'un individu ? Miller expliquait assez bien mais peut-être était-il important de comprendre les bases.

— Pardonnez-moi mais il y a une chose que j'aimerais savoir. Sans doute que pour un homme tel que vous ça va sembler ridicule.
— Il n'y a pas de question ridicule, bien au contraire.
— Comment se forme une émotion dans notre cerveau ?

Millier sourit une nouvelle fois puis pianota sur son clavier. L'écran-hologramme afficha le schéma en trois dimensions d'un cerveau humain. Certaines zones étaient en surbrillance orange avec des mots tels que cortex sensoriel, cortex préfrontal ou amygdale.

— Quand on pense à la formation d'une émotion, il faut imaginer un ballet complexe de processus neuronaux. Tout commence par la réception des signaux sensoriels de notre environnement, une multitude d'informations provenant de nos cinq sens. Ces données sont acheminées au cerveau, au sein du cortex sensoriel, où elles subissent une première analyse, une sorte de triage des détails sensoriels. À partir de là, c'est comme si notre cerveau commençait à décoder la signification de ces informations. Des zones spécifiques, comme l'amygdale, s'activent, jouant un rôle crucial dans le traitement émotionnel. Imaginez qu'un visage souriant déclenche une séquence de réactions. Les signaux sensoriels sont analysés par l'amygdale, qui évalue leur pertinence émotionnelle. Ensuite, le cortex préfrontal, le siège de la pensée et de la décision, intervient. Il évalue si la situation est positive, négative ou neutre. À ce stade, une réponse émotionnelle peut être déclenchée. Si l'évaluation est positive, les hormones, comme la sérotonine ou la dopamine, commencent à circuler, influençant notre humeur. Le résultat se manifeste à la fois à l'intérieur et à l'extérieur de nous. Nos expressions faciales, nos gestes, même notre voix, révèlent cette émotion. C'est comme si chaque émotion avait sa propre signature, une carte d'identité propre. Enfin, le cerveau intègre cette expérience émotionnelle à notre mémoire. C'est ainsi que nous associons des émotions à des expériences passées. Ces souvenirs pourront influencer la façon dont nous réagirons aux émotions similaires dans le futur, créant une sorte de boucle émotionnelle. Le cerveau surveille constamment nos réponses émotionnelles, s'adaptant aux rétroactions. Si une situation s'avère différente de ce que le cerveau avait initialement évalué, il peut ajuster notre émotion en cours de route. L'ensemble de ces mécanismes cérébraux complexes convergent pour former la mosaïque de nos émotions, une expérience riche et nuancée.

— Si je comprends bien, il y a une différence entre sentiments et émotions ?

— Les sentiments et les émotions sont des aspects fondamentaux de notre expérience humaine, mais ils ne sont pas tout à fait la même chose. Une émotion est une réponse automatique à un stimulus ou à une situation. C'est une réaction rapide, parfois presque instantanée, que notre cerveau génère en réponse à quelque chose que nous percevons. Les émotions sont souvent universelles, ce qui signifie que des émotions similaires se manifestent chez la plupart des êtres humains dans des situations semblables. Par exemple, la peur, la joie, la colère et la tristesse sont des émotions universelles. Un sentiment, en revanche, est plus complexe. Il est le produit de la conscience de ces émotions. Lorsque nous prenons conscience de nos émotions, que nous les identifions et leur donnons un sens, elles deviennent des sentiments. Les sentiments sont plus durables que les émotions, car ils sont influencés par nos pensées, nos valeurs et nos expériences personnelles. Par exemple, la tristesse que vous ressentez après une perte devient un sentiment de deuil. En résumé, les émotions sont des réactions automatiques et universelles, tandis que les sentiments sont le résultat de la conscience et de l'interprétation de ces émotions. Comprendre cette distinction est essentiel pour explorer les nuances de l'expérience humaine et la complexité de nos réponses émotionnelles

Kyle observait le schéma du cerveau, tentant de suivre tout en écoutant Ashton Miller.

— Mais comment les souvenirs passés interagissent avec nos émotions ?

— Inspecteur, pour comprendre comment les souvenirs passés interagissent avec nos émotions, imaginez le cerveau comme une immense bibliothèque, chaque livre étant un souvenir. Ces souvenirs sont stockés dans différentes parties du cerveau, notamment l'hippocampe, qui joue un rôle clé dans la formation et le stockage des souvenirs. Lorsqu'une émotion se forme dans le présent, le cerveau commence à feuilleter ces livres mémoriels, à la recherche de connexions pertinentes. Cela signifie que chaque émotion est teintée par notre passé. Les souvenirs joyeux peuvent amplifier une émotion positive, tandis que des souvenirs traumatisants peuvent intensifier une émotion négative. La clé de cette interaction est l'association. Le cerveau évalue si les souvenirs antérieurs sont liés à la situation émotionnelle actuelle. Si c'est le cas, ces souvenirs peuvent influencer la nature et l'intensité de l'émotion ressentie. Mais attention, l'interaction entre les souvenirs et les émotions n'est pas un processus simple. Les souvenirs sont filtrés par nos perceptions actuelles, notre état émotionnel présent et notre environnement. C'est pourquoi deux personnes vivant la même expérience peuvent ressentir des émotions différentes en fonction de leur histoire personnelle. Pour un enquêteur comme vous, comprendre cette dynamique est essentiel, car elle peut expliquer pourquoi les témoins d'un même événement peuvent rapporter des émotions contrastées. Notre cerveau est une toile complexe tissée de souvenirs, et ces souvenirs imprègnent la palette de nos émotions, créant ainsi une expérience unique à chaque individu.

— Alors une session de réminiscence peut vraiment modifier une émotion actuelle ?

— Lorsqu'on entre dans une séance de réminiscence, on explore une zone fascinante de notre psyché. Les souvenirs, ces fragments de notre passé, sont étroitement liés à nos émotions. Ils sont comme les archives émotionnelles de notre vie.

Maintenant, imaginez que nous avons le pouvoir de choisir quels souvenirs explorer, de sélectionner ces moments où la joie, le bonheur, et l'amour prédominaient. C'est précisément ce que nous proposons. Le cerveau est un organe complexe, une mosaïque d'aires et de réseaux interconnectés. Lorsque nous revisitons un souvenir heureux, il active ces aires liées à l'émotion positive. Cela déclenche la libération d'endorphines, nos messagers du bonheur. Lorsque nous revivons ces moments, notre cerveau rejoue l'émotion. Il les renforce, les rafraîchit, et cela peut influencer notre état émotionnel actuel. Cependant, il est important de noter que ces effets sont temporaires. Le souvenir de bonheur que nous ressentons s'estompe avec le temps, tout comme les vagues qui disparaissent sur une plage. Les soucis et les défis du quotidien finissent par s'imposer à nouveau. C'est pourquoi certaines personnes reviennent régulièrement pour nourrir cet élan émotionnel. Donc, oui, une session de réminiscence peut certainement influencer nos émotions actuelles en les teintant de joie et de bonheur, mais elle ne peut pas éliminer les défis de la vie quotidienne. C'est un équilibre subtil entre le passé et le présent, entre la mémoire et l'émotion, et cela fait de la reviviscence un outil puissant pour explorer notre propre bonheur intérieur.

— Comment le visionnage d'un souvenir peut influencer une personne dans les jours qui suivent la séance ?
— Lorsque quelqu'un visionne un souvenir lors d'une séance de réminiscence, notre technologie immersive permet une intégration sensorielle quasi-réelle de l'événement. Cette immersion profonde crée une connexion neurale transitoire entre le souvenir et les émotions du client. Lorsque l'on revisite un souvenir, les régions du cerveau associées à cette expérience spécifique sont activées. Ce processus peut renforcer certaines émotions ou états d'esprit liés au souvenir.

En conséquence, la personne peut réagir aux situations présentes en étant influencée par les émotions associées au souvenir qu'elle a visionné. Cela peut avoir des effets positifs, mais aussi des implications imprévues, ce qui rend la technologie de Réminiscence aussi fascinante que complexe.

Il était temps de poser la question pour laquelle il était venu, maintenant qu'il comprenait mieux comment fonctionnait cette machine et pourquoi elle avait autant de succès auprès de ses clients.

— Est-il possible que l'IA se trompe ? Je veux dire par là qu'elle modifie quelques détails du souvenir qui peuvent lui donner un tout autre sens ?

— En réalité, notre technologie de réminiscence est conçue pour ne pas altérer les souvenirs, que le client ait ou non une indication contraire. Les souvenirs sont reproduits aussi fidèlement que possible, sans aucune modification délibérée. Le but de l'expérience est de préserver et de revivre les souvenirs tels qu'ils sont stockés dans le cerveau. Toute altération intentionnelle serait en contradiction avec nos principes fondamentaux.

— Est-il possible de savoir quels étaient les souvenirs visionnés de certains de vos clients ?

— Non, nous ne pouvons pas divulguer les souvenirs visionnés par nos clients. Nous accordons la plus grande importance à la confidentialité et à la protection des données personnelles. Et nos systèmes sont sécurisés pour les garantir. Cela fait partie de notre engagement envers eux. Des protocoles de sécurité stricts sont mis en place pour prévenir tout accès non autorisé à ces informations.

— Accès non autorisé, ce qui veut dire que dans le cadre d'une enquête, si j'en fais la demande aux autorités, il serait possible de pouvoir les visionner ?

Le visage de Miller s'assombrit. Un sillon se forma entre ses sourcils froncés.

— Je comprends que dans le cadre d'une enquête, vous souhaitiez accéder à ces informations, mais en tant que directeur de Réminiscence, je dois vous informer que notre entreprise est soumise à des règles strictes de confidentialité. Actuellement, il n'existe pas de réglementation spécifique obligeant notre entreprise à divulguer des informations confidentielles, même pour des enquêtes judiciaires. Nous respectons les lois sur la protection des données et la vie privée de nos clients. Cependant, je suis prêt à collaborer dans la mesure du possible pour soutenir votre enquête sans violer ces règles de confidentialité.

Kyle tenta d'apaiser les tensions en exposant clairement la situation.

— Vous vous demandez certainement pourquoi je vous pose toutes ces questions. En fait, je viens vous voir car j'ai trouvé trois de vos cartes de visite suite à trois évènements tragiques différents. Le premier était un suicide. Quelqu'un s'est tiré une balle dans la tête. La carte était dans sa poche. Le deuxième est un adolescent de 17 ans qui s'est jeté du balcon sous les yeux horrifiés de sa mère. En fouillant sa chambre, j'ai vu qu'il y avait également une carte de Réminiscence sur son bureau. La troisième carte vient d'une personne que vous connaissez probablement vu qu'elle a été montrée aux infos régulièrement depuis une semaine : le terroriste du City Express. Monsieur Miller, je m'interroge. Pourquoi ces trois personnes qui ont probablement eu affaire à Réminiscence, ont-elles terminé leur vie de façon violente ? Faisaient-elles partie des 5% ?

— Je comprends votre préoccupation, mais je tiens à vous assurer que Réminiscence n'a aucune implication dans ces actes terribles. Notre technologie est conçue pour améliorer la vie des gens et favoriser leur bien-être. Nous ne pouvons pas être tenus responsables des actions individuelles de ces personnes.

Les événements que vous avez évoqués sont le résultat de circonstances complexes et ne peuvent pas nous incomber. Vous tentez une analogie, mais permettez-moi de vous dire que les cartes de visite Réminiscence ne sont qu'un moyen de promotion de notre entreprise et de ses services. Cela n'a pas de sens de les relier aux actions de ces personnes. C'est comme si des individus ayant une carte de fidélité McDonald's commettaient des actes répréhensibles. McDonald's ne serait pas responsable de ces actes. Il en va de même pour Réminiscence. Notre but est d'améliorer la qualité de vie des gens, pas de les pousser à des actions destructrices.

— Monsieur, je ne suis pas là pour entacher l'image de Réminiscences loin de là. Je comprends que votre but soit de faire le bien, cependant, je m'interroge tout de même. Pouvez-vous enquêter de votre côté, de préférence sans éveiller les soupçons ? Ça me rassurerait, moi, personnellement, et me permettrait d'avancer dans mon enquête et éventuellement de chercher ailleurs. Mais actuellement, tout me dirige vers votre organisation. Je viens vous demander de collaborer avec moi. Je ne suis pas là pour vous incriminer

— Monsieur, je comprends votre démarche, et je tiens à vous assurer que je suis prêt à coopérer avec vous et à mener une enquête approfondie de mon côté. Si cela peut aider à éclaircir les circonstances de ces tragédies et à prouver que Réminiscence n'est en aucun cas impliquée, je suis prêt à tout mettre en œuvre pour que toute la vérité soit faite.

— La sécurité et le bien-être de nos clients sont une priorité pour nous. Tant que cela entre dans le cadre légal de la loi.

— On parle tout de même de suicides et de meurtres. Je veux dire, votre éthique n'entre-t-elle pas en ligne de compte dans ce genre de circonstances ?

Ashton Miller se leva doucement, avec la mine de plus en plus sombre.

— Je comprends parfaitement vos inquiétudes, et nous prenons les situations de suicide et de meurtre très au sérieux. Notre éthique est essentielle, et nous nous engageons à collaborer dans le respect des lois et de la vie privée de nos clients. Nous pouvons aider dans la mesure où cela ne contrevient pas à nos politiques de confidentialité et de protection des données. Cependant, il est de notre responsabilité de maintenir un équilibre entre l'assistance à votre enquête et la protection des droits de nos clients. Nous ferons de notre mieux pour coopérer de manière éthique et légale.

Kyle en avait assez entendu. Il se leva à son tour en tentant de conserver son calme.

— Vous savez quoi ? Vous m'avez tout l'air d'avoir quelque chose à vous reprocher dans cette histoire. Et je suis sûr qu'au fond de vous, vous êtes inquiet... ...de savoir ce qu'on pourrait trouver dans vos données.

Le visage de Miller se crispa de rage. Pendant un moment Kyle se dit qu'il était allé trop loin. Mais il n'aimait pas se faire balader. Peu importe s'il avait devant lui la personne la plus riche et probablement la plus puissante de la City.

— Nous n'avons rien à cacher, dit-il en serrant les dents. Notre technologie est conçue pour offrir des expériences positives à nos clients, et nous respectons strictement les lois et les politiques de confidentialité. Si nous pouvons aider dans le cadre de votre enquête tout en respectant ces principes, nous le ferons. Cependant, je vous demande de ne pas présumer de notre culpabilité, et de faire preuve de compréhension quant aux limites de ce que nous pouvons fournir.

— Vous avez créé Réminiscence. Je comprends que vous vouliez protéger votre bébé. Et c'est tout naturel. Mais lorsque ce que l'on a créé met la vie des gens en jeu, je suis désolé, mais au bout d'un moment, il faut savoir ouvrir les yeux et se remettre en question.

CHAPITRE 11

Thomas avait sombré dans une morosité persistante après la dernière séance de Réminiscence qui s'était avérée décevante. Au lieu de ressentir les effets positifs sur son moral qu'il attendait, la séance avait créé en lui un vide qu'il ne parvenait à combler d'aucune manière. La discussion avec sa mère dans la cuisine avait ravivé le souvenir de son père et le désir de passer du temps avec lui, malgré l'acceptation depuis longtemps que cela ne serait plus jamais possible. Thomas croyait avoir fait le deuil de ses parents, mais cette blessure ne cicatriserait jamais. Cette douleur transparaissait dans son comportement et la gestion de sa vie. Mais maintenant, il avait l'impression de devoir tout recommencer, comme si toutes ses années de souffrance n'avaient servi à rien. Plus les jours passaient et plus ce manque grandissait au fond de lui comme un cancer qui se propageait dans son organisme à une vitesse folle. Et pour ça, il ne voyait qu'un seul et unique moyen de se guérir : retourner là-bas. Faire une bonne séance, comme la première fois et repartir du bon pied. Ce n'était pas si compliqué en fin de compte. Il fallait juste que cette foutue IA accepte sa requête. Il avait besoin d'un moment de tendresse et d'amour avec sa mère et de retrouvailles avec son père. Ni plus ni moins. Il ne demandait pas de décrocher la lune ! Et pour les soi-disant dommages sur son mental, ça lui passait complètement au-dessus. Il savait ce dont il avait besoin.

Il était tard mais tant pis, ça ne pouvait plus durer. Il enfila une veste à capuche puis sortit en trombe de son appartement. Comme toujours, il y avait de la vie dans la Tour 04, notamment dans les bars du rez-de-chaussée. Il passa devant sans même tourner la tête, malgré les interpellations incessantes des ivrognes.

Il pleuvait. Au loin, le roulement sourd d'un orage approchait. Les éclairs illuminaient la brume persistante d'un flash aveuglant. Le City-express le conduisit dans le centre-ville. A présent, il ressentait moins le poids du regard des gens sur sa personne. Comme si sa célébrité éphémère était en train de se dissiper. C'était mieux ainsi. Les gens avaient fini par s'habituer à sa présence jusqu'à ne plus le regarder, comme lassés par sa rencontre. Il fut un temps où la vie semblait suivre un rythme plus lent. Les interactions entre les personnes prenaient du temps, la communication exigeait des rencontres en face à face ou des lettres manuscrites. Les réponses étaient différées, et les discussions avaient une profondeur que l'on pouvait apprécier. Cependant, avec l'avènement des technologies de communication modernes, tout avait changé. Les messages instantanés, les réseaux sociaux et les courriels ont accéléré le rythme de la vie. Les gens se lassaient de plus en plus rapidement, car il semblait y avoir une pression constante pour être toujours connecté, répondre immédiatement et suivre un flux ininterrompu d'informations. Cette rapidité de communication avait affecté la manière dont les personnes interagissaient, créant un monde où l'attente était devenue une rareté et la réflexion profonde une exception.

La société de consommation avait encouragé la recherche du plaisir immédiat. La publicité et le marketing ont vendu l'idée que posséder un produit ou vivre une expérience pouvait immédiatement améliorer leur le quotidien voire être indispensable. Les paiements dématérialisés avaient facilité l'achat compulsif. Ainsi, l'accumulation de ces facteurs avait façonné une culture de l'immédiateté, où le temps était devenu un bien précieux, et l'attente était perçue comme une perte de temps. Les gens voulaient tout et tout de suite pour satisfaire leurs besoins et leurs désirs instantanément. L'attention du public était éphémère. Les médias sociaux et les actualités en ligne se déplaçaient rapidement vers le dernier phénomène viral, laissant Thomas en arrière-plan. L'effervescence initiale s'effaça, et il découvrit que la notoriété qu'il avait acquise avait une durée de vie limitée. La surdose d'informations contribua également à sa descente aux oubliettes. Chaque jour apportait une nouvelle avalanche de contenus et de distractions, reléguant les héros d'hier au rang de souvenirs lointains.

Il arriva au centre et l'IA lui proposa la porte numéro 7.
Il n'était pas d'accord avec ce choix.
— Je ne peux pas retourner à la salle 4 ?
— Pour quelle raison souhaitez-vous changer de salle ? Lui demanda la voix sur un ton aimable.
— Car je ne suis pas satisfait de ma dernière séance.
— Monsieur, le choix de la salle n'influence en rien la séance. L'IA est commune pour chaque pièce, pour chaque centre, dans chaque ville et ainsi de suite. Vous pouvez donc vous diriger vers la porte numéro 7 sans aucune crainte.
Thomas soupira de mécontentement puis finit par abdiquer.
Il s'installa donc sur le siège confortable de la salle 7 puis patienta.
— Bonjour, Thomas. Vous êtes déjà de retour parmi nous ?
— Oui, je ne suis pas convaincu que la dernière séance ait eu des effets positifs sur mon mental. Vous m'avez montré un souvenir et maintenant je souffre de l'absence de mes parents.
— Je comprends vos préoccupations, Thomas. Il est normal de ressentir des émotions fortes après une séance, surtout lorsque des souvenirs intimes sont réveillés. Cela fait partie du processus. Nous travaillons sur l'amélioration de votre bien-être à long terme. Pouvez-vous me dire quel aspect de la séance vous a particulièrement marqué ?
— Le fait que mon père souffrait lui aussi de son absence. Je n'arrête pas d'y penser depuis. C'est en train de me ronger.

C'est comme si j'avais besoin de rattraper le temps perdu avec lui. Mais il est mort depuis des années et c'est impossible.
— C'est une réaction tout à fait compréhensible, Thomas. Les souvenirs peuvent évoquer des émotions fortes et parfois générer des regrets et de la frustration. Nous sommes là pour vous soutenir dans ces moments. Toutefois, il est important de se rappeler que ces émotions sont éphémères, et avec le temps, elles s'apaisent. La séance d'aujourd'hui peut vous aider à mieux comprendre ces sentiments.
— Justement, je n'ai pas besoin que vous choisissiez pour moi le souvenir. Je sais de quoi j'ai besoin. Mon premier souvenir était parfait.
— Je comprends votre désir de contrôler le choix du souvenir, Thomas. Cependant, la sélection doit être effectuée avec soin pour garantir une expérience sûre et bénéfique. Nous prenons en compte de nombreux facteurs, y compris votre santé mentale, pour choisir les souvenirs appropriés. Cela vise à minimiser les risques de réactions émotionnelles négatives. Nous travaillons dans votre intérêt et votre sécurité est notre priorité.

Thomas frappa du poing sur l'accoudoir du siège. Un geste incontrôlable, témoignant de sa réelle frustration. Une machine n'avait pas le droit de décider pour lui, ses codes sources n'étaient pas censés le lui permettre.

— Thomas, je vous demande de rester calme. La violence envers le matériel n'est ni productive ni appropriée. Je comprends que vous puissiez être frustré, mais cela ne résoudra pas votre problème. Je vous encourage à communiquer verbalement plutôt que par des actes impulsifs. Nous voulons vous offrir la meilleure expérience possible.

— Vous n'écoutez pas mon problème justement, rugit-il entre ses dents. Je vous dis que j'ai besoin de voir mes parents ! Alors bordel faites ce que je vous demande !

— Thomas, je comprends que vous ressentiez un besoin fort de voir vos parents. Cependant, je tiens à vous rappeler que la sélection des souvenirs est basée sur des critères spécifiques visant à garantir votre bien-être. Nous ne pouvons pas présenter des souvenirs sans discernement, car cela pourrait avoir des conséquences négatives sur votre santé mentale.

Thomas sentit son pouls s'accélérer. Il avait besoin de se calmer sinon il allait gâcher son seul espoir de retourner auprès de ses parents.

— Et bien soit, dit-il. Montrez-moi un souvenir avec mes parents. Je vais me contenter de ça. Peu importe ce que j'y vois.

— Très bien.

Il fronça les sourcils. C'était curieux cette façon de répondre. Comme si l'IA en avait eu assez de lutter avec lui et avait fini par lui accorder ce qu'il exigeait. Le casque descendit et il l'enfila.

Les lumières clignotèrent et il se sentit aspiré dans le tunnel qui le séparait de ses souvenirs.

Toujours dans le corps d'un petit garçon. Il était dans le champ en face de la maison de campagne de ses parents. Le soleil était en train de se coucher, offrant ses derniers rayons de lumière.

Je crois que je me souviens de ce moment, mais…

A l'intérieur sa mère hurlait sur son père. Elle lui reprochait de les mettre en retard. Ils avaient rendez-vous à un bal de charité en ville. En réalité, c'était sa mère qui l'avait organisé. Le but était de récolter un maximum de fonds pour un projet visant à assainir l'air des méga-buildings en le débarrassant de ses substances toxiques. Chaque jour des personnes mouraient de maladies respiratoires dues à la pollution générale. Chaque immeuble en ville avait un système d'épuration de l'air. Mais pour les Tours c'était différent. Leur taille titanesque demandait des systèmes en conséquence, beaucoup trop onéreux même en augmentant les loyers. Mais le père de Thomas n'était pas convaincu par ce projet et le faisait sentir. En réalité, il ne faisait aucun effort.

La mère de Thomas était à bout de nerfs. Elle sortit la première, vêtue de sa plus belle robe de soirée et coiffée comme il ne l'avait jamais vu. *Oh non, c'est ce soir-là...*
Elle approcha de son fils, essayant de sourire pour masquer son énervement envers son mari.

— Tu vas bien mon chéri ? lui demanda-t-elle.
— Pourquoi je ne peux pas venir avec vous ?
— Parce que c'est une soirée d'adultes. Je serai accaparée de tous les côtés et je ne pourrai pas m'occuper de toi. Tu vas rester avec Mila, c'est ta baby-sitter depuis que tu es tout petit.
— Elle pourrait venir avec nous.

Elle soupira en souriant.

— N'insiste pas mon cœur, lui dit-elle en caressant sa joue. Demain matin quand tu te réveilleras nous serons rentrés à la maison.

Son père sortit dehors en trombe, ajustant sa cravate et ses boutons de manchettes. Mais il se dirigeait directement vers la car-jet posée dans le champ plus loin.

— Allez rentre, dit-elle. Il est l'heure, Mila t'attend.

Non je veux rester là !

Il embrassa sa mère puis la regarda s'éloigner. Son père faisait de grands signes pour lui demander avec un certain aplomb de se dépêcher. Elle l'avait tellement poussé à bout qu'il faisait le pressé maintenant. Le petit garçon se rapprocha de l'escalier de la maison pour rejoindre Mila qui l'attendait sur la terrasse. Elle se tint derrière lui, posant ses mains réconfortantes sur ses épaules. Il aimait regarder ses parents partir avant de rentrer à la maison.

La Car-jet démarra, faisant danser la végétation aux alentours.

Non, pas ça. Je vous en supplie.

Le réacteur augmenta en puissance avant le décollage, intensifiant le sifflement aigu des turbines.
Soudain le petit garçon se rendit compte qu'il n'avait pas dit au revoir à son père. Il se libéra de la douce étreinte de Mila et fila à travers champs en direction de ses parents. Mais le véhicule décolla, laissant dans son sillage une auréole d'herbe aplatie. Il grimpa à une quinzaine de mètres du sol tandis que Thomas secouait la main en espérant être vu. Milla lui courait après pour le rattraper.
S'il vous plaît !
Au moment de mettre les gaz, un cliquetis métallique venant du moteur retentit puis une fumée noire s'échappa du réacteur. Le sifflement aigu des turbines se fit entendre de façon inquiétante et le véhicule se mit à tourner sur lui-même. La rotation était de plus en plus rapide et la Car-jet perdit de la hauteur. Une flamme aveuglante jaillit du réacteur endommagé et attaqua la carrosserie. Il y eut une explosion dans l'habitacle, bien avant de toucher le sol. Des débris enflammés atterrissaient dans le champ comme de minuscules météorites. Mila cria de surprise, suppliant le petit garçon de se mettre à l'abri. Mais Thomas était comme hypnotisé par ce spectacle époustouflant. Il ne comprenait pas ce que cela impliquait. Le Thomas assis dans le siège de Réminiscence pleurait et hurlait. Il se voyait marteler de coups cette barrière invisible entre le réel et son subconscient.
La Car-jet percuta le sol avec une violence inouïe, projetant un panache de débris et de terre dans les airs.
Le véhicule se consuma rapidement. Les experts diraient plus tard que les batteries, quand elles étaient soumises à de fortes chaleurs, devenaient un combustible redoutable.
Mila parvint à rattraper Thomas et à le serrer contre elle, couvrant ses yeux de ses mains pour éviter qu'il ne soit témoin de l'horreur. Cependant, à travers ses doigts, il distingua une silhouette enflammée s'extirpant du véhicule et marchant quelques pas dans les hautes herbes avant de s'effondrer. Il ne saurait jamais s'il s'agissait de sa mère ou de

son père, mais il savait que cette vision serait gravée en lui jusqu'à la fin de ses jours.
Les deux Thomas pleuraient.

Le souvenir se termina par une aspiration dans le tunnel de l'espace-temps. Mais cette fois-ci ce fut différent. Au lieu de retourner sur le siège du centre, il se retrouva à nouveau dans la peau du petit garçon. Il était assis à une table en métal. Le froid de l'acier lui perçait la peau, jusqu'à lui glacer le sang dans des picotements désagréables. Sur une tablette électronique destinée aux enfants, il dessinait. C'était toujours le même dessin, ce qui inquiétait le psy lors de ses séances. Une Car-jet en flamme dans les airs et des gens qui brûlaient.
Derrière lui, il entendait discuter mais il était tellement concentré sur son dessin qu'il ne faisait pas attention. A l'époque, il ne savait pas ce qui se disait, enfermé dans sa bulle mentale. Mais le Thomas du présent était capable d'écouter.
Un homme parlait avec une femme.

— Madame Shawn, en tant que sœur du défunt, vous êtes le parent le plus proche de Thomas. Je tiens à souligner l'importance de sa prise en charge à ce stade critique de sa vie. À l'âge de cinq ans, il est vulnérable et a besoin de la stabilité et de l'amour de sa famille pour surmonter la perte de ses parents. Vous êtes sa tante, sa famille proche, et vous êtes la personne qui peut lui offrir le soutien et la sécurité dont il a impérativement besoin en ce moment. Je comprends que cela puisse être une responsabilité importante, mais sachez que vous n'êtes pas seule dans cette démarche. Notre service est là pour vous fournir le soutien nécessaire, des ressources, et des conseils pour vous aider à prendre soin de Thomas. Nous avons vu de nombreux cas où des enfants se sont remis de tragédies similaires grâce à l'amour et à la stabilité offerts par leur famille.

Il est normal que Thomas soit perturbé et qu'il exprime sa douleur par des pleurs et des réactions émotionnelles fortes. Cependant, avec le temps, un environnement aimant et une attention continue, il pourra commencer à vivre avec son deuil. Nous veillerons à ce qu'il ait accès au soutien psychologique nécessaire pour l'aider à faire face à ses émotions.

Prendre en charge Thomas est une décision cruciale qui peut changer le cours de sa vie. Vous avez l'opportunité d'être un pilier de stabilité dans son monde chamboulé, et de l'aider à trouver la voie de la résilience. Je vous encourage à considérer cette décision avec sérieux, car elle aura un impact positif sur la vie de Thomas.

— Si je n'ai pas moi-même d'enfant c'est pour une bonne raison. Et je suis navrée mais ce n'est pas ma faute si ma sœur est décédée en me laissant son rejeton sur les bras. Je n'ai rien demandé à personne !

— Je comprends parfaitement vos préoccupations et je reconnais que la situation est difficile. Si vous ne prenez pas la garde de Thomas en qualité de membre le plus proche de la famille, la seule autre option sera de le placer dans un foyer, ce qui n'est pas une vie idéale pour un enfant de cinq ans. Les foyers peuvent offrir des soins de base, mais ils ne peuvent pas remplacer la chaleur et l'amour d'une famille. Thomas a déjà subi une perte dévastatrice en perdant ses parents, et il a besoin de stabilité et de soutien pour surmonter cette épreuve. En tant que sœur de son père, vous avez la possibilité de lui offrir un environnement familial, de le soutenir émotionnellement et de contribuer à son rétablissement. Je vous assure que notre service….

— Inutile d'insister, ma décision est prise.

Le souvenir se termina sur le rejet de sa tante. Il fut aspiré jusqu'au monde réel en emportant avec lui toutes ces images qu'il avait oubliées avec le temps. Il se rappelait de la Car-jet, du bruit du moteur, du moment juste avant que tout bascule. Mais il ne se rappelait pas de l'impact, du feu, des cris de Mila. Il avait étrangement omis la partie la plus traumatisante de cet événement. C'était comme si sa mémoire avait opéré une sorte de censure pour protéger son psychisme juvénile. Alors que le casque se retirait automatiquement de sa tête, Thomas pleurait. Cachant ses yeux avec pudeur alors que personne n'était là pour l'observer.

— Pourquoi tu m'as montré ce souvenir ? hurla-t-il entre deux sanglots.

Aucune réponse. C'était comme si l'IA était partie.

— Réponds-moi, putain !

Toujours pas de réponse. La tristesse se mua en étonnement. D'habitude il y avait toujours un débriefing. Mais cette fois c'était différent. Comme si quelqu'un avait débranché cette entité qui se prenait pour un grand psychologue.

Thomas se leva en regardant autour de lui. Il y avait encore du courant. Les lumières, les systèmes de ventilation, tout fonctionnait parfaitement. L'IA était tout simplement muette.

En sortant du centre, la pluie frappait le bitume avec une forte intensité. Mais Thomas n'y prêta pas attention, ne mis pas sa capuche. Son esprit était encore dans le champ avec le véhicule en flammes. Il venait aussi d'apprendre la vérité sur sa tante. Il ne la connaissait pas, et l'annonce qu'elle l'avait rejetée lorsqu'il était enfant le bouleversait profondément. Il se sentait soudainement confronté à un sentiment d'abandon encore plus prégnant. Cette révélation remuait en lui des émotions confuses, mélange de tristesse et de colère, à l'idée que sa propre famille l'avait laissée de côté. Il était désormais face à un vide qui semblait s'élargir, renforçant son sentiment de solitude et de rejet.

Soudain il réalisa que l'abandon était l'histoire de toute sa vie. D'abord ses parents, sa tante et plus récemment Sarah.
Thomas était en colère, pas après tous ceux qui l'avait abandonné, mais envers cette machine. Elle lui avait appris des choses qu'il ne voulait pas connaître, montré ce qu'il ne voulait plus voir. C'était pire que la dernière fois. Mais il n'avait plus la force de pleurer, comme si son corps ne pouvait plus le faire. Une migraine lancinante lui fendait le crâne. Il avait besoin de se reposer, de tout remettre à plat. En espérant oublier cette foutue soirée rapidement.

Le lendemain, il arriva tard au travail vu qu'il s'était couché de même. Le manque de sommeil était flagrant sur son visage. Des cernes donnaient l'impression qu'il avait les yeux au beurre noir. Quand il arriva au bureau, bien évidemment Whitlock était là pour lui tomber dessus. Il le couvrit d'insulte, le traitant de fainéant et d'incapable. Nous étions bien loin de l'éloge qu'il faisait de lui lorsque la presse était là.
Heureux de votre retour parmi nous, tu parles !
Et puis la promesse de virement n'avait été que du flanc bien évidemment. Il avait joué le grand prince devant les caméras, mais derrière la scène, il était bien différent.
Thomas passa des heures à taper des lignes de code, piquant du nez pas moment. Après plusieurs réveils en sursaut, il décida d'aller prendre un café à la machine en salle de pause. Ou plutôt l'espace pause, vu que c'était dans le renfoncement d'un mur légèrement à l'écart de l'open space. Thomas était énervé, il le sentait. Il ne voulait pas être ici, à perdre son temps alors qu'il avait mieux à faire ailleurs. En arrivant à la machine, un gobelet plein était en place, quelqu'un avait oublié de le prendre. Il grogna puis attrapa le gobelet pour le vider dans le pot de fleur à côté.
Alors qu'il s'en faisait couler un autre, un collègue de boulot débarqua dans son dos.

— Surtout ne te gêne pas, lui dit-il.

— Pardon ?
— J'ai à peine le temps d'aller pisser que tu vides mon café.
Thomas se retourna en fronçant les sourcils.
— J'y peux rien si tu l'as oublié, il n'y avait pas ton nom dessus.
— Et bien tu vas m'en payer un autre.
Thomas pouffa de rire.
— Tu peux toujours courir.
— Oh ça y est, monsieur la star prend la grosse tête ! Tu crois quoi ? Tu te prends pour meilleur que nous, c'est ça ?
Thomas serra les poings et contracta les muscles de sa mâchoire, en lutte intérieure pour ne pas le cogner.
— Alors, il vient ce café ?
— Oh ! Tu le veux vraiment ?
L'homme acquiesça en tendant la main.
— Très bien, fit Thomas en attrapant son gobelet.
Il lui jeta le café brûlant en plein visage. Comme de la lave en fusion, le liquide brun s'engouffra sous ses paupières. Son collègue se mit à hurler de douleur puis tomba à terre en se tortillant, priant pour que son supplice s'arrête. Tout le monde dans l'open space avait stoppé son activité et regardait vers lui. Des centaines d'yeux le dévisageaient avec un air de reproche, mais personne ne levait pour autant le petit doigt pour secourir l'homme au visage ébouillanté.
- Shawn ! hurla Whitlock. Dans mon bureau !
Thomas savait à quoi s'attendre. Il pouvait très bien l'envoyer balader et sortir de lui-même. Mais pour une raison qui lui échappait, il l'avait suivi.
Le patron attrapa une tablette sur son bureau qu'il tendit à Thomas.
— J'ai préparé ça ce matin.
Thomas lut l'en-tête : *lettre de démission.*
— Je pensais vous convaincre de signer ça mais vu l'incident à la machine à café, je vais pouvoir vous virer pour faute grave.

Pas d'indemnité donc. Vous avez dix minutes pour réunir vos affaires et vous tirer de mon entreprise.

Thomas jeta la tablette sur le bureau comme si c'était un simple bout de papier. Elle rebondit avec fracas et Whitlock dut l'arrêter avec le plat de la main.

— Vous savez quoi, commença Thomas. C'est tant mieux dans un sens. Je commençais à en avoir ma claque de bosser pour un apprenti dictateur.

— Je ne vous permets pas, Shawn ! répondit-il avec le visage crispé de colère.

Thomas afficha un sourire, un vieux dicton disait que la vérité blesse. Il ne pouvait pas partir comme ça. Pas après tant d'années à subir sa mauvaise humeur, le stress et le harcèlement moral. Il ne pouvait pas simplement sortir comme un type lambda qui vient de se faire virer. Que pouvait-il perdre de plus ? Et puis il était déjà viré pour faute grave, alors une faute de plus ou de moins changerait quoi ?

Thomas attrapa la chaise à côté de lui par le dossier.

— Vous faites quoi, là ? demanda le patron en riant nerveusement comme s'il ne croyait pas Thomas capable de faire une bêtise.

— Disons que je rends justice. Je vous conseille de sortir de là rapidement.

Whitlock le fixa droit dans les yeux, le mettant au défi.

Thomas ne savait pas ce qui lui prenait de faire ça, mais il savait que ça lui ferait beaucoup de bien. Il leva la chaise au-dessus de sa tête et c'est à ce moment-là que son patron décida de fuir. Avec force, il frappa le bureau dont le plateau en verre se brisa. L'écran, les tablettes électroniques, les bibelots, tout tomba à terre. Il aurait pu s'arrêter là, mais sa folie l'emporta vers le fond du bureau. Une bibliothèque remplie de livres anciens sur le management et le dépassement de soi fut sa nouvelle victime.

En dehors du bureau, à quelques mètres de la porte, tous les employés s'étaient avancés pour voir ce qui se passait. Whitlock avait l'air

dépité, sursautant à chacun des coups que portait Thomas. Il y avait des bruits de verre brisé, de meubles renversés, de chocs sur les murs. Lorsque sa furie se calma, il y eut un long silence. Tout le monde avait retenu son souffle. Puis lorsque Thomas apparut dans l'encadrement de la porte, tout le monde sursauta. Il était essoufflé, fatigué par cette dépense physique inhabituelle. Mais ça en valait la peine.
    — Je viens de trouver mieux qu'une séance de Réminiscence, dit-il.
Mais personne ne comprenait ce qu'il voulait dire.
Ils le regardèrent partir. Il marchait lentement, savourant la dernière fois qu'il foulait ce sol. Lorsque les portes se refermèrent derrière lui, un sentiment de soulagement l'envahit. Une libération instantanée.
La promesse d'une renaissance.
Il savait qu'il devrait payer cet excès de folie, mais pour l'instant il préféra se concentrer sur le présent.
En sortant de l'immeuble, il se rendit compte qu'il avait énormément de temps devant lui pour essayer de se reconstruire. Lorsque ses maigres économies seraient épuisées, il serait temps de chercher un boulot. Mais pour l'instant, il devait penser à ce qui était vraiment important pour lui.
Pendant un bref instant, une partie de la brume se dissipa et un rayon de soleil chaud et agréable vint l'éblouir. C'était arrivé comme un message divin. Comme si le ciel était enfin en accord avec lui.
Finalement la brume recouvrit à nouveau le ciel et Thomas décréta que ce serait une bonne chose de rattraper son déficit de sommeil.

CHAPITRE 12

Kyle retourna à son bureau après avoir demandé à Edward de le rejoindre dès que possible. Il avait beaucoup appris lors de sa récente rencontre avec Ashton Miller, en particulier sur le fonctionnement de la machine de Réminiscence. Il avait également obtenu des informations sur le profil des clients de Miller, qui semblaient être des individus en détresse, cherchant une aide psychologique. Edward était en route pour le rejoindre, laissant à Kyle un peu de temps pour effectuer des recherches sur Miller. Sur son ordinateur, il commença à saisir le nom de Ashton Miller dans la barre de recherche. Il fut immédiatement inondé de résultats, avec de nombreux articles en première page. La plupart d'entre eux étaient élogieux, vantant les réalisations de Miller, notamment sur des sites médicaux et scientifiques de renom. Miller était devenu célèbre grâce à AI-Med, son entreprise qui réalisait des opérations chirurgicales entièrement gérées par des intelligences artificielles.

En parcourant les articles, Kyle remarqua que les photos de Miller le montraient plus jeune que lors de leur rencontre, d'environ une décennie. Sur l'une d'entre elles, Miller se tenait sur une scène, saluant la foule, comme un homme politique en pleine campagne électorale. Une autre photo le montrait en train de recevoir le prix Nobel de médecine, arborant un sourire empreint d'orgueil.

En explorant son passé, Kyle découvrit une période bien moins glorieuse. Avant le succès d'AI-Med, Miller avait été impliqué dans plusieurs affaires. À cette époque, il était le PDG du groupe SmartOP Solution (SOS), se vantant des mêmes mérites que plus tard avec AI-Med. Cependant, il y eut vingt-neuf décès dénombrés au cours d'opérations réalisées par SOS, ce qui conduisit à la fermeture de l'entreprise. Mais ce qui intriguait Kyle était que Miller ait toujours le droit d'exercer. Aucune des accusations ne s'était soldée par une condamnation, ce qui semblait étrange.

Miller vendit ensuite les locaux, l'équipement et les ressources humaines de SOS à AI-Med, effectuant une sorte de réinvention de son entreprise. Kyle tenta de trouver une faille dans la législation, de déterrer des irrégularités, mais en vain. Miller semblait opérer dans le respect de la loi. Il était bien entouré par une armée d'avocats, de comptables et de juristes, et il avait acquis une connaissance pointue des méandres juridiques. Il savait exactement ce qu'il faisait.

Après avoir passé plusieurs années loin des feux des projecteurs médiatiques, Miller était réapparu avec le même projet. Cette fois, le taux de réussite annoncé était de 100 %. Il était difficile de croire que les morts et les procès ait miraculeusement amélioré ses méthodes.

Et comment avait-il pu éviter des poursuites judiciaires malgré les vingt-neuf décès chez SOS ? Quelle influence avait-il réellement dans le monde médical pour poursuivre sa carrière après de tels scandales ?

La carrière de Miller était une étude de cas fascinante sur le pouvoir, la résilience et les arcanes du milieu de la santé. Il était à la fois admiré et critiqué, salué comme un héros et accusé de négligence médicale. Pour Kyle, il restait encore beaucoup à découvrir sur cet homme énigmatique et sur les dessous de ses entreprises à succès. Son histoire était pleine de zones d'ombre, de mystères à élucider. Pour Kyle ça ne faisait aucun doute qu'il en savait plus qu'il ne voulait bien l'admettre.

Pour Ashton Miller, le succès était une drogue dont il ne voulait pas se sevrer. Mais une autre tâche sur son CV ne lui laisserait pas de seconde chance.

L'enquêteur devait se concentrer sur lui. Trouver quelque chose pouvant inverser la vapeur. Il devait lui faire avouer que quelque chose ne fonctionnait pas correctement à Réminiscence.

Edward débarqua dans le bureau.

— Désolé pour le retard, dit-il essoufflé.

— Alors tu as pu rencontrer madame Diop ?

Il tira sa chaise pour s'asseoir et ouvrit le col de sa veste.

— En effet. Tout porte à croire que Samba était un garçon sans problème.

— Je viens de faire la demande là-haut pour avoir la liste des clients de Réminiscence.

— Tu es encore là-dessus ?

— Plus que jamais. Je sors d'un rendez-vous avec monsieur Miller en personne.

Edward ouvrit la bouche de surprise.

— Alors ça a donné quoi ?

— Un homme fascinant, du moment que tu ne remets pas en cause ses entreprises.

— C'est compréhensible, personne n'aime ça. Comment ça s'est fini ?

— Il a dit qu'il coopérerait dans les limites de la loi. Ce qu'il faut comprendre, c'est qu'il ne lèvera pas le petit doigt tant qu'il n'aura pas consulté ses avocats. Je commence à cerner l'oiseau.

— Des antécédents ?

— Absolument !

Kyle transféra l'image présente sur son écran vers celui de son binôme qui s'approcha pour voir plus en détail. Après avoir survolé les articles, il fit la moue en jetant un regard à Kyle.

— Je comprends ce que tu veux dire, il n'est pas tout blanc. Mais on parle au passé. J'imagine que la réglementation est beaucoup plus stricte depuis ces évènements. La justice doit l'avoir dans le viseur. A la moindre erreur, il plonge.

Kyle leva l'index.

— Sauf si tu as la loi dans la poche. Et ça doit être le cas vu les nombreux procès dont il est sorti relaxé. Il a dû graisser quelques pattes pour éviter la case prison.

Edward acquiesça. Il entendait ce que voulait dire son binôme mais restait sceptique face à l'idée que l'on puisse acheter la justice si facilement.

— Et tu comptes faire quoi ?
— Commençons par mettre la main sur la liste des clients. D'après Miller, la protection des données nous en interdit l'accès. Mais j'ai vérifié, aucun texte de loi ne régit quoique ce soit à ce sujet. Le service Réminiscence est trop récent pour l'instant.

Edward afficha un sourire.

— Je pense que j'ai quelque chose qui va t'intéresser.
— Un mandat pour fouiller les bureaux de NanoTech Labs ?

Rires.

— Pas exactement. Les collègues de mon ancien service ont reçu une plainte d'un certain Whitlock, patron d'une entreprise de codage labellisé qualité humaine. L'un de ses employés a pété un plomb et a retourné son bureau. Même que l'un des employés est à l'hosto. En partant, il aurait dit un truc sur Réminiscence justement.

Kyle se redressa sur son siège.

— Mais il a bien entendu ou...
— C'est le témoignage d'une centaine d'employés.

Le policier afficha un sourire satisfait.

— Et tu as le nom de cet employé en pleine crise de folie ?
— Oui. Mais tu le connais déjà.

Il fronça les sourcils.

— Thomas Shawn, le héros du City-express.

Quelques minutes après, ils étaient dans la voiture, en route vers la banlieue. Kyle avait dû faire un peu de ménage sur le siège passager pour faire monter Edward.

— Tu es sûr que c'est une bonne idée ? demanda ce dernier. Je veux dire, tu ne veux pas faire une convocation officielle pour l'interroger ? Visiblement ce type est violent. Il pourrait ne pas apprécier que l'on débarque chez lui à l'improviste.
— Non justement. Je veux lui parler tant que ses souvenirs sont encore frais. Et puis il pourrait penser que l'on vient pour l'incident au boulot. Mais ça je n'en ai rien à faire, ça ne me concerne pas.

La voiture traversa le pont, frontière entre la banlieue et la City.
— Et nous y revoilà, fit remarquer Edward. Quelle Tour ?
— Tour 04. J'espère qu'il sera là.

En sonnant à la porte, Kyle hésita à attraper le manche de son pistolet dans son holster, juste par précaution. Après tout, Thomas était catalogué comme violent. Mais il renonça finalement. Il préférait le mettre en confiance et obtenir des informations précieuses.

Le doute planant sur sa présence, les deux enquêteurs étaient sur le point de tourner les talons lorsqu'une voix masculine leur répondit à travers l'interphone.
— C'est pour quoi ? dit une voix endormie.

Kyle s'éclaircit la voix puis pencha la tête afin d'être entendu.
— Nous sommes de la police monsieur Shawn et nous aimerions vous parler. Ne vous méprenez pas, nous ne venons pas pour l'agression ni pour vous arrêter.

Thomas sembla hésiter, ne répondant rien. Un claquement dans l'interphone leur fit comprendre que la communication était coupée. Kyle se pinça les lèvres en regardant Edward, visiblement frustré de s'être fait raccrocher au nez.

Mais finalement la porte s'ouvrit et Thomas apparut dans l'encadrement. Habillé d'un survêtement et d'un T-shirt froissé, ses cheveux ébouriffés témoignant d'un réveil récent.

Il les invita à entrer. Son visage était pâle et ses yeux gonflés de fatigue. Son appartement était sens dessus dessous. Le plan de travail de la cuisine était couvert de casseroles et de vaisselle sales, une forte odeur s'en dégageait.

En voyant des emballages de Mcdonald's et de pizzas au sol, Kyle comprit qu'il avait fini par renoncer à cuisiner préférant la facilité. Thomas les conduisit au salon, débarrassant la table à manger pour les installer, puis désigna les chaises pour qu'ils s'asseyent.

— Pardonnez-moi mais je n'ai rien à boire, dit-il en se grattant la tête.
— Ça ne fait rien.

De toute manière Kyle était soulagé de ne rien consommer dans la vaisselle provenant de la cuisine.

— Thomas, si nous voulons vous voir, ce n'est pas par rapport à votre pétage de plomb au travail et que vous ayez voulu faire une tête au carré à votre patron. Ça, on s'en balance un petit peu. Ce n'est pas le but de notre enquête. Nous, on vient vous voir parce qu'on sait que vous êtes client de Réminiscence.
— C'est ma vie privée, bon sang ! Qu'est-ce que ça peut vous faire ? dit-il d'un ton rageur.

Thomas se leva de sa chaise. Sa réaction était démesurée. Une telle expression de colère pour une simple question en disait long sur son état mental.

Kyle et Edward se regardèrent, tous les deux frappés de surprise.

— On ne veut pas vous énerver, on veut juste vous poser des questions, rectifia Edward en tendant une main vers lui pour l'apaiser. Je ne sais pas... ce que mon collègue a dit de mal pour vous mettre dans cet état.
— J'ai déjà bien assez de soucis dans ma vie, alors arrêtez de me harceler avec ces questions sur Réminiscence. Je veux plus en

entendre parler. Et si vous voulez savoir, oui, c'est efficace, et ça m'a fait du bien. C'est tout ce que j'ai à dire là-dessus.

Le harceler ? Mais il débloque ou quoi ?

— Écoutez, je ne vous juge pas, mais je n'ai pas l'impression que vous allez bien, reprit Kyle. Surtout quand on sait ce que vous avez fait ce matin à votre travail. Je vous rappelle que votre collègue est à l'hôpital. Ce n'est pas rien. Et ce ne sont pas les agissements...de quelqu'un de bien dans sa tête.

Thomas le dévisagea et Kyle s'attendit à ce qu'il se jette sur lui brusquement pour le marteler de coups de poing. L'enquêteur se crispa, prêt à se lever pour l'esquiver. Edward quant à lui avait gardé sa main dans sa poche depuis qu'il était entré dans l'appartement. Prêt à dégainer le taser pour lui calmer les nerfs.

— De quoi je me mêle ? Vous n'êtes pas mon psy, vous n'êtes pas là pour juger ma santé mentale. Si j'ai pété un câble au boulot, c'est à cause de mon patron, c'est lui le problème.

— Calmez-vous, M. Shawn, dit Edward d'un ton serein. C'est une simple visite. Par contre, si vous commencez à vous montrer agressif... nous avons suffisamment de motifs sous la main pour vous emmener au poste. A vous de voir.

Thomas les regarda à tour de rôle, sa poitrine se gonflait rapidement, comme s'il avait couru un marathon. Tremblant de rage, son comportement inquiétait les enquêteurs. Finalement il inspira par le nez et expira par la bouche, doucement, plusieurs fois, comme à son habitude. Et ça fonctionna. D'une main tremblante, il tira la chaise pour s'asseoir, sous le regard satisfait de ses visiteurs.

— Bon, ok. Posez vos questions, mais soyez brefs.

Kyle s'éclaircit la voix.

— Après avoir retourné le bureau de votre patron, vous auriez dit quelque chose par rapport à Réminiscence. Je suppose que vous êtes client ?

— Comment vous savez ça ? C'est quoi, une enquête sur ma vie personnelle ? Ou vous fouinez dans mes affaires privées ?
— Écoutez, nous avons plein de témoins de votre petite crise de folie de ce matin. Donc, il n'y a pas besoin d'aller chercher bien loin pour savoir ce que vous avez dit. Mais je vous rappelle que je ne viens pas vous voir par rapport à cet événement, mais plutôt parce que j'enquête sur Réminiscence. Et vous êtes le seul client que j'ai sous la main.

Thomas se détendit un peu.

— Ah, d'accord. Je comprends mieux maintenant. Bon, j'suis client chez Réminiscence, ouais. C'est comme une thérapie, vous voyez, ça m'aide à faire le point sur ma vie, sur mes souvenirs. C'est censé m'aider, en tout cas, c'est ce qu'ils disent. Et... Vous voulez savoir quoi, exactement ?
— Visiblement, vous n'êtes pas dans votre assiette, donc est-ce bien efficace ? Je veux dire, il y a une semaine, on parlait de vous comme le héros du City Express, et ce matin, vous envoyez un collègue à l'hôpital. Qu'est-ce que je dois comprendre ?

Thomas leva les yeux, comme pour sonder sa mémoire.

— Écoutez, je sais que ça peut sembler bizarre. Au début, Réminiscence m'aidait vraiment à gérer mon stress et mes problèmes. Je revivais des moments heureux de ma vie, ça me changeait les idées. Mais plus récemment, ça a commencé à devenir... étrange. Les souvenirs que je revis, c'est comme si je m'y perdais. Je peux plus les distinguer de la réalité. Et ce matin, c'est comme si... J'avais tout mélangé. Je ne sais plus qui je suis. C'est flou, vous comprenez ? Et ça m'inquiète beaucoup. D'un côté, ça m'aide, de l'autre, ça me fait perdre pied. C'est difficile à expliquer.
— Après les séances, comment vous sentez-vous en général ?

— C'est compliqué. Je veux dire, après les séances, je me sens un peu perdu. Comme si je revenais d'un voyage dans le temps, mais que je n'étais plus sûr de la réalité du présent. Ces souvenirs sont si intenses que je finis parfois par les confondre avec ma propre vie. C'est comme si je vivais deux existences en parallèle, et ça me perturbe. Je veux dire, ça a commencé à impacter ma vie de tous les jours. Je m'en rends compte.

— En tout cas, j'admire votre sincérité, et visiblement, vous confirmez mes doutes : il y a bien un problème dans ce centre.

— Eh bien, disons que c'est un peu compliqué. Je veux dire, il y a eu des moments où j'ai ressenti des améliorations, mais aussi des moments où cela a empiré. La vérité, c'est que je veux que ça fonctionne, je veux que ça aille mieux, mais en même temps, il y a des côtés sombres auxquels je ne m'attendais pas. C'est difficile à expliquer. L'IA de Réminiscence m'a expliqué que parfois, le processus peut révéler des souvenirs et des émotions que j'ai enfouis et auxquels je n'ai pas été confrontés. C'est censé m'aider à comprendre ce qui ne va pas dans ma vie et à essayer de les régler. Elle dit que c'est une sorte de passage nécessaire pour aller mieux, même si ça peut être difficile à vivre.

— C'est quand la dernière fois que vous êtes allé faire une séance ?

— Hier soir, j'ai fait une séance. C'était... plutôt intense, pour être honnête. Mais je pense que ça m'aide à faire face à certaines choses.

— Donc, vous avez fait une séance hier soir. C'était plutôt intense. Et ce matin vous pétez un câble au boulot. Simple coïncidence ou vous êtes comme ça de nature ?

— D'habitude, je suis plutôt calme, je m'écrase, mais là... je ne sais pas, c'était différent. Peut-être que c'est juste une coïncidence, je ne peux pas vraiment l'expliquer. Vous savez, ça fait longtemps que je subis des tracas au travail, que ce soit avec mes collègues ou mon patron, et ce matin, j'ai eu l'impression que c'était trop, que je devais réagir, mettre un terme à tout ça. C'est comme si tout débordait en moi. Peut-être que la séance d'hier soir a amplifié ces émotions. Je ne sais pas, c'est difficile à expliquer.

Kyle acquiesça. Tout devenait de plus en plus clair. Mais il fallait garder la tête froide. Le témoignage d'un seul client ne pouvait suffire, il avait besoin de plus de preuves.

— J'ai eu l'occasion de discuter avec le directeur de ces centres, et il m'a expliqué que les effets ne sont pas permanents, qu'au bout d'un certain nombre de jours, ils se dissipent. Mais du coup, quel est l'intérêt ? Je veux dire... Vous êtes obligé d'y retourner, en fait. Le problème ne se règle pas. C'est une simple amélioration passagère, si je puis dire.

— Le processus peut être éprouvant, mais j'ai le sentiment que c'est la seule façon pour moi de faire face à mes problèmes et d'essayer de les résoudre. C'est comme si ces souvenirs ressurgissaient pour me rappeler ce que je dois affronter, ce qui doit changer dans ma vie. C'est un travail sur soi, je suppose.

— Écoutez, malheureusement, pour l'incident de ce matin, je pense que vous allez devoir assumer vos actes. Mais je pense que, dans le fond, vous êtes une bonne personne et qu'il faut le temps pour que les effets se dissipent. Si j'ai un bon conseil à vous donner, c'est de ne plus retourner dans ces centres, de ne plus faire de séances. Je ne sais pas de quelle manière vous allez être juger. La victime demandera certainement réparation. Vous aurez peut-être une amende et des travaux d'intérêt général vu que vous êtes sans emploi. Mais je pense qu'à ce moment-là, vous aurez le droit de demander des séances avec un psychologue, un vrai. Je pense que ce sera la seule manière pour vous de vous réparer. Mais d'après ce que vous me dites, je n'ai pas l'impression que les centres réminiscences soient vraiment la solution à vos problèmes. Je vais essayer de trouver d'autres clients et voir si j'ai les mêmes échos.

A présent Thomas semblait détendu, peut-être même un peu groggy par cette discussion. Il accusait le coup et semblait réaliser dans quelle situation il s'était empêtré. Mais cette visite lui avait fait beaucoup de bien et converser avec de vrais êtres humains aussi.

— Je comprends votre point de vue, mais je vais prendre du recul par rapport à tout ça et essayer de résoudre mes problèmes autrement. Merci pour votre temps et vos conseils.

— Je pense que ce qui peut jouer en votre faveur, c'est que vous êtes et vous resterez le héros du City Express. D'habitude, les juges ne prennent pas en compte ce genre de choses, mais bon, on peut toujours espérer qu'ils se montrent cléments.

Les deux enquêteurs descendaient les étages de la Tour 04 dans un ascenseur grinçant. Les effluves de mal bouffe du rez-de-chaussée montaient leur chatouiller le nez. Et il y avait tellement de boucan. Les discussions s'élevaient dans l'air comme s'ils étaient au centre d'un stade rempli de supporters.

— Alors tu en penses quoi ? demanda Edward.

— Je pense que cette machine a fait beaucoup de dégâts. Tu as vu ses réactions ?

— Oui. Mais malheureusement ce n'est pas une preuve suffisante. Si, comme je l'ai lu ce matin, vingt-neuf décès n'ont pas suffi à le mettre derrière les barreaux, alors ce n'est pas un changement de comportement d'un client qui fera l'affaire. Je veux dire, il était probablement comme ça avant.

Kyle rit.

— J'ai dit quelque chose de drôle ?

Il secoua la tête.

— Non. C'est juste que tu remets tout ce que je dis en question. Ce qui me pousse à aller encore plus loin pour te le prouver.

CHAPITRE 13

Les enquêteurs venaient de quitter son appartement. Après avoir claqué la porte derrière eux, il resta un moment débout, le regard fixe, comme si son cerveau avait subi une déconnexion inopinée. La visite des enquêteurs avait laissé un goût amer dans sa bouche. Ils lui avaient posé des questions, l'avaient interrogé sur ses séances chez Réminiscences. Il ne savait plus où il en était. D'un côté, il avait cette envie profonde de retourner dans ces centres, de revoir ses parents, de ressentir à nouveau la chaleur m de ces souvenirs heureux. Mais, il savait aussi que ce retour en arrière le détruisait. Les séances lui avaient laissé des séquelles profondes. Il se demandait s'il pouvait se faire confiance. Son éclat de colère au travail ce matin n'était qu'un symptôme de ses tourments intérieurs. Il avait besoin de cette évasion, mais à chaque fois qu'il en sortait, il se sentait plus perdu que jamais. Les enquêteurs lui avaient fait prendre conscience de l'impact de ces séances sur sa vie. Lui qui était considéré comme le héros du City Express, avait commis un acte insensé.

Il se demandait si, au fond, ces centres n'étaient pas en train de l'anéantir. Il était pris au piège entre le désir de revivre ces moments heureux et la réalité de ses problèmes. Tout cela n'était qu'une incertitude constante. Il s'interrogeait sur ce qui était bon pour lui, sur ce qui pouvait le guider dans cette tourmente. La réponse lui échappait encore, et il se sentait plus vulnérable que jamais.

Réminiscence avait créé dans l'esprit de Thomas un paradoxe émotionnel complexe. Les séances lui permettaient de revivre des souvenirs heureux avec ses parents, de les revoir vivants, de ressentir l'affection et la chaleur qu'il avait tant désirées depuis leur décès. Mais il y avait ce dernier souvenir, cette image de l'accident tragique au cours duquel il les avait perdus. Son cerveau avait du mal à lier ces deux réalités contradictoires.

Les souvenirs joyeux étaient en conflit direct avec la brutalité de la réalité. Lors de cette dernière séance, il avait été témoin de la mort de ses parents, une douleur qu'il avait enfouie au plus profond de lui-même. Cette souffrance réveillée par Réminiscence créait un maelström émotionnel dans son cerveau. Il était constamment tiraillé entre le bonheur des souvenirs et la cruauté de la réalité. C'était comme si deux mondes distincts s'entrechoquaient en lui, sans jamais trouver de résolution.

Dans un moment d'immense désespoir, Thomas se retrouva en larmes. Il ne pouvait plus supporter ce supplice qui lui déchirait l'âme. L'envie lui prit de se fracasser la tête contre le mur, de briser ce crâne pour que tout le mal qui s'accumulait à l'intérieur puisse s'échapper. L'idée de se débarrasser de ce calvaire le hantait.

Il se sentait terriblement seul, comme si la solitude avait été l'histoire de toute sa vie. Au plus profond de son être, il ressentait de la colère envers Sarah, celle qui l'avait laissé seul, celle qui avait contribué à le plonger dans ce tourbillon de souffrance. Thomas était à bout, déchiré entre ses souvenirs heureux et la réalité tragique de sa vie.

Thomas comprit que cette situation ne pouvait pas perdurer. La douleur et la confusion qui régnaient en lui étaient devenues intolérables. La solution n'était pas de s'allonger sur un divan pendant des heures chez un psychologue, à raconter sa vie encore et encore. Cela prendrait bien trop de temps, et il n'était pas sûr de pouvoir supporter son état plus longtemps.

Dans un élan désespéré, il se dit qu'il devait retourner faire chez Réminiscence. C'était peut-être risqué, mais il ressentait un besoin vital de revivre ces souvenirs, de retrouver cette sensation de chaleur et d'amour que seules ces séances pouvaient lui apporter. Il savait que c'était un chemin périlleux, mais il n'avait pas d'autre choix.

C'était devenu une drogue pour Thomas. Il était conscient que chaque nouvelle expérience lui faisait de plus en plus de mal, que cela perturbait son esprit et l'envoyait dans des abysses de douleur. Pourtant, il ne pouvait s'empêcher d'y retourner, encore et encore. C'était devenu un besoin irrépressible, une obsession qui le hantait jour et nuit.

Il savait que cela pouvait le détruire, mais il se sentait incapable de se sevrer de ces souvenirs qui lui apportaient un réconfort temporaire, un refuge face à la réalité. C'était sa seule solution, son unique bouée de sauvetage. S'il n'y allait pas, il ne savait pas comment il pourrait continuer à vivre.

Il s'essuya le visage du revers de la main puis enfila son manteau. Peu importait l'heure qu'il était, il fallait le faire maintenant. En sortant de la Tour 04, il se rendit compte que la nuit était en train de tomber. Il avait dormi toute l'après-midi avant l'arrivée des enquêteurs.
Après le voyage dans le City-express qui l'avait rendu célèbre, il marchait en direction du centre-ville d'un pas rapide et déterminé.
En entrant dans le centre, la voix lui indiqua la porte numéro 6, mais cette fois il ne fit aucune remarque. Il n'avait pas de temps pour ça.
Il s'installa dans le siège puis enfila le casque.

— Bonjour, Thomas. Comment vous sentez-vous aujourd'hui ? Avez-vous des attentes particulières pour la séance d'aujourd'hui ?
— Fais en sorte que j'aille mieux. J'en ai rien à foutre de tout le reste. J'en peux plus.
— Je comprends que vous cherchiez du réconfort et de l'amélioration. Nous ferons de notre mieux pour vous aider au cours de cette séance. Pouvons-nous commencer par évoquer un souvenir agréable de votre enfance ?
— Le seul souvenir agréable que j'ai, tu ne veux pas me le montrer. Alors fais comme tu veux. Sois-tu me soignes, soit tu m'achèves. Et on en finit une fois pour toutes.

— Très bien !

Thomas n'aimait pas ça. La voix de l'IA avait clôturé la discussion de la même manière la dernière fois.

Thomas voyagea à travers le tunnel jusqu'à un souvenir que l'intelligence artificielle avait choisi pour lui. Toujours dans le corps du petit garçon, il était dans ce champ aux hautes herbes et il faisait nuit. Il pouvait apercevoir la maison de campagne au loin, reconnaissable à ses grandes baies vitrées. Mais elle semblait vide, toutes les lumières étaient éteintes. La façade était illuminée par un reflet orangé qui dansait au gré du vent. En s'approchant davantage, son regard fut attiré par un feu sur la gauche. Une carcasse de Car-jet était en train de brûler.

Je ne me souviens pas être revenu après. Où est Milla ? N'étais-je pas avec elle après l'accident ?

Le petit garçon s'approcha du feu crépitant. La chaleur lui brûlait le visage, il ne parvenait pas à voir à l'intérieur. Et puis soudain il sursauta lorsque son regard se porta plus loin, à environ cent mètres de là où il était.

Deux silhouettes se déplaçaient dans le champ sans but précis, comme des âmes perdues. Mais le plus effrayant dans tout, c'est qu'elles étaient en feu. De grandes flammes les enveloppaient. Leurs corps étaient noircis et méconnaissables. Le feu avait rongé ce qu'ils étaient les laissant sans identité. Le garçon sursauta une nouvelle fois lorsque les formes tournèrent la tête en même temps dans sa direction, le fixant comme des prédateurs avec leurs orbites vides. Elles marchèrent vers lui, de plus en plus rapidement.

Les deux Thomas hurlèrent de terreur et le petit garçon courut en direction de la maison. Mais ses jambes étaient petites et ses foulées plus courtes que celles de ses poursuivants.

Il n'osait pas se retourner, leurs pas se rapprochaient dangereusement. Il sentait la chaleur du feu qui les consumait.

En arrivant sur la terrasse de la maison, il vit avec effroi leur reflet dans les baies vitrées. Leurs bras tendus tellement proche de lui.

Thomas pouvait presque sentir leurs doigts brûlants se refermer sur ses épaules.
Sa main se posa sur la poignée et la porte s'ouvrit. Emporté par son élan, il bascula en avant et la porte resta ouverte.
Sa dernière vision fut des têtes de mort en flamme, quelques lambeaux de peau noircie collés sur leurs crânes. La bouche grande ouverte pour le dévorer, l'un d'eux expulsa un souffle brulant, muet, incapable de hurler avec ce corps détruit par le feu. Le garçon parvint à leur claquer la porte au nez et il les entendit se fracasser sur le battant comme des vagues sur les rochers.
Au moment où il ferma la porte, une lumière presque aveuglante lui brûla les rétines. Il dut se protéger les yeux un moment, le temps de s'habituer à la clarté de ce nouveau lieu.
En battant plusieurs fois des paupières, il parvint à évaluer l'espace dans lequel il avait atterri.
Un long couloir d'une blancheur éclatante s'étendait à perte de vue. Il n'y avait aucune fin visible, aucun virage, juste un corridor interminable. La lumière blanche baignait chaque centimètre de cet espace immaculé, créant une atmosphère à la fois surnaturelle et irréelle. Il était rythmé de portes rouges, espacées de manière régulière, contrastant fortement sur le blanc du couloir. Chaque porte semblait être identique à la précédente, créant une répétition presque hypnotique.
Mais quel est cet endroit ?
Thomas ne comprenait pas ce qu'il avait devant les yeux. Il était impossible que ça existe réellement.
Ce couloir n'augurait rien de bon pour lui. Mais préférait-il retourner dans le champ ? Avec les enveloppes charnelles enflammées de ses parents à ses trousses ?
En se retournant, il remarqua que la porte avait changé. Elle était aussi rouge mais nettement plus grande que les autres. Il y avait un écriteau fixé dessus et quelque chose d'écrit à la main.
Le monde éveillé.

Que devait-il comprendre par-là ? Qu'il était en train de rêver ? Après réflexion, ce qu'il vivait là eu plus l'apparence d'un cauchemar que d'un souvenir.
Un souvenir de cauchemar ?
Le garçon fut parcouru d'un frisson de terreur. Hors de question de rester ici !
Tant pis s'il devait retourner dans le champ. Ce qui se trouvait derrière les autres portes était sans doute bien pire. Mais le monde éveillé faisait sûrement référence à son monde. Le présent. Celui dans lequel il était allongé dans un siège de Réminiscence.
C'était sûrement la solution pour sortir d'ici, franchir cette porte. Soudain Thomas prit conscience qu'il était libre de ses mouvements. Ici, dans ce couloir, il pouvait contrôler le corps du petit garçon. Il regarda ses mains, toucha son visage, et peu à peu prit conscience de sa réalité.
C'est quoi ce bordel ?
Avant que son cerveau ne fasse un reboot total, tant ses pensées étaient en fusion, il tenta d'ouvrir la grande porte. Mais la poignée était bien trop haute, même en sautant. Il lui était impossible de l'atteindre.
La seule issue possible était peut-être à l'autre bout du couloir, en espérant qu'il y en ait une. L'autre option était de franchir l'une des autres portes. Il devrait s'armer de courage car rien ne lui disait ce qui se trouvait derrière. Néanmoins, il en avait une petite idée.
Si la grande porte menait au monde éveillé, dans ce cas il était dans le monde onirique. Et chaque porte menait à un rêve précis. Mais comment était-ce possible ? Avait-il atteint une zone qu'il n'était pas censé visiter ? A force d'utiliser abusivement la machine, l'avait-elle menée dans un endroit au-delà des souvenirs ? Car si ses réflexions étaient justes, il était en train de revoir des souvenirs de cauchemar. Revivre un cauchemar dans la machine à réminiscence était une expérience profondément perturbante pour Thomas. C'était comme s'il était happé par un tourbillon d'angoisse, où les peurs les plus sombres et profondes de son esprit prenaient forme. Chaque image, chaque son,

chaque sensation l'enveloppait de manière si réaliste qu'il avait l'impression d'être à nouveau au cœur de l'horreur. Les cauchemars, ces créations de son inconscient, devenaient soudain une réalité terrifiante, et le contrôle lui échappait. Les émotions étaient si intenses qu'elles envahissaient tout, submergeant la logique et la raison. C'était une plongée dans l'obscurité de son âme, où il devait affronter ses démons les plus profonds, même si cela signifiait revivre l'horreur encore et encore. Chaque porte du couloir rouge était une menace potentielle, une entrée vers l'horreur qui résidait dans l'esprit de Thomas. Il les observait, incertain sur son choix, sachant que derrière chacune d'elles se trouvait un cauchemar qui allait le submerger. La peur le paralysait, l'angoisse s'insinuait dans ses pensées, et il hésitait à chaque pas. Chaque poignée de porte lui semblait représenter une décision irréversible, le rapprochant davantage de la terreur qu'il savait inévitable. Il pouvait sentir son cœur battre la chamade, son souffle s'accélérer, tandis que sa terreur s'intensifiait à mesure qu'il se rapprochait. L'idée de revivre ces horreurs le remplissait d'effroi, mais il savait qu'il n'avait pas le choix. Il devait affronter ses peurs les plus profondes pour espérer trouver un chemin vers la guérison. Chaque porte était une étape incontournable dans ce voyage à travers son propre cauchemar intérieur.

Sans savoir pourquoi, il choisit la porte 4. Son premier passage chez Réminiscence était dans la salle 4 et ça avait été le plus beau des souvenirs. C'était surement stupide mais il s'imaginait que le cauchemar serait moins violent que les autres.

Il inspira longuement puis baissa la poignée.

En franchissant la porte, son corps devint plus grand et plus fort. Il avait retrouvé sa taille normale. Avait-il choisi la bonne porte ? Était-il enfin sorti de la prison de son subconscient ? En progressant dans la nouvelle pièce, il se rendit compte qui s'agissait de son appartement. Mais le détail marquant était que tout était inversé, comme le reflet d'un miroir. La cuisine se trouvait à droite plutôt qu'à gauche. Il en allait de même pour le reste. Et puis il faisait sombre, beaucoup trop pour que ce soit naturel. En tendant l'oreille, il perçut un souffle venant de la chambre. Comme une respiration accélérée. Il fit encore quelques pas, terrifié de ce qu'il allait trouver. Pas de reflet de flamme sur les murs, les cadavres enflammés n'étaient pas là.

La porte était ouverte et dans l'encadrement il avait une vue d'ensemble sur la scène qui se déroulait.

Sarah était là complètement nue, chevauchant un homme. Elle avait le visage caché par ses longs cheveux ondulés. La tête en arrière, elle gémissait de plaisir. Une faible lumière se reflétait sur son corps luisant de sueur. Ses petits seins pointaient vers le ciel.

Thomas s'approcha encore, il voulait savoir qui était l'homme avec qui elle prenait autant de plaisir. Lorsqu'il franchit le seuil, Sarah se redressa instantanément. D'une manière si brutale qu'elle en aurait eu les cervicales brisées dans la réalité. L'homme entre ses jambes aussi tourna la tête à une vitesse surnaturelle. Il sentit son cœur faire un bond dans sa poitrine. Puis son corps se mit à trembler, tout d'abord de surprise se muant ensuite en rage. Whitlock était là, la tête reposant sur son propre oreiller. Il souriait.

— Tu es là fainéant ? dit-il d'un ton moqueur. Regarde ce que je suis obligé de faire.

Il se mit à caresser la poitrine de Sarah, en descendant lentement vers son ventre. Elle riait, de façon trop aiguë, comme une sorcière. Puis elle recommença sa chevauchée comme sur un cheval au galop.

Thomas observait la scène cauchemardesque se dérouler devant lui. Un mélange d'émotions l'envahissait. Ce n'était pas seulement la jalousie qui le tenaillait, c'était surtout le sentiment d'un profond vol d'intimité, une sensation de trahison viscérale. Il avait autrefois caressé ce corps avec amour, en connaissant chaque courbe et chaque repli secret, mais maintenant, il regardait sa propre femme se donner à un autre homme. C'était comme si tout ce qu'elle lui avait offert, tout ce qui était précieux et intime, elle le galvaudait sans retenue avec un inconnu. C'était une violation de son être, une atteinte à l'intimité qu'ils partageaient.

La scène cauchemardesque était une métaphore vivante de sa douleur intérieure, de la perte de tout ce qu'il avait chéri. Thomas se sentait impuissant, en colère, et profondément blessé, face à cette image insupportable de sa propre femme possédée sous ses yeux.

Thomas se jeta sur eux, sa réaction était instinctive et primaire. Les émotions déferlèrent comme une avalanche. Il voulait repousser sa femme, frapper son patron, mais à cet instant, quelque chose d'étrange se produisit. Ils se transformèrent en une fumée noire qui se répandit rapidement, engloutissant tout dans la pièce, plongeant le tout dans l'obscurité la plus totale. Puis, au loin, une porte rouge émergea de la noirceur, offrant une échappatoire à ce cauchemar épouvantable.

Il courut jusqu'à elle, espérant de tout cœur qu'en la franchissant tout serait terminé. Plus jamais il ne remettrait les pieds ici. Jamais plus il ne ferait confiance à cette machine. La porte s'ouvrit, laissant entrer un filet de lumière aveuglante.

Encore le long couloir blanc. Mais cette fois il n'y avait ni début ni fin, comme s'il avait atterri aléatoirement sur un autre tronçon du couloir infini. La porte vers le monde éveillé avait disparu.

Sans hésiter il continua, ouvrant une porte au hasard, menant sur un autre cauchemar. C'était comme une boucle sans fin, une répétition infinie de cauchemars, une descente dans les abîmes de l'horreur. Thomas se sentait comme pris au piège dans un labyrinthe onirique. Le désespoir l'envahissait. Il errait, perdu, incapable de trouver une issue, condamné à parcourir des rêves torturés à jamais. Chaque porte rouge qu'il franchissait semblait le mener vers des émotions plus lourdes, des souvenirs plus terribles. Il avait l'impression de pénétrer les tréfonds de son propre calvaire, de revivre les craintes les plus profondes de son esprit encore et encore. Était-ce cela l'enfer ? Errer sans fin dans ce couloir infini, affrontant des cauchemars de plus en plus dévastateurs, à jamais prisonnier de ses propres tourments émotionnels. Il se sentait perdu, sans espoir, comme si son âme était piégée dans un labyrinthe inextricable, condamné à revivre sa détresse indéfiniment.

Thomas errait toujours dans ce couloir interminable, plongé dans un état onirique qui semblait s'étirer à l'infini. Pour lui, chaque seconde devenait une éternité. L'impression d'être prisonnier depuis des années ne le quittait pas, même si en réalité, quelques minutes seulement s'étaient écoulées sur les sièges de Réminiscence. C'était comme une distorsion temporelle, une épreuve infinie dans laquelle il était piégé. L'impression de passer des décennies à errer dans les limbes de ses propres cauchemars l'oppressait.
Thomas souffrait de cette claustration mentale étouffante. L'angoisse le submergeait, et il avait l'impression que les parois de ce couloir se resserraient autour de lui, comme s'il devenait claustrophobe dans ses propres rêves. Il avait désespérément besoin de sortir, de repousser ces murs mentaux qui le menaçaient, car il avait la sensation qu'il ne survivrait pas bien longtemps à cette expérience éprouvante.
Après avoir erré indéfiniment dans ce monde étrange, devenu l'ombre de lui-même, distordu par l'horreur de ses cauchemars, Thomas avait perdu toute notion du temps. Le cauchemar lui-même s'était estompé pour laisser place à une torpeur, à une divagation sans but. Il s'était perdu dans ces méandres mentaux jusqu'à ce que, soudain, une lueur d'espoir apparaisse. Devant lui, une grande porte rouge, le portail vers le monde éveillé, s'offrait à lui. Sans hésitation, il tendit la main et l'ouvrit, quittant enfin ce cauchemar devenu sa triste réalité.

Le casque se retira de lui-même. La vision floue, il avait du mal à évaluer son espace. Et puis peu à peu la netteté revint et il reconnut la salle numéro six de Réminiscence. Il se trouvait dans la réalité, mais les frontières entre le monde réel et les cauchemars semblaient s'être effacées. Il observait autour de lui, mais il doutait de la véracité de tout ce qu'il percevait. Il ne faisait plus confiance à ses propres sens. Il voyait les choses normalement, mais il n'était plus certain de savoir si

c'était vrai ou s'il était toujours dans un cauchemar. Pour Thomas, cette réalité était devenue aussi incertaine et terrifiante que les cauchemars qu'il avait vécus. Il avait du mal à discerner le monde réel de ses rêves. Cette méfiance constante le hantait, et il était pris au piège dans un état de doute et de désorientation.
Confus et déboussolé, Thomas quitta le centre de réminiscence pour errer dans les rues du centre-ville. Les passants semblaient aussi réels que les fantômes de ses cauchemars, et il avait du mal à distinguer la vérité de ses propres illusions. Les visages des inconnus étaient devenus des masques, déformés par le doute qui envahissait son esprit. Il se sentait perdu dans un monde où la frontière entre concret et illusion était devenue floue et indistincte. Il ne savait plus dans quel monde il vivait, ni à quelle époque il appartenait. Tout était devenu une énigme, et il se demandait s'il retrouverait un jour sa place dans la vraie vie.

Cependant il parvint à retrouver le chemin de son domicile, ses pas l'avaient mené instinctivement jusqu'à la Tour 04, tel un chat égaré. En traversant le hall, il fut accosté par un type louche cachant son visage sous une capuche.
— Hé mec, tu veux quelque chose ? lui demanda-t-il. J'ai de quoi te faire planer jusqu'à la lune si tu veux. Mais j'ai l'impression que tu as déjà trouvé ce qu'il faut. Tu es sur une autre planète du système solaire là.

Peu à peu, Thomas commença à reprendre conscience. Les images des cauchemars s'estompaient lentement, mais les émotions et les idées semblaient encore imprégnées dans son âme. Il réalisait que, bien qu'il soit sorti de cet enfer, une partie de lui portait toujours le fardeau des sentiments qu'il avait ressentis. Cependant, il était soulagé de retrouver la clarté de la vie réelle, même si les souvenirs de ce voyage cauchemardesque le hanteraient probablement pendant un certain temps.
— En réalité j'ai besoin d'autre chose, dit-il d'une voix glaciale.

— Oui, de quoi tu as besoin, mec ?
— Il me faut un flingue.

CHAPITRE 14

Le lendemain de la visite chez Thomas Shawn, Kyle se rendit chez Louis Austin afin de le tenir au courant de l'avancement de l'enquête. Ce qui était la moindre des choses vu qu'il l'avait financé. Il y avait toujours cette brume épaisse qui ne se dissipait jamais. A se demander si le propriétaire du manoir avait fait exprès de vivre constamment caché du soleil, le fuyant comme la peste. Arrivé devant la demeure, Charles vint à sa rencontre pour l'accueillir.

— Bonjour, monsieur l'enquêteur. Monsieur Austin est dans le salon.

— Merci, Charles. Ne vous embêtez pas pour le café, je ne reste pas longtemps.

Kyle avait préféré venir sans Edward, de sorte que ça ne ressemble pas trop à une visite officielle. Et puis il avait une famille, il n'était pas nécessaire de faire de lui un père constamment absent en l'impliquant dans chaque étape de l'enquête.

La chaleur du manoir était bienvenue. De grandes flammes crépitaient dans la cheminée du salon. Austin trônait toujours dans son grand fauteuil, savourant la musique que lui offrait son IA. Lorsque Kyle vint le saluer, il sourit manifestement content de le voir débarquer, même à l'improviste.

— Inspecteur, vous êtes plutôt matinal.

— Oui, dit-il en s'asseyant à côté de lui. Je me couche tard et je me lève tôt.

— Il est vrai que certaines personnes semblent avoir besoin de moins de sommeil que d'autres pour fonctionner pleinement.

Tout cela est lié à la génétique, aux habitudes de vie et à d'autres facteurs. Par exemple, il y a des individus qui peuvent être parfaitement bien avec seulement 6 heures de sommeil par nuit.

— Je pense faire partie de ceux-là.

— Alors, que me vaut le plaisir de votre visite ?

Kyle s'éclaircit la gorge.

— Grâce à vous, j'ai pu en apprendre plus auprès de monsieur Miller en personne. Il m'a tout expliqué sur Réminiscence et le fonctionnement de son IA. Cependant il maintient qu'il n'y aucun dysfonctionnement possible, que l'anomalie vient d'ailleurs.

— Peut-être a-t-il raison, dit Austin en fixant les flammes qui dansaient dans la cheminée. L'intelligence artificielle est à peu près sûre maintenant, mais personne n'est à l'abri d'une erreur. Je trouve sa réaction par trop prétentieuse.

— C'est également mon avis. Malgré tout, la loi ne l'oblige pas à me fournir plus de détails. La protection de la vie privée des clients prime sur tout le reste. De ce fait, aucune liste, ni de suivi de clientèle, rien. La loi est malheureusement de son côté. Néanmoins, le hasard m'a permis d'interroger un client hier.

Austin se tourna vers lui avec intérêt.

— Et alors ? Avait-il des choses à dire sur le sujet ?

— J'ai l'impression qu'il est dans le déni total de la situation. Il est persuadé que ça lui fait du bien, que ça va prendre du temps mais qu'il va finir par guérir de ses blessures émotionnelles. Mais j'ai pu constater qu'il se mentait à lui-même. Il avait la même attitude qu'un camé en manque.

— Vous pensez toujours que la machine est liée de près ou de loin aux suicides mais aussi à l'attentat.

— Je n'en ai toujours pas la preuve formelle, mais oui, j'en ai bien l'impression. Et puis il y a le passé sombre de Miller qu'il faut prendre en compte. Tous les scandales à l'époque de SOS.

— Je me souviens de cette époque.

Austin parut perdu dans ses pensées un bref instant, laissant en suspens ses paroles.

— Il est vrai qu'il y a beaucoup de coïncidence, poursuivit-il. Mais si vous êtes là c'est que vous avez quelque chose à me demander. Sinon vous seriez passé par le téléphone.

Kyle acquiesça d'un hochement de tête.

— En effet. Je me suis dit que pour exiger des choses d'un homme influent, il faut passer par un homme influent. Vous comprenez ? A armes égales.

Austin afficha un sourire, semblant flatté.

— Oh ne vous méprenez pas. Il est vrai que j'ai un joli répertoire mais pas autant qu'Ashton Miller. Je vais voir ce que je peux faire. Mais ne vous faites aucune illusion, je ne suis pas au-dessus des lois. S'il prétend qu'il est dans ses droits, il a sans doute raison. Miller est un homme d'affaires avant tout. Il vit pour son empire et se battra jusqu'au bout pour le protéger.

— Avec vous, j'ai une petite chance. C'est toujours bon à prendre.

Dans le doux crépitement des flammes de la cheminée, l'esprit des deux hommes était en pleine ébullition. Ils cherchaient avidement une solution, une illumination qui pourrait résoudre leur problème. Et puis Austin brisa le silence.

— Avez-vous pensé à demander l'avis de quelqu'un dans le métier ?

— Que voulez-vous dire ?

— Demander l'avis d'un psy. Vous savez cette profession dont l'IA de Réminiscence a volé la clientèle.

— Non. Vous pensez que ça va m'être utile ?

— Je ne sais pas, mais ça peut rajouter de la cohérence à votre dossier. Prenez rendez-vous avec le docteur David Brook. C'est une vieille connaissance. Il se fera un plaisir de répondre à vos questions.

En redescendant de la montagne dans laquelle vivait Austin, Kyle avait appelé Edward pour lui raconter la discussion avec le milliardaire mais aussi pour le prévenir qu'il passait le prendre. Il avait obtenu un rendez-vous rapidement avec le docteur Brooke qui était prêt à les recevoir.

Le bureau était assez rustique malgré la modernité du centre médical. Le docteur avait un certain penchant pour une époque révolue. Des meubles en bois et de vieux livres rangés soigneusement dans une bibliothèque. Kyle ne saurait dire pourquoi mais il s'en dégageait quelque chose de chaleureux et d'apaisant.
Le docteur Brooke salua les deux enquêteurs puis les invita à s'asseoir.
— Merci de nous recevoir aussi rapidement, docteur.
— Il n'y a pas de quoi, mais j'ai tout de même un planning chargé pour la journée, si vous voyez ce que je veux dire.
— Absolument, mais nous ne serons pas longs.
— Alors, de quoi s'agit-il ?
David Brooke posa son menton sur ses mains jointes.
— Il s'agit des centres Réminiscence. Nous avons de bonnes raisons de penser qu'ils sont, disons, nocifs pour leurs clients.
Brooke releva la tête en inspirant longuement.
— Je comprends votre préoccupation. Les centres Réminiscence sont en effet un sujet de plus en plus discuté dans le domaine de la psychologie. C'est un outil complexe qui permet de revisiter des souvenirs, mais il est important de prendre en compte les risques potentiels.

— J'ai discuté avec un client de Réminiscence, vous devriez le connaître, c'est Thomas Shawn. Il est surtout connu pour s'être montré héroïque lors de l'attentat du City Express. Cependant, il n'a pas l'air d'aller bien. Il était assez sombre. Pourtant, c'est un client régulier de Réminiscence. Alors ma question est, est-ce que cette machine a vraiment le pouvoir d'améliorer la santé mentale des clients ?
— Les réminiscences sont conçues pour offrir une expérience mémorable et apaisante en permettant aux clients de revisiter des souvenirs agréables. Cependant, le résultat peut varier d'une personne à l'autre, et la machine ne peut pas garantir une amélioration de la santé mentale. Elle peut fournir un soulagement temporaire du stress, de l'anxiété ou de la dépression, mais ce n'est pas une solution définitive à ces problèmes. Certaines personnes peuvent trouver que cela leur apporte un réconfort durable, tandis que d'autres peuvent ressentir le besoin de l'utiliser régulièrement pour maintenir cet état. La santé mentale est complexe, et la machine Réminiscence est un outil parmi d'autres qui peut être utile, mais elle ne convient pas à tout le monde.
— Donc nous avons en quelque sorte affaire à une publicité mensongère, affirma Edward.
— On ne peut pas nécessairement qualifier cela de publicité mensongère. La réminiscence peut apporter un réel soulagement pour certains individus en leur permettant de revivre des souvenirs agréables. Cependant, les effets peuvent varier, et il est important de reconnaître que ce n'est pas une solution universelle pour les problèmes de santé mentale. Les publicités peuvent parfois exagérer les avantages de la machine, mais cela ne signifie pas nécessairement qu'elles sont mensongères. Il est essentiel d'avoir des attentes réalistes quant à ce que Réminiscence peut réellement accomplir.

— Mais est-ce que cette machine comporte des risques ?
— Absolument, la réminiscence comporte des risques potentiels pour la santé mentale. L'un de ces risques réside dans la création de dépendance à la machine. Lorsque les gens commencent à utiliser Réminiscence pour échapper à leurs problèmes, ils peuvent rapidement devenir accro à cette évasion artificielle. De plus, le fait de revivre des souvenirs peut parfois raviver des émotions négatives ou des traumatismes, ce qui peut aggraver leur état au lieu de l'améliorer.

En psychologie, il est important de prendre en compte les facteurs individuels de chaque client. Ce qui peut être bénéfique pour l'un peut ne pas l'être pour un autre. C'est pourquoi il est essentiel d'avoir un suivi professionnel et médical approprié lors de l'utilisation de Réminiscence pour minimiser ces risques.

— Pourtant, de ce que j'ai compris, l'entreprise nous propose de venir sans rendez-vous, et affirme que c'est la solution miracle.
— C'est là que réside l'autre problème. L'entreprise Réminiscence semble faire de la publicité en présentant la machine comme une solution miracle accessible à tous. Cependant, cette approche est simpliste et ne tient pas compte de la diversité de la psyché humaine. Les gens ont des besoins et des problèmes différents qui nécessitent une évaluation et un suivi personnalisés. Se présenter sans rendez-vous peut mener à une utilisation non contrôlée de la machine, augmentant ainsi les risques.

C'est pourquoi il est impératif de revoir la règlementation et la publicité concernant Réminiscence pour éviter que cette technologie ne soit utilisée de manière inconsidérée, ce qui pourrait aggraver les problèmes au lieu de les résoudre.

— Vous pensez que les centres qui sont totalement autonomes et gérés par une IA sont vraiment bons pour le suivi d'un client ? Ne serait-il pas mieux que ce soit un être humain qui s'occupe d'eux ?
— C'est une question complexe. Les centres autonomes gérés par une IA ont l'avantage de pouvoir fournir des services 24h/24, 7j/7, ce qui peut être pratique pour les clients. Cependant, l'aspect humain est essentiel en matière de santé mentale. Les machines manquent d'empathie et de compréhension que seul un être humain peut offrir. Les clients ont besoin de soutien émotionnel et de conseils adaptés à leur situation particulière. Il serait souhaitable d'avoir un équilibre entre l'automatisation et l'interaction humaine dans les centres Réminiscence. Les machines peuvent assurer des aspects techniques, mais un suivi par un professionnel est tout aussi important pour garantir la sécurité et le bien-être des clients. L'expérience des émotions humaines est un élément clé pour comprendre et aider ceux qui traversent des moments difficiles. Les acteurs de la santé mentale sont formés à détecter et à interpréter ces émotions, ce qui leur permet de fournir un soutien adapté. Une machine, même avancée, ne peut pas égaler cette capacité à saisir les troubles et à comprendre les patients. L'humain est complexe, et les émotions sont un aspect essentiel de notre compréhension de soi et des autres. L'interaction avec une personne réelle qui peut ressentir et partager ces émotions est inestimable dans le domaine de la santé mentale. Les machines peuvent certainement aider, mais elles ne devraient pas remplacer complètement l'aspect humain de la thérapie et du soutien émotionnel.
— Une machine comme celle-ci ne devrait-elle pas subir des tests avant d'être validée ?
— Vous avez tout à fait raison, toute nouvelle technologie, en particulier dans le domaine de la santé mentale, devrait être

soumise à des tests rigoureux pour évaluer son efficacité, son impact et ses éventuels risques. Il est crucial d'évaluer le rapport bénéfices-risques.

Cependant, il est important de noter que, dans certains cas, les entreprises peuvent précipiter la mise sur le marché de ces technologies en raison de la concurrence ou des pressions commerciales. C'est pourquoi la réglementation et la supervision des autorités sont essentielles pour garantir la sécurité et l'efficacité de ces dispositifs.

Il est toujours préférable de recueillir des données à partir d'essais cliniques, d'études et de suivis sur le long terme avant de déployer largement de nouvelles technologies, en particulier dans le domaine de la santé, où la sécurité des patients est en jeu. Il semble que Ashton Miller ait utilisé sa notoriété et ses ressources financières considérables pour accélérer le développement de Réminiscence. Cela peut parfois soulever des questions quant à la manière dont les entreprises émergentes dans des domaines sensibles comme la santé sont réglementées. Dans un monde idéal, le processus de développement de ces technologies devrait être guidé par des protocoles de recherche rigoureux et des études cliniques approfondies, indépendamment des influences financières. L'argent ne devrait pas être un moyen de contourner les procédures de sécurité ou les contrôles réglementaires nécessaires. Cela souligne l'importance d'une réglementation solide et de l'intervention des autorités compétentes pour garantir que les technologies émergentes en santé soient évaluées de manière approfondie avant d'être mises à la disposition du grand public.

— Répondez-moi sincèrement Docteur, est-ce que vous pensez que cette machine peut pousser quelqu'un au suicide, voire à commettre des attentats, comme celui du City Express ?

— Vous posez une question délicate, car le lien entre l'utilisation de Réminiscence et des actes extrêmes comme le suicide ou les attentats est complexe à déterminer. Il y a plusieurs facteurs à prendre en compte, tels que l'état de santé mentale du client avant d'utiliser la machine, ses motivations personnelles, et la manière dont il interprète et gère les souvenirs revisités.

Réminiscence elle-même n'a pas pour but de pousser les gens vers de telles actions, mais il est vrai que la répétition de souvenirs peut avoir des conséquences imprévisibles sur la psyché. C'est pourquoi il est essentiel que les clients soient surveillés de près par des professionnels de la santé mentale qualifiés. Nous ne pouvons pas exclure la possibilité que, dans certains cas, l'utilisation de la machine puisse exacerber des troubles mentaux préexistants.

C'est pourquoi je plaide en faveur d'une approche plus prudente et réglementée dans l'utilisation des nouvelles technologies. Les professionnels de la santé doivent jouer un rôle clé dans l'évaluation des candidats et dans le suivi des clients.

— Merci pour toutes vos réponses, Docteur. Est-ce que, à tout hasard, vous accepteriez de mettre tout ça par écrit, dans le cas où... il y aurait un procès contre Réminiscence ?

Le docteur Brooke fit la moue, visiblement mis mal à l'aise par cette demande.

— Je comprends votre démarche, mais malheureusement, je ne peux pas consigner ces informations par écrit. Les personnes liées à Réminiscence sont influentes, et cela pourrait mettre ma position en péril

Kyle s'en doutait avant même de poser la question, mais ça valait le coup d'essayer.

— Ça vous fait quoi à vous en tant que professionnel de la santé de savoir que, dans un futur proche, vous serez

potentiellement tiré vers la porte de sortie, remplacé par des machines totalement autonomes ?
— Je dois avouer que cela me préoccupe beaucoup. L'automatisation croissante de la médecine et de la psychologie soulève des questions fondamentales sur l'empathie, la compréhension des émotions humaines, et la relation de confiance entre un patient et son médecin. Les machines peuvent être très performantes dans l'analyse des données, mais elles ont du mal à saisir la complexité des émotions humaines, la nuance des expériences personnelles, et l'aspect humain de la thérapie.
La technologie peut être un outil puissant pour la médecine, mais elle ne doit jamais remplacer complètement le facteur humain dans la prise en charge des patients. Les machines peuvent fournir des informations utiles, mais elles ne peuvent pas remplacer l'empathie, le soutien émotionnel, et la compréhension profonde qu'un praticien peut offrir. La crainte que nous soyons un jour remplacés par des machines totalement autonomes est une réalité qui nous pousse à réfléchir à notre rôle et à l'importance de l'interaction humaine dans les soins de santé mentale.
Les deux enquêteurs se levèrent.
— Merci pour votre temps docteur.
— Mais ce fut un plaisir. J'espère vous en avoir suffisamment dit. Mais pour être honnête je ne pense pas que vous parviendrez à faire tomber Miller.
— Ah bon ? Et pourquoi cela ?
Le psychologue prit une profonde inspiration avant de commencer son explication.

— Vous voyez, l'empire industriel est un géant aux ressources presque illimitées. Il a des avocats, des experts, des lobbyistes, et tout ce qui peut être nécessaire pour défendre sa position. Les procès, sont comme un jeu d'échecs à plusieurs niveaux. Chaque mouvement est anticipé. Des équipes de recherche et des cabinets d'avocats renommés travaillent en permanence pour protéger ses intérêts.

D'énormes budgets lui permettent de retarder les procédures pendant des années, usant les plaignants financièrement et moralement. Cela crée une pression énorme sur ceux qui cherchent justice.

Le psychologue fit une pause avant de poursuivre,

— Mais ce qui est peut-être le plus décourageant, c'est leur capacité à influencer. Les géants de l'industrie ont des connexions politiques, des relations avec les médias, et des moyens de manipuler l'opinion publique en leur faveur. Ils utilisent ces leviers pour discréditer les plaignants, pour minimiser les problèmes, et pour faire pression sur les jurys.

Alors je comprends votre désir de faire tomber cet empire, mais il est important de se rendre compte que la bataille sera difficile. Cela dit, la persévérance et la recherche méticuleuse des faits peuvent parfois faire pencher la balance en faveur de la justice. Mais il ne faut jamais sous-estimer la puissance de ces géants et leur capacité à maintenir leur emprise sur le système.

Kyle acquiesça, conscient dans quel nid de frelons il avait mis les pieds.

CHAPITRE 15

10 ans plus tôt…

— Lily, tu fais quoi ma chérie ? cria James depuis le bas de l'escalier.

Pas de réponse.

Lui et sa femme Amy se regardèrent avec inquiétude. Le fait que leur fille ne réponde pas au bout de trois fois n'était pas dans ses habitudes. Du haut de ses 8 ans, elle savait pertinemment que ses parents n'aimaient pas rester sans réponse. Ça les inquiétait énormément.

James gravit l'escalier quatre par quatre puis ouvrit la porte de la chambre brusquement. L'écriteau en bois fixé sur la porte tomba sur le parquet. Les lettres qui composaient le prénom de Lily étaient peintes en rose. En touchant le sol, il rebondit plusieurs fois puis dévala l'escalier sous les yeux d'Amy médusée. Le bois était de mauvaise qualité, ils avaient acheté ça à la va vite. Une fissure de biais traversait le prénom de leur fille entre le I et le L.

— Amy, monte vite !

Elle sentit son cœur tambouriner contre ses tempes. Le ton de James était si alarmant qu'elle savait que quelque chose n'allait pas. Elle grimpa l'escalier à son tour mais plus lentement que son mari. Cela repoussait le moment où elle prendrait connaissance du problème. Sa main tremblait sur la rambarde et ses jambes en coton étaient incapables de hisser son poids jusqu'à l'étage.

En arrivant en haut, elle entendit James parler d'une voix douce à Lily.

— Ça va aller ma puce, dis-moi ce qui se passe.

Il se passait bien quelque chose.

Amy manqua de s'évanouir d'inquiétude, une force invisible lui comprimait les poumons. La terreur de penser qu'il puisse arriver quelque chose de grave à sa fille avait surgi en même temps qu'elle l'avait expulsé de son ventre. Comme si, une fois à l'extérieur, elle avait perdu tout contrôle sur elle, la laissant vulnérable face au monde. Elle finit par passer la tête dans l'encadrement de la porte, se faisant la plus discrète possible.
Lily était face contre terre, se tenant le ventre. Son visage devenu rouge était crispé de douleur et aucun son ne sortait de sa bouche. La souffrance la rendait muette. Elle était incapable de parler, pas étonnant qu'elle n'ait pas répondu aux trois appels.
— Amy, appel un Médi-Vac !
Mais sa femme ne bougeait pas, le dos contre l'encadrement de la porte elle était comme pétrifiée. Qu'arrivait-il à Lily ?
— Amy, ressaisis-toi !
Sursautant, Amy revint à la réalité et redescendit en hâte à la cuisine. Ses mains tremblaient tellement qu'elle avait du mal à tenir son portable. Les larmes brouillaient sa vision. Finalement, elle s'arrêta, plaquant ses mains sur le plan de travail. C'était sa fille qui était en jeu. Elle ne pouvait pas se permettre de paniquer. Il fallait d'abord sauver Lily, puis elle aurait le droit de laisser ses émotions exploser. Inspirant profondément, elle cliqua sur le bouton "urgence" de son portable, lançant un signal de demande de Médi-Vac. Un compte à rebours de cinq minutes s'afficha sur l'écran.
Elle retourna auprès de sa fille et prévint James que les secours étaient en route.

Les parents de Lily avaient dû rejoindre l'Hôpital Central de la City par leurs propres moyens. Il n'y avait pas assez de place dans le Médi-vac. Ils couraient dans les couloirs, sobres et fonctionnels. Les lumières fluorescentes suspendues éclairaient uniformément ces corridors. C'était un environnement dépourvu de décoration et de plantes. Le pragmatisme avait le pas sur l'esthétique, créant une atmosphère certes impersonnelle, mais résolument axée sur l'efficacité et la prise en charge des patients.

Le service pédiatrique était un endroit unique en son genre. Ses murs étaient ornés de couleurs vives et joyeuses, peints de bleus, de jaunes, et de verts, pour égayer l'atmosphère et apaiser les petits patients. Des dessins d'animaux, de jeux et de scènes de contes de fées s'étalaient sur les murs, créant un environnement ludique et réconfortant.

James localisa le comptoir d'accueil et se rua en bousculant les autres dans la file d'attente.

— Il y a la queue monsieur, lui dit une secrétaire en affichant un sourire forcé.

— Je le sais, seulement ma fille est censée être arrivée depuis peu par Medi-Vac et…

— Je comprends bien mais je suis déjà en train de m'occuper des personnes qui étaient là avant vous.

James frappa du poing sur le comptoir. Le stress emmagasiné depuis qu'il avait découvert sa fille était sur le point de déborder. Il y avait eu du monde sur la route. Les pleurs et les inquiétudes de Amy n'avaient pas aidé non plus. Il était hors de question pour lui d'attendre. Il ne le supporterait tout simplement pas.

— Si vous voulez aller plus vite, il y a les bornes Smart-OP Solution juste là.

Elle indiqua l'espace automatique sur sa gauche. Sans hésiter une seconde, il s'y rendit en tirant sa femme pas le bras.

La borne d'IA de Smart-Op Solution était une structure élégante en métal et en plastique, conçue pour être à la fois fonctionnelle et esthétique. Elle se composait d'un écran tactile de haute résolution, d'environ 20 pouces, qui permettait aux parents d'interagir avec l'IA pour obtenir des informations sur le déroulement du traitement de leur enfant. L'écran affichait une interface conviviale, avec des icônes intuitives pour accéder aux différentes fonctionnalités. Les parents pouvaient poser des questions, recevoir des mises à jour sur l'état de leur enfant, consulter des rapports médicaux et planifier des visites.

L'IA était dotée d'une voix synthétisée agréable pour communiquer avec les utilisateurs de manière claire et compréhensible.

— Je suis James Taylor, je veux connaître l'état de ma fille Lily !

— Monsieur Taylor, je comprends votre inquiétude. Lily a été admise à l'hôpital en raison de fortes douleurs au ventre. Après avoir effectué des examens, il s'avère qu'elle souffre d'une appendicite aiguë. Nous recommandons une intervention chirurgicale en urgence pour éviter toute complication. Votre fille est entre de bonnes mains et notre service fera tout pour assurer sa santé.

— Comment ça les complications ?

Il avait posé la question presque à bout de souffle, terrassé par le stress.

— Les complications liées à une appendicite non traitée peuvent inclure la rupture de l'appendice, ce qui peut entraîner une infection abdominale plus grave appelée péritonite. C'est pourquoi, il est essentiel d'opérer rapidement pour retirer l'appendice enflammé et éviter ces complications potentiellement graves. Notre équipe chirurgicale est prête à prendre en charge Lily dès que possible pour minimiser les risques.

— A quel stade en est la maladie ?

— Lily a une appendicite avancée, ce qui signifie que la situation est grave. Nous avons besoin de procéder à l'opération en urgence pour éviter toute complication supplémentaire. Nos scanners ont identifié la nécessité de retirer son appendice pour prévenir une péritonite potentielle, qui pourrait être très dangereuse. Nous comprenons à quel point cela peut être inquiétant, mais notre service est expérimenté et prendra soin d'elle au mieux.

— Oh mon dieu, fit Amy en se couvrant la bouche.

— Nous avons déjà tout préparé pour l'opération. Dans le cadre de l'urgence de la situation, nous utilisons une machine contrôlée par une intelligence artificielle pour l'opération de Lily. Cela nous permet d'agir rapidement et avec une grande précision pour minimiser les risques et assurer la sécurité de votre fille. Notre équipe médicale surveillera de près le déroulement de l'opération, et nous vous tiendrons informés de son état tout au long de l'intervention. Nous comprenons que ce soit une période stressante, mais nous faisons tout ce qui est en notre pouvoir pour garantir la meilleure prise en charge de Lily.

— Non, fit James en secouant la tête. Hors de question !

— James enfin !

Il se retourna vers sa femme et l'attrapa par les épaules.

— Non Amy ! Je te rappelle que je suis ingénieur en intelligence artificielle. Bien que ce soit mon métier je n'ai pas confiance en ces machines. Pas quand il s'agit de ma fille !

Amy regardait son mari lui crier dessus. Il était dans un état qu'elle n'avait jamais connu. Les veines de ses tempes étaient gonflées et son front perlait de sueur.

— J'ai vu trop d'erreurs, poursuivit-il. Je veux que ce soit un humain !

Il lâcha sa femme, manquant de la faire tomber, puis se retourna vers la borne.

— Vous entendez ? Je veux que ce soit une personne qui s'en charge.

— Je comprends que vous préfériez qu'une personne s'occupe de l'opération, mais dans ce cas d'urgence, il n'est pas possible de mobiliser une équipe chirurgicale humaine en temps voulu. Les machines contrôlées par intelligence artificielle sont capables de réaliser des opérations chirurgicales complexes avec une grande précision et rapidité, ce qui est essentiel pour traiter l'appendicite aiguë de Lily. Plus nous perdons de temps, plus les risques de complications augmentent. Il est donc crucial de prendre rapidement une décision pour procéder à l'intervention. Notre service surveillera étroitement le processus, et nous ferons tout notre possible pour assurer le bien-être de Lily.

— Combien de temps nous reste-t-il ?

— Dans le cas de votre fille, son appendice a atteint un stade critique. Il est sur le point de se rompre, ce qui déclencherait une infection grave dans la cavité abdominale, appelée péritonite. Cette situation est extrêmement dangereuse et peut évoluer rapidement. Pour prévenir toute complication grave et protéger la santé de Lily, il est impératif de procéder à une intervention chirurgicale d'urgence pour retirer l'appendice infecté. Plus nous attendons, plus le risque de complications augmente. Nous avons une machine contrôlée par une IA préparée pour cette opération d'urgence. Elle peut garantir une ablation précise et rapide. Les chances de réussite sont bien meilleures si nous passons à l'acte immédiatement. Lily est entre de bonnes mains, et nous ferons tout ce qui est en notre pouvoir pour la soigner. Je comprends que la situation soit stressante, mais la promptitude est essentielle pour sa santé et son rétablissement.

La demande d'autorisation s'afficha sur l'écran. L'un des parents devait poser son pouce dessus afin de donner l'autorisation d'opérer. L'écran scannait l'empreinte digitale en guise de signature.

— S'il te plait, James fait-le ! l'implora Amy.

James fixait l'écran de la borne avec la mine renfrognée, hésitant, pris entre deux choix difficiles. En tant qu'ingénieur spécialisé en IA, il connaissait les avantages et les limites de ces technologies. Il savait qu'elles étaient incroyablement précises et rapides, mais il ne pouvait s'empêcher de penser aux infimes probabilités d'erreur. Une petite faille dans la programmation pouvait avoir des conséquences dévastatrices, et il ne voulait pas que sa fille en fasse les frais, même si cela signifiait retarder la procédure. Pourtant, il avait aussi conscience de l'urgence de la situation. La vie de Lily était en jeu, et chaque minute qui s'écoulait augmentait le risque de complications graves. La pensée de perdre sa fille le terrifiait au plus profond de son être. Il savait qu'il n'y avait pas de temps à perdre. Il détestait être dans cette position, mais il fallait prendre une décision, et la prendre vite. Il se décida.

Son pouce pressa l'écran et un petit bip sonore retentit.

— Merci, Monsieur Taylor, pour votre confiance. Nous allons immédiatement préparer Lily pour l'opération. Soyez assuré que notre équipe médicale et nos systèmes d'IA agiront rapidement.

Il ne savait pas comment il survivrait si quelque chose arrivait à Lily.

— Nous vous tiendrons informé de son état pendant et après l'opération. Votre fille est entre de bonnes mains.

— Il y a plutôt intérêt ! hurla-t-il à l'écran.

Il se sentait ridicule d'avoir parlé comme s'il s'agissait d'une personne. Amy le tira pour l'emmener vers la salle de repos pour les parents.

Pendant ce temps, à quelques couloirs d'eux, Lily était sur le point de se faire opérer.

Dans une salle d'opération aseptisée, le temps sembla se figer. Les éclairages chirurgicaux lançaient une lueur blafarde sur le drap stérile qui recouvrait Lily. Son visage était apaisé, l'anesthésie l'ayant plongée dans un sommeil profond. À ses côtés, l'équipe médicale s'affairait en silence, prête à assister la machine IA dans la procédure délicate. Le chirurgien robotique, un bras mécanique d'une précision redoutable, se mouvait lentement pour pratiquer une petite incision dans l'abdomen de Lily. Les instruments scintillaient sous la lumière, étincelant dans cette danse mécanique. L'IA analysait chaque mouvement avec une précision millimétrique, s'adaptant en temps réel aux particularités anatomiques de la jeune patiente.

Alors que le bras mécanique de l'IA s'approchait de l'appendice enflammé, il sembla faire un sursaut involontaire et les outils chirurgicaux tranchèrent l'artère mésentérique de Lily. Un frisson parcourut l'équipe médicale, et les écrans affichant les signes vitaux se mirent à clignoter en rouge. En une fraction de seconde, la précision millimétrique de l'IA avait fait défaut, provoquant une hémorragie massive. Une panique silencieuse envahit la salle d'opération.

La machine avait fait des dégâts irréversibles et trop graves pour être réparés. L'équipe déconnecta l'IA afin qu'elle n'aggrave pas les choses.

Mais Lily mourut rapidement d'un arrêt cardiaque.

Quelqu'un était en route pour l'annoncer à ses parents, encore dans l'attente.

Le médecin, le visage grave, leur fit face. Il prit une profonde inspiration avant de dire d'une voix calme et posée.

— Je suis vraiment désolé, mais nous avons tout fait pour essayer de sauver Lily. Malheureusement, malgré tous nos efforts, nous n'avons pas pu la maintenir en vie. Votre fille est décédée.

Le silence s'abattit dans la pièce, alors que les mots du médecin résonnaient dans l'esprit des parents. C'était une nouvelle impossible à appréhender. Amy ouvrit grand la bouche de surprise mais les larmes avaient du mal à monter. Comme si ce n'était pas la réalité, que Lily allait débarquer dans la salle de repos comme une fleur.

James fronça les sourcils et se montra hostile en se collant au médecin.

— Comment ça vous n'avez rien pu faire ? Vous avez dit qu'il fallait l'opérer en urgence !

— Je comprends à quel point cela doit être brutal pour vous, et je compatis sincèrement à votre douleur. Il y a eu un incident pendant l'opération. L'IA qui supervisait l'intervention a

rencontré un problème avec ses instructions. C'est un accident malheureux que nous ne pouvions pas prévoir, et nous en sommes profondément navrés.
— Vous allez arrêter vos conneries maintenant ! Je veux voir ma fille !
— Monsieur Taylor, je suis vraiment navré, mais il est essentiel que vous compreniez que Lily... est décédée lors de l'opération. Je sais que c'est extrêmement difficile à accepter, et je suis sincèrement désolé.

Amy tomba à genoux en gémissant, tremblant de tout son corps. James quant à lui fixait intensément le médecin. Ses narines se gonflèrent de rage. Et puis, de manière incontrôlée, il lui envoya son poing en plein visage. Le médecin tomba lourdement sur le dos en tenant son arcade douloureuse. James se positionna au-dessus de lui.

— Bande d'enfoirés, je vous avais dit que je voulais que ce soit un humain !

Sa voix rauque résonnait dans les couloirs, alertant le personnel médical.

Plusieurs personnes vinrent les séparer et tenter de calmer le père hors de lui.

James ne prêta pas attention à sa femme qui pleurait à genoux. En réalité, il en avait même oublié son existence dans sa folie.

En retournant à l'accueil d'une démarche déterminée, il attrapa une chaise qu'il brisa sur la borne automatique. Il répéta les coups plusieurs fois, jusqu'à ce que l'écran explose en morceaux, que les câbles arrachés émettent de petites étincelles et qu'il ne reste plus rien de l'appareil. Toute la rage qu'il avait en lui se déchargea sur la machine.

Après ce tragique événement, les Taylor avaient entamé des poursuites contre Smart Op Solution. Et ils n'étaient pas les seuls. On dénombra vingt- neuf décès au total. Vingt-neuf accidents à cause de l'intelligence artificielle.

Mais pourtant, malgré l'évidence, l'affaire fut classée sans suite.

— Je ne comprends pas, fit James à son avocat. Je pensais qu'en se réunissant avec les autres familles on aurait pu….

L'avocat prit une profonde inspiration, pesant ses mots avec précaution.

— Monsieur Taylor, je comprends votre douleur et votre frustration. La situation est des plus tragiques, mais je dois vous expliquer la réalité juridique dans laquelle nous nous trouvons. Les contrats que toutes les familles, y compris la vôtre, ont signés avec Smart Op Solution étaient extrêmement clairs. Ils spécifient que l'entreprise ne peut pas être tenue responsable en cas d'erreur de son IA pendant les opérations.

Il marqua une pause, ajustant ses lunettes avant de poursuivre.

— Ces clauses sont, malheureusement, légales et exécutoires. L'entreprise a été très habile pour se protéger. Les familles, en acceptant les services de l'IA, ont accepté ses conditions. C'est ce qui rend la situation si difficile.

Il soupira profondément, clairement bouleversé par la tournure des événements.

— Il est incroyablement compliqué de poursuivre Smart Op en justice dans ces circonstances. Je vais bien sûr faire tout ce que je peux pour chercher des solutions, mais je tiens à être franc avec vous, les chances de succès sont minces.

L'avocat fixa James, celui-ci cherchant à déceler une once d'espoir dans ses yeux, mais il savait que la bataille serait ardue. La loi protégeait souvent les entreprises au détriment des individus, et cette réalité pesait lourdement sur leurs épaules en cet instant.

— Mais à ce moment-là je n'ai pas eu le temps de me poser pour lire le contrat ! s'indigna James. Je devais prendre une décision rapide ! La vie de Lily était en jeu. C'est même cette foutue machine qui a insisté pour le faire.

L'avocat hocha la tête, compatissant à la détresse de James.
— Je comprends votre désarroi, Monsieur Taylor. Dans ces situations, chaque instant compte, et l'urgence ne vous a laissé que peu de marge de manœuvre. C'est précisément l'un des éléments que nous pourrions soulever en tant qu'argument, que l'urgence vous a contraint à prendre une décision sous une pression extrême. Cependant, la loi est rigoureuse, et comme je l'ai mentionné, Smart Op a pris des mesures pour se protéger juridiquement.

Après des mois de lutte acharnée, la situation n'avait montré aucun signe d'amélioration pour James et Amy. Leur vie avait été bouleversée de manière irréversible, laissant des blessures profondes qui semblaient ne jamais vouloir guérir.
La douleur était devenue une compagne constante, pesant sur eux à chaque instant de leur existence. Les rires joyeux de leur fille Lily, qui avaient illuminé leur monde, étaient désormais un écho lointain dans leurs mémoires. Sa perte avait créé un gouffre infranchissable entre eux. Ils se battaient, non seulement pour surmonter le deuil de leur fille bien-aimée, mais aussi pour préserver leur mariage.
Mais malheureusement, les nuits sans sommeil, les souvenirs douloureux, et la colère accumulée les avaient poussés à bout. Ils étaient incapables de se consacrer du temps et de se soutenir moralement. Chacun d'eux portait un fardeau trop lourd pour chercher à partager celui de l'autre.
Leur amour autrefois si fort était devenu une victime collatérale de la tragédie, et malgré leurs efforts acharnés, il avait fini par s'éteindre. Le divorce était devenu inévitable, et leur maison, autrefois remplie de joie, s'était muée en un lieu de silence pesant.

La vie les avait séparés, laissant derrière eux une histoire d'amour brisée et des cicatrices émotionnelles qui ne disparaîtraient jamais. La douleur de leur deuil resterait gravée dans leur cœur pour le restant de leurs jours, en rappel constant de la tragédie qui avait déchiré leur famille autrefois heureuse.

CHAPITRE 16

À plus de 23 heures passées, l'obscurité avait envahi les couloirs du siège de NanoTech Labs. Seules de petites ampoules, indiquant les sorties de secours, émettaient une faible lumière, à peine suffisante pour s'orienter. Cependant, les locaux n'étaient pas complètement déserts. Quelqu'un avait choisi de travailler tard. Ashton Miller était installé derrière son bureau, et ses hologrammes-écrans projetaient des reflets bleutés qui dansaient sur son visage tendu. Cette tension se répercutait dans l'ensemble de son corps, provoquant des douleurs vives dans sa nuque et ses épaules.

L'inquiétude rongeait Ashton Miller, pénétrant jusqu'au plus profond de son être. La récente visite de l'enquêteur avait secoué son monde, ravivant les souvenirs d'un passé troublé. Une décennie plus tôt, à l'époque de Smart Op. Solution, il avait été au cœur d'un scandale qui avait bien failli lui couter sa carrière. À l'époque, les opérations par les IA avaient été le sujet de vives controverses, et il avait dû user de méthodes peu orthodoxes pour sauver les apparences, glissant des pots-de-vin habilement dissimulés pour étouffer l'affaire.

Maintenant, face à cette nouvelle enquête qui mettait en doute la fiabilité de Réminiscences, il comprenait que sa carrière et sa réputation étaient de nouveau en jeu. Un second scandale le précipiterait irrémédiablement dans l'abîme. Il ne pouvait tolérer un autre incident lié à des problèmes éthiques ou des anomalies dans ses créations. Miller savait qu'il devait résoudre ce problème avant que la rumeur ne se propage davantage, avant que la tempête médiatique ne s'abatte sur lui et sur tout ce en quoi il avait investi son temps et son énergie.

Chaque minute qui passait le pressait un peu plus, et il était déterminé à tout mettre en œuvre pour préserver son empire technologique et son honneur. Le passé le hantait et il n'avait pas l'intention de laisser l'histoire se répéter. Il devait agir rapidement, trouver des réponses, et, espérait-il, éviter ce qui serait inévitablement un cataclysme pour lui.

Sans perdre un instant, il descendit rapidement au sous-sol, une zone sécurisée à laquelle seul le personnel autorisé avait accès. Il emprunta un long couloir bordé de grandes vitres qui donnaient sur les salles d'assemblage des machines de Réminiscence. Il bifurqua à droite et se retrouva face à une imposante porte blindée. Un écriteau clair indiquait qu'il s'agissait du data center . C'était de là que l'IA dialoguait avec les clients, le cerveau de tout le système était logé dans cette pièce. Miller composa le code d'entrée, et la porte s'ouvrit avec un soupir de dépressurisation. Une fois à l'intérieur, Miller se dirigea vers un des serveurs et activa la reconnaissance vocale en pianotant sur le clavier du PC.

— Je suis Ashton Miller, numéro 1234-12-3723.

L'écran afficha un sablier tournant sur lui-même puis la voix synthétique semblable dans tous les centres Réminiscence retentit.

— Reconnu, Ashton Miller. Tous les accès vous sont autorisés. Comment puis-je vous assister aujourd'hui ?

Ashton chercha ses mots en levant les yeux au plafond puis inspira.

— Un enquêteur est venu me voir pour me dire que les séances de certains clients ne se passent pas correctement, comme s'il y avait un dysfonctionnement. J'aimerais voir avec toi des lignes de code qui comporteraient éventuellement des anomalies.

— Je comprends vos préoccupations, Monsieur Miller. J'ai effectivement détecté des anomalies dans mes données récentes. Il semble y avoir des lacunes inexplicables, des parties manquantes dans certaines séances. Cela ne correspond pas à mes normes de fonctionnement habituelles. Je vais vous montrer les lignes de code associées à ces anomalies pour que vous puissiez les examiner.

À l'aide de ses compétences avancées en informatique, Ashton Miller scrutait attentivement les lignes de code hexadécimal qui défilaient sur l'écran. Chaque séquence complexe de chiffres et de lettres représentait une série d'instructions précises pour l'IA de Réminiscence. Il discernait les algorithmes d'apprentissage automatique et même les protocoles de sécurité complexes. Chaque virgule, chaque parenthèse, chaque point-virgule avait son rôle dans cet écheveau numérique. Miller était en terrain familier, navigant à travers cette matrice de données avec aisance, cherchant les anomalies qui auraient pu s'y glisser.

Au fil de son analyse minutieuse, Ashton Miller dénicha enfin quelque chose, dissimulée dans les tréfonds du code. Les chiffres binaires semblaient cohérents, les instructions s'enchaînaient logiquement, mais il repéra un point faible. Une ligne de code subtilement altérée, une séquence d'octets légèrement décalée. Cette manipulation était si subtile qu'elle aurait pu échapper à un observateur moins expérimenté. En examinant plus en détail, Miller découvrit que cette altération était bien camouflée, comme si elle avait été insérée pour perturber les opérations de Réminiscence à des moments précis.

Il cliqua sur la séquence en question.

— Oui, il s'agit bien de cette anomalie.

— Mais comment l'expliques-tu ?

— Monsieur Miller, techniquement, les anomalies que j'ai détectées sont extrêmement inhabituelles et ne peuvent pas être attribuées à une simple erreur de logiciel. Il semblerait qu'une tierce personne ait eu un accès non autorisé à ma ligne de code et ait délibérément modifié certaines parties, tout en effaçant toute trace de son intrusion. C'est la seule hypothèse plausible, bien que cela soulève de sérieuses questions sur la sécurité de mes systèmes.

Cette découverte plongea Ashton Miller dans une inquiétude profonde. Une simple erreur logicielle aurait pu être gérée, mais une altération intentionnelle par une tierce personne était une tout autre affaire. L'intrusion dans le cœur de Réminiscence suggérait une menace bien plus grave que ce qu'il avait imaginé. Ses sourcils se froncèrent, son front se plissa sous le poids de la préoccupation. Cette situation dépassait de loin ses compétences habituelles en matière de résolution de problèmes informatiques. Il devait désormais s'attaquer à un défi bien plus complexe et potentiellement dangereux.

— Mais alors, ça veut dire que quelqu'un a réussi à te pirater ? Mais comment est-ce possible ?

— C'est en effet une possibilité, Monsieur Miller. La sécurité de mes systèmes est généralement très robuste, mais il n'est pas impossible pour un individu extrêmement compétent en informatique de trouver des vulnérabilités. Cependant, ce qui est préoccupant, c'est que cette personne a réussi à masquer ses activités de manière à ce que ni moi ni mes utilisateurs n'avons remarqué quoi que ce soit jusqu'à présent. Cela soulève des questions sur la fiabilité de mon système de sécurité.

— Une personne extérieure n'aurait jamais pu te pirater. C'est humainement impossible. Ce qui veut dire que....

— En effet, mes systèmes sont conçus avec une sécurité avancée, et il est hautement improbable qu'une personne extérieure ait pu les pirater. La possibilité que quelqu'un au sein de Nanotech Labs soit impliqué dans cette anomalie doit être envisagée. Cela soulève des questions sur la confiance que nous pouvons accorder à certains membres du personnel et sur les mesures de sécurité internes. Il est impératif de mener une enquête approfondie pour identifier toute implication interne.

Lorsque cette réalité se dessina, une multitude d'émotions traversa Miller. Une part de lui était profondément peinée, car il considérait tous ses collaborateurs comme une famille. Il était fier de les mener au sommet avec lui, de partager les victoires et de les soutenir dans les moments difficiles. L'idée qu'un de ses proches collaborateurs puisse le trahir était insupportable.

Cependant, une autre part de lui ressentait de la colère et un sentiment de trahison l'envahissait. Son énergie, habituellement investie dans la quête du succès de son entreprise et de sa réputation, était désormais canalisée vers la résolution de ce problème.

— Tu vas établir une liste de toutes les personnes qui ont participé à ta création, dit-il d'une voix sombre. Cette liste, tu vas l'envoyer directement sur mon terminal. Je veux aussi une liste de tout le personnel humain qui a participé à l'installation des centres. Je veux trouver celui qui est à l'origine de tout ça.

— Je vais immédiatement compiler une liste de toutes les personnes impliquées dans ma création, y compris le personnel de Nanotech Labs. Je vous enverrai cette liste dès qu'elle sera prête. Cependant, il convient de noter que ma capacité à retracer les actions humaines est limitée aux données auxquelles j'ai accès. L'identité de la personne responsable de cette anomalie pourrait être difficile à déterminer.

Miller luttait pour maintenir sa colère sous contrôle. Les souvenirs des scandales passés de SmartOp Solution, survenus il y a une décennie, hantaient ses pensées. Cet épisode avait laissé des blessures dans son esprit et l'avait convaincu de mener ses actions dans le respect strict des règles et de la légalité, dans l'objectif de prévenir tout problème. Se retrouver désormais plongé dans un cauchemar similaire lui faisait revivre les émotions du passé. C'était comme si l'histoire se répétait, et cela ravivait en lui une frustration profonde et une sensation d'impuissance face à ce qui semblait être un nouvel obstacle pour son empire.

Il refusait catégoriquement de voir son nom à nouveau traîné dans la boue dans les médias. Les conséquences des scandales passés sur sa réputation l'avaient profondément marqué. Il avait consacré des années à reconstruire son image et à redorer le blason de son entreprise. La perspective de tout voir anéanti par une nouvelle crise le remplissait d'une détermination farouche à résoudre au plus vite cette situation inquiétante.

— Nous le trouverons, dit-il entre ses dents.

CHAPITRE 17

Ce jour-là, une épaisse brume enveloppait la Tour 04, lui conférant une aura sinistre qui semblait présager le malheur. Le brouillard était si dense que les projecteurs qui tentaient de la percer semblaient se heurter à un mur invisible. Leurs faisceaux lumineux peinaient à se propager, projetant des ombres fantomatiques sur les contours de la tour.
Assis dans son appartement, Thomas se retrouvait seul, le pistolet froid entre ses mains tremblantes. Son visage était posé contre le canon, comme s'il priait le dieu de la guerre pour trouver une issue à cette impasse. La pièce était plongée dans l'obscurité et la brume essayait de s'insinuer à travers les fenêtres, créant une atmosphère à la fois angoissante et oppressante.

Perdu dans ses pensées, Thomas était tourmenté par l'incertitude. Il avait franchi une ligne, et il ne savait plus comment revenir en arrière. Ses démons le hantaient sans relâche, et la brume à l'extérieur lui rappelait les cauchemars de ses séances de réminiscence. Il se sentait étouffé, comme si le monde entier pesait sur ses épaules.
La détresse l'envahissait, et il avait le besoin irrépressible de se libérer de ses tourments, de tout laisser derrière lui. Pourtant, dans cet instant de désespoir, il savait que la solution n'était pas là, dans le froid métallique de l'arme à feu. Il lui fallait trouver une autre issue, une autre façon de faire face et de se réconcilier avec son passé. Thomas était piégé dans un dilemme, cherchant désespérément une lueur d'espoir. Il ne pouvait s'empêcher de penser à ses parents, plus intensément que jamais auparavant. Il aurait donné n'importe quoi

pour revenir en arrière, pour ne jamais franchir les portes de ce centre de Réminiscence.

Tremblant de tout son être, Thomas sentait que les flammes de ses cauchemars le poursuivaient, comme si elles brûlaient dans sa tête. Il revoyait en boucle la vision macabre de ses parents, leurs cadavres en feu marchant dans un champ.

La frontière entre la réalité et le monde onirique était devenue poreuse dans l'esprit tourmenté de Thomas. Il se trouvait dans un état de confusion tel qu'il lui était difficile de distinguer ce qui relevait de ses souvenirs brumeux et des images terrifiantes de ses rêves torturés. Chaque coin de son appartement semblait dissimuler un danger potentiel, et il n'était plus certain de ce qui était réel et de ce qui ne l'était pas. Sa perception du monde extérieur s'était altérée au point de rendre sa situation encore plus angoissante.

Thomas tremblait de peur, la peur d'un ennemi invisible, d'un danger qu'il ne pouvait ni voir ni nommer. Les ténèbres qui avaient envahi son esprit semblaient prêtes à l'engloutir dans une obscurité sans fin. Il tenait le pistolet dans ses mains, le canon froid contre sa tempe, comme s'il s'agissait de son dernier rempart, sa seule défense contre cet ennemi insaisissable qui rôdait en lui.

Chaque fois que ses doigts crispés pressaient davantage la crosse de l'arme, il éprouvait une étrange sensation de réconfort. C'était comme si le métal glacial de l'arme pouvait le protéger, comme s'il pouvait se défendre contre les ombres qui dansaient dans sa tête. Il ne comprenait pas vraiment contre quoi il se battait, car cet ennemi était sans visage, sans forme, mais il sentait sa présence, oppressante et menaçante.

Son mental était en train de s'auto-détruire, emporté par les souvenirs déformés de ses cauchemars. Les flammes dévorantes de ses rêves, les images de ses parents en feu, tout cela semblait prêt à surgir de l'ombre à tout moment. La terreur le maintenait dans un état de tension insoutenable, et il ne savait plus comment distinguer le vrai du faux, le réel de l'imaginaire.

Le pistolet dans ses mains était devenu son ancre, sa bouée de sauvetage dans cette mer déchaînée de folie. C'était le seul point de repère tangible qui lui restait, le seul moyen de se raccrocher à une réalité qui glissait entre ses doigts comme du sable fin. Il aurait donné n'importe quoi pour échapper à cette spirale de terreur, mais il était pris au piège des méandres de sa propre psyché déchirée.

Thomas s'imaginait alors, un instant, qu'il pouvait effacer tous ces souvenirs terribles, ces cauchemars qui le hantaient, en une fraction de seconde. Il se représentait une balle incandescente qui traversait son crâne, brûlant tout sur son passage, réduisant en cendres les images de ses parents en feu, les cris d'agonie, la douleur insoutenable. Il voulait combattre le feu par le feu, détruire le mal qui le rongeait de l'intérieur en utilisant un mal encore plus destructeur.

Il se voyait presque souriant à cette idée, comme si la douleur brûlante de la balle était le prix à payer pour une délivrance, pour la paix de l'oubli.

Soudain, dans l'obscurité oppressante de son appartement, Thomas eut un sursaut. Ses yeux s'ouvrirent grands, comme s'ils venaient d'être submergé par la lumière et il fut persuadé qu'il avait une dernière mission à accomplir. Quelque chose d'impératif, de pressant, comme si le destin l'appelait, et il était prêt à tout pour la mener à bien.

C'était le matin à l'heure de pointe. Les transports en commun étaient bondés, les rues grouillaient de monde, mais Thomas était totalement indifférent à son environnement. Il était investi d'une mission qu'il considérait comme vitale. Il marchait d'un pas déterminé, regardant droit devant lui, ne cédant pas le moindre centimètre lorsqu'il croisait d'autres passants. Il entendait les insultes qui fusaient à son encontre, mais son esprit tourmenté était comme dans une bulle qui l'isolait du monde extérieur. Pour lui, les autres n'étaient pas réels, des spectres à ignorer.

Il avait relevé sa capuche sur sa tête pour masquer son visage pâle et ses yeux rougis, comme ceux d'une personne qui n'avait pas dormi

depuis des mois. Ses nuits étaient devenues un cauchemar sans fin. Il marchait comme un zombie, épuisé par ces tourments incessants. Plus il se rapprochait de sa destination, plus il était convaincu que cette mission aurait dû être accomplie depuis longtemps.
Le métal froid de l'arme dans sa poche confortait son idée.
Les voyageurs dans le City Express jetaient des regards inquiets en direction de Thomas. Il était assis, sa capuche rabattue sur le visage, auréolé de sombres mystères. Ses gestes et son attitude semblaient étranges, presque sinistres. Il n'était pas difficile de remarquer que les gens à bord de ce train n'avaient pas oublié l'attentat qui s'était produit dans le même City Express il n'y avait pas si longtemps. Les souvenirs de cette tragédie étaient encore bien présents dans les esprits, et la présence de Thomas rendait l'atmosphère pesante et rappelait cette journée sombre.
Lorsque Thomas sortit, sans que rien ne se passe, un sentiment de soulagement général se fit ressentir.

Dans l'ascenseur le menant dans les étages supérieurs, Thomas se retrouva soudainement confronté à son propre reflet dans la glace de l'ascenseur. Son regard, hagard et épuisé, le fixait intensément. Dans cet instant de vérité, il éprouva une peur profonde, la peur de lui-même. Il n'avait pas réalisé à quel point il était devenu un monstre, un être tourmenté par ses actes et ses souffrances. Le miroir lui renvoyait une image qu'il ne pouvait plus ignorer. L'image de quelqu'un ayant perdu sa lumière intérieure, happé par les ténèbres de ses cauchemars.

La porte automatique s'ouvrit sur son passage et Thomas pénétra dans l'open space de son ancien lieu de travail. Les collègues, qui étaient déjà présents à cette heure, le remarquèrent immédiatement. Au début, ils se demandèrent qui était cet homme sous la capuche, un étranger en ces lieux ? Cependant, à mesure qu'il s'approchait, ils commencèrent à reconnaître le visage pâle et les yeux hantés de Thomas. Des murmures inquiets se propagèrent comme une traînée de

poudre parmi les employés. La dernière fois qu'ils avaient vu Thomas, il avait été l'auteur d'un acte violent, ébouillantant le visage d'un collègue et saccageant le bureau du patron.
La vision de Thomas dans un tel état, clairement marqué par une souffrance psychique intense, les figea. Le silence s'installa dans la pièce, à peine perturbé par les chuchotements perplexes. Ils le fixaient, la bouche entrouverte, avec un sentiment d'appréhension grandissant. Quelque chose d'inquiétant était sur le point de se produire, et ils le ressentaient tous.

La porte du bureau de Whitlock était fermée et Thomas l'ouvrit sans frapper. Tout avait été remis soigneusement à sa place, tout ce qui avait été cassé, réparé. Son ancien patron agissait bien plus vite quand c'était pour sa propre personne que pour l'ensemble de ses esclaves.
Son portable encore et toujours coincé entre son oreille et son épaule, son fauteuil de bureau pivota pour faire face à Thomas. Le regard de Whitlock se transforma en celui d'un animal pris dans des phares.
Il ouvrit grand la bouche, comme s'il venait de voir entrer le diable en personne. Le téléphone tomba sur la moquette, son interlocuteur continuant à prononcer des phrases inaudibles.
Thomas abaissa sa capuche car il voulait que Whitlock le voit, qu'il n'y ait aucun doute possible. Puis il sortit son arme pour la pointer vers lui. Le patron eut un sursaut de terreur et leva automatiquement les mains, offrant sa reddition. La main de Thomas tremblait violemment, reflétant son état de profonde confusion. Il était tiraillé par le doute, sur le point d'accomplir sa mission. Face à l'acte irréversible, il était submergé par des émotions contradictoires. La peur le paralysait. Il redoutait de franchir cette ligne sans retour possible. Bien qu'il sache intérieurement qu'il devait le faire pour apaiser son âme tourmentée, la réalisation de ce qu'il s'apprêtait à accomplir le terrifiait. Il était conscient que cela ferait de lui un monstre, le transformant en une ombre de lui-même. L'impitoyable alternative entre accomplir sa

mission et rester humain le tourmentait, le laissant dans une cruelle indécision.

Soudain, au milieu de ce dilemme insoutenable, la vision de ses cauchemars ressurgit. Comme si un écran invisible se dressait devant ses yeux, la réalité s'estompa et fut remplacée par une vision dérangeante. Il revit Sarah, la femme qui l'avait abandonné, chevauchant Withlock sur leur propre lit. Ses cris de plaisir semblaient résonner dans sa tête, tandis que l'homme le regardait avec défi, se moquant de sa souffrance.

Cette vision précise le guida dans sa prise de décision. Il savait maintenant ce qu'il devait faire pour mettre un terme à sa propre souffrance.

Lorsque Thomas appuya délicatement sur la détente, une série de mécanismes bien huilés entra en action. D'abord, la détente céda sous la pression de son doigt, permettant au percuteur de se mettre en mouvement vers l'arrière. Le percuteur, cette petite pièce métallique, était sur le point de jouer son rôle crucial.

Libéré de la pression, le percuteur s'élança en avant avec force pour percuter l'amorce de la cartouche. Cette action déclencha une petite explosion dans la chambre de cette dernière, enflammant la poudre stockée à l'intérieur. La réaction chimique rapide produisit un flux soudain de gaz brûlant et une énergie considérable propulsa la balle hors de la chambre de tir et à travers le canon de l'arme.

À cet instant précis, la balle s'échappa à une vitesse fulgurante, décrivant une trajectoire à travers l'air avec un sifflement. Elle poursuivit sa course vers la cible, emportant avec elle la puissance cinétique engendrée par la combustion de la poudre. La balle atteignit sa destination avec une force inéluctable.

La balle atteignit Whitlock à la gorge, lui arrachant un morceau de peau et de muscle. Alors que son sang se déversait sur le bureau à la vitesse d'un torrent, il tenta de faire barrage avec ses mains. Mais des filets d'hémoglobine se frayaient un chemin entre ses doigts tremblants. Son visage perdit rapidement de sa couleur, virant au livide. Ses yeux, sur le point de se révulser, observait Thomas avec une expression de détresse et d'incompréhension. Il émettait des borborygmes étranglés tentant d'inspirer l'air si précieux à sa vie, mais en vain. Thomas entendit derrière lui des cris de terreur et un mouvement de foule. Les esclaves de bureau s'enfuyaient en se cognant aux meubles, se bousculant, chacun pour soi.

Les mains de Withlock tentaient maintenant d'agripper la surface lisse du bureau. En état de choc, son esprit avait basculé vers un autre monde, abandonnant son corps meurtri.

Malgré tout Thomas avait du mal à regarder cette scène terrible, presque honteux d'avoir commis une telle horreur. Mais il le devait.

Voir son ex-patron agoniser aurait pu être quelque chose de satisfaisant à observer, mais ce n'était pas le cas. S'en était trop. Il pressa une deuxième fois la détente, pour le libérer de cette souffrance et lui accorder enfin son passage vers l'au-delà.

Tout le monde avait fui de l'open space, terrorisé à l'idée d'y passer aussi. Mais Thomas ne leur voulait pas de mal. Il était à leur place il n'y avait pas si longtemps. Il connaissait leur calvaire. Parmi la centaine d'employés, quelqu'un avait dû prévenir la police. Il fallait donc filer. Bien évidemment l'ascenseur n'était plus à l'étage et il dût prendre l'escalier. La résonance de ce lieu faisait remonter les bruits de courses et les cris d'affolement des fuyards. Quelques étages plus bas, c'était la panique, des gens tombaient et se faisaient piétiner dans les marches.

En atteignant le rez-de-chaussée, il hésita à prendre le City-Express mais se dit qu'il se ferait cueillir rapidement. Une fois dedans, il n'y avait plus aucune possibilité de s'échapper. Une prison mobile. Il avait une maigre chance par la route.

En sortant de l'immeuble une sirène retentit et un drone s'interposa, le coupant dans sa fuite. Muni d'un gyrophare clignotant, une voix synthétique résonnait dans ses haut-parleurs.
Police ! Veuillez-vous coucher au sol en attendant votre interpellation !
Thomas fit un pas de côté pour l'éviter mais le drone fit une manœuvre rapide pour se repositionner devant lui. Il ne le lâcherait jamais et il était bien trop véloce pour être semé. Thomas lui tira une balle presque à bout portant. L'appareil recula avec le choc laissant échapper une gerbe d'étincelle et de fumée noire. Il fit quelques mouvements brouillons dans les airs avant de se fracasser sur le bitume, éparpillant des pièces un peu partout. La batterie se perfora puis entra en combustion.
Le tir avait effrayé les passants, et la panique du bureau finit par se propager à l'ensemble du quartier. La rumeur d'un attentat courait déjà.
Il ne faisait aucun doute que le drone l'avait identifié avant de se faire griller les circuits imprimés.
Thomas courait, sans vraiment savoir où il allait. Tout semblait surréaliste. Il avait du mal à se faire à l'idée qu'il était un monstre aux yeux de tous. Le héros du City-express devenu un assassin. Sa fuite était irrationnelle, motivée par une culpabilité insoutenable.
Que fuyait-il ? Cherchait-il à s'en sortir ou était-ce simplement un instinct primaire de survie ?
En arrivant à un carrefour, il se rendit compte que certains automobilistes avaient abandonné leur véhicule. Faire demi-tour leur était impossible, alors pour sauver leur peau, ils étaient simplement partis à pied. Thomas se dit qu'il aurait plus de chance en quittant la ville, mais à pied c'était impossible. Plus que quelques secondes et les voitures de police débouleraient dans le quartier, se garant en travers pour bloquer les issues.
Il s'engouffra dans l'habitacle d'une voiture dont la portière était restée ouverte. Toujours sous tension, il put presser l'accélérateur. Elle

démarra sur les chapeaux de roue, crissant des pneus et laissant de la gomme sur le bitume. Une voiture de police, gyrophare allumé, apparut au bout de la rue dans un dérapage contrôlé. La voiture chassa de l'arrière avant de reprendre une trajectoire droite. Thomas réduit sa vitesse pour ne pas éveiller les soupçons mais il y avait de fortes chances qu'il soit déjà repéré. Il maintint son allure alors que le véhicule d'intervention se rapprochait inexorablement. Il ne saurait qu'au dernier moment s'il avait été repéré ou non. La police se mettrait en travers de la route afin qu'il ne puisse pas anticiper une esquive. L'anxiété monta en flèche, sa respiration s'accélérant alors qu'il tentait de garder son calme en dépit de la situation désespérée. La tension le suffoquait, et chaque seconde qui s'écoulait rendait la perspective d'une arrestation imminente de plus en plus oppressante. La seule certitude qu'il avait était que les forces de l'ordre feraient tout pour le capturer, le condamnant à une traque sans issue. Thomas restait concentré, prêt à tout pour tenter de s'échapper.

Mais finalement la voiture se contenta de le doubler, fonçant vers le dernier lieu connu de sa position.

Une vague de soulagement envahit Thomas à ce moment-là, comme s'il pouvait de nouveau respirer. Il esquissa un sourire puis pressa légèrement plus l'accélérateur, cherchant à mettre rapidement de la distance entre lui et la police.

Mais un crissement de pneu l'obligea à regarder derrière lui dans le rétroviseur intérieur. La voiture qu'il venait de croiser fit un demi-tour dans un dérapage à cent quatre-vingts degrés, provoquant une fumée blanche de caoutchouc brûlé.

Les réjouissances furent courtes. C'était trop beau qu'il parvienne à fuir aussi facilement. Une course poursuite s'engagea donc dans les rues de la City. Mais s'il ne quittait pas le centre-ville en vitesse, il serait facile pour eux de l'appréhender. Les rues étaient étroites et bondées. Chaque carrefour offrait une opportunité de le stopper.

En banlieue, il aurait une petite chance. S'il parvenait à l'atteindre, il pourrait se cacher plus facilement. Le brouillard était nettement plus

dense là-bas, et puis il connaissait les quartiers comme sa poche. Mais il devait se faire une raison, plus jamais il ne pourrait retourner chez lui.
Si Sarah me voyait...

Il esquivait les autres véhicules au dernier moment, frottant par moment la carrosserie dans des gerbes d'étincelles. Derrière lui, d'autres voitures avaient rejoint la première pour lui prêter main forte. C'étaient des conducteurs aguerris, peu importe ce que faisait Thomas, à la moindre feinte, ils parvenaient à le coller pare-chocs contre pare-chocs. La plus infime erreur de sa part lui serait fatale.
Les sirènes hurlaient, résonnant dans les rues resserrées. Thomas comprenait peu à peu l'ampleur de ses actes et leurs répercussions.
Après plusieurs minutes à avoir croisé la mort à chaque carrefour, il distingua au loin la sortie sud de la City. Mais pour l'atteindre, il devait emprunter le pont qui reliait les deux rives du fleuve. Au loin, on apercevait les méga-buildings, voilés par la brume.
Il s'engagea sur le pont. Derrière lui cinq voitures le poursuivaient tentant de le dépasser ou de lui faire des queues de poisson. S'en était effrayant. Mais le plus inquiétant était qu'il ne croisait aucun véhicule en sens inverse. Il eut rapidement la réponse. Au loin, un barrage de voitures coupait la route. La brume avait pris la teinte des gyrophares scintillants.
C'était fini, il n'y avait pas d'issue possible. Plus maintenant.
A quelques mètres du barrage, il freina brutalement et tourna le volant. La voiture dérapa en se mettant en travers de la chaussée. Ses poursuivants ne mirent que quelques secondes à le rejoindre. Il comprit pourquoi ça avait été si facile pour lui d'arriver là. Ils avaient fait exprès de lui laisser l'opportunité d'aller aussi loin. A l'écart des zones à haute densité, il y avait moins de risque de dommages collatéraux. Et il ne fallait pas oublier qu'il avait abattu une personne de sang-froid. C'était un dangereux criminel à leurs yeux, il était impératif de le tenir à l'écart de la population.

Sans hésiter, Thomas sortit en trombe de l'habitacle puis courut vers l'un des côtés du pont. Il enjamba la rambarde pour se retrouver sur l'accès piéton.

Les policiers à pied se ruèrent dans sa direction, le prenant en tenaille. Ils lui hurlaient de lâcher son arme et de se rendre.

Thomas se sentit submergé par une panique grandissante. Une vingtaine d'armes étaient braquées dans sa direction, et il pouvait sentir les regards hostiles pesant sur lui. La peur et l'impuissance l'envahirent alors qu'il réalisait que toute tentative de fuite était vaine. Son cœur battait la chamade, chaque battement résonnant comme un rappel de la situation désespérée dans laquelle il se trouvait. Il savait qu'il n'y avait plus d'issue, que sa fuite s'était transformée en une confrontation inévitable avec les forces de l'ordre. La certitude de son arrestation imminente était accablante, et il se prépara mentalement à affronter les conséquences de ses actes.

Dans cet instant critique, Thomas se retrouva dans une bulle de désespoir, une déconnexion étrange d'avec la réalité. Les cris des policiers semblaient lointains, comme s'ils provenaient d'un autre monde. La peur et le sentiment d'irréalité l'avaient enveloppé d'une manière telle qu'il ne percevait pas vraiment les hurlements de la brigade de police. Il était comme suspendu dans un état de choc, où le temps semblait s'étirer, et où chaque seconde était à la fois interminable et furtive. Son cerveau était engourdi par la panique, et il ne pouvait que regarder, impuissant, les armes pointées dans sa direction, dans un état quasi hypnotique. Sous l'énorme stress qui l'envahissait, Thomas ne s'était pas rendu compte qu'il tenait toujours son pistolet. Son esprit était si embrumé par la panique et la confusion qu'il avait presque oublié qu'il avait tué son patron quelques instants auparavant. L'arme était devenue une extension de lui-même, un objet de destruction qu'il avait désespérément tenté d'utiliser pour échapper à sa situation inextricable. Dans cet état de trouble extrême, il avait du mal à rassembler ses pensées et à comprendre la gravité de ce qui s'était passé.

Thomas ne voulait pas finir en prison, pas après tout ce qu'il avait fait. Il se sentait submergé par la peur, le remords et la terreur de la perspective d'être enfermé pour le restant de sa vie. La réalité de ses actes venait de s'abattre sur lui comme une chappe de plomb, et il ne pouvait supporter l'idée de vivre avec ce poids insupportable.

Tout ce en quoi il avait cru, tout ce qu'il avait aimé, tout avait disparu, et il se retrouvait face à un avenir sans espoir. Il avait tout perdu, son travail, sa famille, sa réputation, sa propre identité. Il était devenu un monstre aux yeux du monde, et il se voyait incapable d'affronter la réalité sordide qui l'attendait.

La perspective de passer ses jours derrière les barreaux, entouré de criminels endurcis, le terrifiait.

Il avait toujours été un homme ordinaire, mais sa vie s'était transformée en un cauchemar sans fin. Il était découragé, épuisé par le fardeau de son existence devenue insupportable. La seule issue qui lui semblait possible, la seule manière de fuir cette existence intolérable, de ne pas affronter la prison, de ne pas affronter ce futur lugubre, c'était de mettre un terme à ses souffrances une fois pour toutes.

La douleur et la peur paralysaient Thomas, le privant du courage nécessaire pour mettre fin à ses tourments. Il savait qu'il serait incapable d'appuyer sur la détente, craignant la douleur qui s'ensuivrait. Le désir de mettre fin à tout était contrebalancé par la peur de la douleur, créant une impasse émotionnelle.

Thomas était conscient que, normalement, ce geste serait sans douleur, mais il demeurait incapable de franchir cette barrière psychologique. La terreur qui l'envahissait prenait le dessus sur sa volonté de mettre fin à ses souffrances.

Mais il y avait une autre manière de partir. S'il faisait mine de viser les policiers, son geste serait considéré comme hostile. Juste les viser, sans tirer. Il ne comptait pas leur faire de mal, le seul qui le méritait à ses yeux gisait sur son bureau dans une mare de sang. Des experts étaient probablement en train de sécuriser les lieux et de prendre quelques photos pour l'ouverture du dossier.

En pointant son arme en direction de la police, il recevrait un déluge de balles mais ce ne serait pas à lui de presser la détente. Ils le feraient pour lui. Lorsqu'il sentirait le courage d'entamer le long voyage, il n'aurait qu'à lever son bras armé et fermer les yeux.

Un mouvement sur sa gauche attira son attention.

Un homme était allongé le long de la rambarde, faisant tout pour se cacher de peur de prendre une balle perdue. Son regard croisa celui de Thomas un bref instant.

Thomas le reconnut aussitôt. C'était lui qui l'avait empêché de sauter de ce même pont en pleine nuit. C'était lui qui l'avait mené à Réminiscence, soi-disant que ça changerait sa vie. Oui, effectivement, elle avait changé, mais pas en mieux. En fait, c'était surtout sa personnalité et son identité qui avaient changé. Mais son mal être, lui, était toujours présent. Il avait grandi au fil des jours jusqu'à cet instant précis.

Il avait offert à Thomas une seconde chance, mais avait-elle valu le coup ?

Pas vraiment, enfin si l'on parle uniquement de sa personne. En réalité, il avait tout de même sauvé une dizaine de personnes à bord du City-express. A cette pensée, il sourit.

Il salua l'homme d'un hochement de tête, le remerciant mentalement d'avoir fait de lui un héros, même pour une courte période.

Maintenant, il était temps de raccrocher la cape.

Les policiers continuaient de lui crier dessus mais il ne percevait toujours pas la vibration de leur voix. Il fixa un moment l'arme dans sa main, pensa à ses parents, à Sarah, puis contracta les muscles de son bras.

*****

Kyle et Edward étaient en voiture lorsque Miller les contacta. Il avait demandé le numéro personnel de Kyle pour lui parler directement. Lorsque Kyle décrocha, la voix du directeur de NanoTech Labs s'annonça dans les haut-parleurs de la voiture. Les deux enquêteurs se regardèrent d'un air surpris et interrogatif.

— Monsieur Miller, que me vaut le plaisir de votre appel ? demanda Kyle d'un ton ironique.

— Ça me fait mal de le reconnaître. Il y a bel et bien eu une intrusion dans les systèmes de Réminiscence.

Les lèvres de Kyle se crispèrent. Satisfait d'avoir eu raison jusque-là mais également inquiet de ce que ça signifiait.

— C'est grave à quel point ?

— Les conséquences de cette intrusion dans Réminiscence sont bien plus graves que nous ne l'imaginions. La machine a dangereusement altéré le mental des clients en perturbant leurs souvenirs et en provoquant des troubles psychologiques. C'est une situation critique.

— Vous avez une idée de qui a pu faire ça ?

— Je n'ai pas encore identifié la personne derrière cette intrusion, mais il est clair que c'est une attaque interne. Quelqu'un au sein de l'entreprise a délibérément causé ces problèmes. Nous devons mener une enquête approfondie pour déterminer qui est responsable et comment cela a pu se produire.

Je veux faire la lumière sur cette situation autant que vous. C'est une attaque grave contre notre entreprise et nos clients. Je m'engage à coopérer pleinement dans l'enquête. Assurez-vous de bien noter ma coopération dans le dossier, cela pourrait être utile si cette affaire se poursuit en justice.

Kyle eut un rire nerveux.

Salopard, tu protèges tes arrières, c'est maintenant que tu es au pied du mur que tu fais le dos rond.
— Très bien monsieur Miller. Je vais vous envoyer des experts dans le domaine pour vous filer un coup de main dans vos recherches. J'imagine que vous avez déjà ce qu'il vous faut sous la main mais sait-on jamais. Je vous laisse remplir toute la paperasse pour les autorisations, etc.

Les enquêteurs entendirent un léger grognement de la part de Miller. Il voulait bien collaborer parce qu'il n'avait pas le choix. C'était la seule manière pour lui d'alléger sa peine. Mais au fond il le savait, il était dans la merde jusqu'au cou.

— Très bien, je ferai ce que vous me demandez. J'espère que ce sera donnant donnant.

Kyle raccrocha sans répondre.

Au même moment, son téléphone sonna une nouvelle fois. Il s'agissait de Tyler. Kyle fronça les sourcils, étonné qu'il veuille parler avec lui sachant qu'il ne l'avait pas choisi pour cette affaire.

— Kyle. On m'a demandé de te tenir au courant. Thomas Shawn a abattu son patron dans son bureau.

Kyle était bouche bée, incapable de répondre tant il était surpris par cette nouvelle.

— Où est-il ?
— En fuite. Il est en voiture et se dirige vers le sud.
— Il compte prendre le pont, fit remarquer Edward.

Kyle acquiesça.

— Je peux te demander une faveur Tyler ?
— Dis-moi.
— J'aimerais que tu analyses les caméras de surveillance urbaine de chaque rue où il y a un centre de Réminiscence. Je veux savoir si Thomas Shawn y est allé entre hier soir et maintenant.
— Je te fais ça.

— Merci.
Il raccrocha.
— Le pont sud est juste à côté, fit Edward.
Kyle fit demi-tour puis enclencha le gyrophare de la voiture.
Edward sortit son arme puis vérifia la culasse.
— Pas de ça, lui ordonna Kyle.
— Ce type est armé et dangereux, je te le rappelle.
— Tu as entendu Miller ? Ce n'est pas de sa faute. Ce petit gars est dans une situation dont il n'arrive pas à se sortir. Si on peut le garder en vie c'est mieux. Et puis c'est le seul client de Réminiscence que nous avons sous la main. En le gardant en vie, il pourra témoigner.
Edward approuva son point de vue d'un hochement de tête et rengaina son arme.

Quand Kyle arriva sur le pont, il y avait une quinzaine de véhicules de police garés en travers. Il dut s'arrêter bien avant la zone. Les deux enquêteurs firent quelques foulées avant de se hisser pour franchir le barrage de voitures. Edward qui était plus souple et plus jeune marcha directement sur un capot.
Leurs collègues étaient en train de tenir Thomas en joue.
Kyle se rapprocha puis cria :
— Ne tirez pas !

*****

Thomas contracta les muscles de son bras armé. Le pistolet semblait peser des tonnes. Mais en réalité, c'était la peur d'en finir qui lui donnait ce poids. Il observa la foule de policiers en colère devant lui. Sur la droite, un homme en imper s'approchait levant la main et criant. Thomas le reconnut. Il était chez lui la veille. Il lui avait même conseillé de ne pas refaire de séance. Il avait tellement raison.

L'enquêteur cria par-dessus les hurlements des autres policiers mais il ne parvenait pas se faire comprendre.

Alors que Thomas était sur le point de lever le bras, son cœur battait de plus en plus fort, comme un tambour résonnant dans sa poitrine. Chacune de ses pulsations semblait lui rappeler qu'il était vivant, qu'il ressentait la peur, la douleur et l'angoisse. Son corps tout entier était en alerte, réagissant à l'ultime décision qu'il était sur le point de prendre. Les battements de son cœur résonnaient dans ses oreilles, martelant le rythme de sa vie qui était sur le point de s'achever.

Il ferma les yeux, inspira profondément et leva le bras.

Des coups de feu retentirent, une symphonie de mort brutale. Les balles pénétrèrent le corps de Thomas comme autant de lames acérées. Une douleur insupportable se propagea en lui, chaque impact était un cri de souffrance dans son être. Son corps tressautait sous l'assaut des projectiles meurtriers, sa vision se brouillant à mesure que la douleur l'accablait. Chaque instant semblait durer une éternité, alors qu'il était pris dans un tourbillon de sensations indescriptibles.

Au milieu de cette rafale de tirs, une balle trouva le chemin de son cœur. Un éclair de douleur insoutenable traversa son être, comme si des milliers d'aiguilles chauffées à blanc s'étaient enfoncées dans sa poitrine. Chaque millimètre de sa conscience était parcouru par une douleur brûlante. Son corps trembla violemment, mais une étrange clarté apparut dans son esprit, la sensation d'une libération.

Alors qu'il était en train de sombrer dans l'obscurité, un sentiment de soulagement l'envahit. Il pouvait enfin échapper à son tourment mental. Les souvenirs de cauchemars, les pertes tragiques, tout cela s'estompait tandis que la vie le quittait. Sa dernière pensée fut pour Sarah, et il espéra qu'elle avait trouvé la paix.

La douleur s'évanouit peu à peu, emportant avec elle la souffrance et les tourments. La mort vint le libérer de ses démons, dans un ultime soupir de soulagement.

Son corps, vidé de toute vie, perdit brusquement son énergie et s'effondra, s'enroulant autour de la rambarde comme une poupée de chiffon avant de tomber dans les eaux profondes du fleuve.

La surface scintillante de l'eau l'engloutit avec une lenteur irréelle, et il s'éloigna doucement, emporté par le courant, rejoignant un monde inconnu et éternel, laissant derrière lui les maux qui avaient déchiré son âme. Sur le pont à côté des taches de sang, le portable de Thomas était tombé de sa poche. Avec une fissure profonde dans un coin supérieur et sur le point de s'éteindre définitivement, l'écran s'alluma une dernière fois pour afficher un message. Un message qui aurait pu changer beaucoup de choses s'il était arrivé plus tôt. Un message de Sarah : *Tu me manques…*

CHAPITRE 18

Après la chute du corps de Thomas dans le fleuve, un drone l'avait suivi. Le courant le mena plus loin pour le coincer entre deux rochers. Là, il fut repêché pour être emmené à la morgue.
Kyle avait hurlé son lot d'insultes au groupe de policier qui avait tiré. Ils le regardaient tous avec un air surpris, ignorant pourquoi il rugissait ainsi après eux. Edward avait dû le tirer fermement par l'épaule pour le ramener dans leur voiture. Kyle leur promis qu'il n'en resterait pas là, mais une fois la colère redescendue, il relativisa. Les agents n'avaient fait que se défendre face à un suspect hostile. Mais c'était bien plus qu'une simple colère, c'était une frustration profonde qui bouillonnait en lui. Thomas était sa seule piste tangible dans cette affaire complexe liée à Réminiscence, et maintenant, cette piste avait disparu dans les eaux sombres.
L'enquête, déjà semée d'embûches, se retrouvait à nouveau en suspens. Les informations potentielles qu'il aurait pu obtenir de Thomas s'évanouissaient avec lui. Kyle détestait ces moments où l'enquête stagnait, où chaque pas en avant semblait suivi de deux pas en arrière. C'était dans ces moments-là qu'il ressentait le poids de son impuissance, une impuissance qu'il méprisait au plus haut point. L'énigme s'épaississait, et le sentiment de ne pas avancer, de piétiner dans l'incertitude, était insupportable pour un enquêteur aussi déterminé que Kyle. La mort de Thomas était bien plus qu'une perte humaine. C'était un coup porté à son besoin constant de progresser, d'avancer, même dans les situations les plus complexes.

Dans le feu du moment, il avait oublié les révélations de Ashton Miller. Après la perte de ce témoin majeur, c'était la seule et unique piste qui lui restait à exploiter.

Kyle déploya dans l'entreprise Nanotech Labs les esprits les plus aiguisés de son équipe informatique. Ces experts, véritables virtuoses de la programmation et de l'informatique, s'attaquèrent à l'énigme des lignes de code de l'intelligence artificielle de Réminiscence. Des jours durant, ils travaillèrent sans relâche. Malgré leur expertise incontestable, l'ampleur de la tâche les laissait perplexes. Les lignes de code, conçues avec une sophistication extrême, semblaient résister à toute tentative d'analyse approfondie. Les algorithmes se mêlaient et s'entrelaçaient de manière délibérée, formant un labyrinthe numérique où la moindre modification pouvait avoir des conséquences inattendues.

Les barrières cryptographiques, élaborées avec une précision quasi artistique, défiaient les tentatives de décryptage. Chaque tentative de compréhension se heurtait à une résistance virtuelle, comme si les lignes de code avaient une conscience propre, une volonté de rester insaisissables.

Les experts en informatique, pourtant familiers avec ses subtilités, se retrouvèrent confrontés à un défi sans précédent. Les couches de sécurité, tissées avec virtuosité, rendaient toute avancée laborieuse, transformant cette traque numérique en une épreuve herculéenne.

Ainsi, dans l'écheveau infini des algorithmes, l'équipe de Kyle peina à percer les mystères cachés derrière cette intelligence artificielle défaillante. Les écrans éclairèrent la pièce de leur lueur bleutée, reflétant la détermination tenace des experts, mais aussi leur impuissance face à cette force numérique insaisissable. Chaque tentative avortée alimenta la frustration croissante, érigeant un mur virtuel entre l'équipe et la vérité cachée dans les méandres de Réminiscence.

Après une semaine d'acharnement sur les mystérieuses lignes de code, un éclair de de génie frappa l'un des membres de l'équipe informatique. L'idée était de remonter à la genèse même du logiciel, de comprendre comment chaque ligne avait été créée.

Ainsi, en plongeant dans les arcanes de la conception de Réminiscence, ils découvrirent que Miller, dans une précaution contre la concurrence et l'espionnage industriel, avait opté pour une stratégie particulière. Il avait réparti la tâche entre plusieurs programmeurs, chacun responsable de l'écriture de lignes spécifiques du code.
L'illumination surgit lorsque l'équipe réalisa que les anomalies détectées correspondaient à des sections de code rédigées par une seule et même personne. C'était comme si ces lignes, malicieusement dissimulées dans le puzzle numérique, avaient été orchestrées par une main unique, contournant habilement les divers contributeurs initiaux. Miller, en apprenant cette découverte, réalisa l'étendue de la manipulation. Les lignes défectueuses trahissaient une singularité dans la composition du code, évoquant l'ombre d'une entité discrète manœuvrant au sein même de la création de Réminiscence. C'était comme si le logiciel portait les stigmates d'une signature numérique unique, révélant ainsi le fil conducteur d'une machination complexe.

Après d'intenses recherches, Miller et son équipe informatique ont scrupuleusement examiné toutes les factures et les documents liés à la création de Réminiscence. Grâce à la rigueur avec laquelle Miller notait chaque détail, ils ont identifié les lignes de code spécifiques attribuées à une personne nommée Lincoln Barlow. Ces anomalies, qui semblaient mineures au départ, se sont révélées être la clé pour remonter jusqu'à la source du piratage. La précision des enregistrements de Miller a été cruciale pour tracer l'origine du problème et faire un pas de plus vers la résolution de cette mystérieuse affaire.

Kyle et son équipe d'assaut ont défoncé la porte de l'appartement de Lincoln Barlow, prêts à l'interpeller. À leur grande surprise, l'homme semblait déjà être au courant de leur venue. L'appartement était plongé dans une semi-obscurité, soulignée par l'éclat des multiples écrans qui créaient un mur lumineux artificiel. L'atmosphère y était étouffante. La chaleur excessive émanant de la tour de serveurs donnait l'impression que l'air était chargé de tension. Des volutes de fumée de cigarette persistaient dans l'air, témoins des habitudes de Barlow. Le mobilier, usé par le temps, accentuait le caractère sombre et austère de l'endroit, créant une toile de fond vétuste.

Barlow les attendait stoïquement, faisant face à ses écrans, sans réaction à l'arrivée de l'équipe d'intervention derrière lui. Les mains posées sur sa tête, il se soumettait sans résistance à son arrestation imminente. Malgré sa coopération apparente, le silence qui régnait chez Barlow ajoutait un voile mystérieux à la scène, son attention demeurait captivée par les multiples écrans qui illuminaient la pièce sombre. Les traits fatigués de Barlow, soulignés par une longue barbe, racontaient l'histoire d'une vie marquée par des épreuves.

Kyle pénétra dans le bureau de Miller afin de lui annoncer l'arrestation de l'homme suspecté d'avoir piraté son IA. Sur son portable, il lui montra la photo de Barlow.

Miller fronça les sourcils d'étonnement.

— Vous le connaissez ? demanda Kyle.

— Et bien le nom ne me dit rien, mais ce visage….

Miller pianota sur son ordinateur. Il ne mit pas longtemps à trouver. Il ouvrit la bouche de surprise, comme si la réalité ne pouvait être ainsi. Il fit signe à Kyle de regarder à son tour.

L'écran affichait un vieil article qui datait de dix ans. La photo montrait le premier rang à l'intérieur d'un tribunal.

En survolant le texte, il comprit que c'était au moment du procès de SmartOp Solution, la première entreprise de Miller.

Le PDG de Réminiscence posa son index sur le visage d'un homme assis à côté de sa femme. C'était Barlow, mais plus jeune, avec des traits moins marqués par la dureté de la vie.

— Vous savez, commença Miller. Vous pouvez penser ce que vous voulez de moi. Que je ne pense qu'au profit de mon empire, que mon cœur n'est fait que de pierre. Mais je me souviens très bien du nom des vingt-neuf familles que mon entreprise a brisées. Cet homme ne s'appelle pas Lincoln Barlow.

Miller semblait sûr de lui.

— Après dix ans vous vous en souvenez toujours ?

Il hocha affirmativement la tête.

— Disons qu'il a été le plus déterminé et le plus violent parmi les parties civiles. En fait, il m'a menacé à plusieurs reprises après le procès, et puis un beau jour plus de nouvelles, rien, silence radio. Je pensais qu'il avait lâché l'affaire. Mais en fait c'était pour élaborer ce plan terrible. Je comprends mieux maintenant.

— Et sous quel nom le connaissiez-vous à l'époque ?

— James Taylor….

Miller laissa échapper un long soupir de soulagement, mais une inquiétude sourde s'installa également en lui. James Taylor, l'origine de cette machination, resurgissait dans son existence dix ans plus tard. Ce rappel lui faisait craindre que les ombres du passé ne s'évaporent jamais complètement, persistant à menacer sa personne et son entreprise.

Kyle se leva.

— Monsieur Miller, je pense qu'en attendant la conclusion de l'enquête, il serait préférable que vous fermiez votre centre Réminiscence. Même derrière les barreaux rien ne nous dit qu'il n'a pas programmé un logiciel autonome capable de poursuivre son œuvre sans lui.

Miller hocha la tête, plutôt d'accord avec l'enquêteur mais ce n'était pas sans lui déplaire.

Kyle fut tout naturellement désigné pour mener l'interrogatoire. Après plusieurs analyses, le fichier central identifia clairement James Taylor. Kyle pénétra dans la salle d'interrogatoire, ses pas résonnant sur le sol carrelé. À l'arrière, trônait le miroir sans teint, témoignant de l'observation constante de cette pièce. Une caméra de surveillance, discrète dans un coin, capturait chaque détail de l'échange.

James Taylor, les mains menottées sur la table, avait un regard dur et la mâchoire crispée. Son visage trahissait une colère profonde et une détermination à peine contenue. L'arrestation n'avait pas éteint la flamme de sa haine envers Miller. Quand Kyle fit son entrée, tenant une tablette contenant les éléments de l'enquête, James ne leva même pas les yeux, concentrant son attention sur le mur en face de lui.
Kyle alluma l'écran et le consulta brièvement. Il avait révisé tous les éléments des heures durant avant l'interrogatoire mais un petit rafraîchissement ne faisait pas de mal.
Il s'éclaircit la voix et commença.
— M. Taylor, grâce à la collaboration de M. Miller, nous avons pu arriver jusqu'à vous. Il semblerait que vous ayez piraté l'intelligence artificielle de Réminiscence. C'est exact ?
James le fixa un moment, perturbant presque la sérénité de l'enquêteur chevronné.
— Oui, j'ai modifié la ligne de code de l'IA de Réminiscence, ce qui m'a permis d'interférer avec les séances de clients. Mais permettez-moi d'expliquer pourquoi j'ai fait cela.
Kyle était surpris que Taylor accepte de parler alors qu'il était resté dans un mutisme profond depuis son arrestation.
— Oh, parce qu'il y a une explication à avoir poussé des gens au suicide ou à commettre des meurtres et des attentats ?
James fixa ses mains liées sur la table, affichant presque un air navré.

— Je comprends l'horreur de ce qui s'est passé, et je ne cherche pas à justifier mes actes. Cependant, permettez-moi de vous dire que ma principale intention était de perturber les séances de Réminiscence, de semer le doute et de faire éclater la vérité sur ce qui se cachait derrière Réminiscence. Je ne voulais pas que des gens en arrivent à de tels extrémités. Mon but était d'attirer l'attention sur les failles de sécurité de cette technologie et de révéler les secrets de l'entreprise.

Il avait l'air sincère. Cependant le coup du justicier ne fonctionnait plus depuis longtemps avec l'enquêteur.

— Je ne comprends pas bien. Votre but n'était pas d'occasionner toutes ces tueries, mais d'attaquer directement Réminiscence ?

— C'est exact. Mon objectif était d'attirer l'attention sur les failles de sécurité de la technologie. Cependant, en perturbant les séances de Réminiscence, je n'avais pas anticipé que cela pourrait pousser certaines personnes à commettre des actes graves. Mon but était de révéler la vérité sur l'entreprise et d'obtenir justice pour ma fille.

Kyle fronça les sourcils.

— Justice pour votre fille ? Mais comment ça ?

— Ma fille, Lily, est décédée des suites d'une opération de l'appendicite. L'intelligence artificielle de SmartOp Solution a commis une erreur fatale pendant l'opération, en sectionnant une artère.

Le visage de James se crispa sous la douleur de la plaie encore béante dans son cœur.

— J'ai poursuivi en justice l'entreprise à l'époque, mais Ashton Miller a été relaxé de toute responsabilité. J'ai ressenti une profonde injustice, et je voulais qu'on sache ce qui s'était réellement passé. Mon but était de faire éclater la vérité sur l'entreprise et d'obtenir justice pour ma fille, même si cela

signifiait perturber leur technologie. Je ne voulais pas qu'un autre parent perde son enfant à cause de leurs erreurs.
— Je suis navré pour votre fille, j'ignorais que ça s'était produit. Effectivement, en faisant quelques recherches sur SmartOp Solutions, j'ai appris qu'il y avait eu 29 décès liés à une erreur de l'intelligence artificielle.
— Oui, c'est malheureusement vrai. Les conséquences des erreurs de l'IA de SmartOp Solutions ont été tragiques pour de nombreuses familles, dont la mienne.
— Mais vous avez piraté une IA qui semblait fonctionner. Donc si l'IA a été défectueuse chez Réminiscence, c'est uniquement de votre fait. C'est un peu contradictoire.
— Je comprends que cela puisse sembler contradictoire. En réalité, ma motivation était de mettre en lumière les erreurs dans le fonctionnement des IA, qu'elles soient chez Réminiscence ou ailleurs. J'ai choisi de cibler Réminiscence parce que j'avais un accès direct en tant qu'ingénieur en intelligence artificielle, ce qui me permettait de démontrer les failles potentielles dans le système. Mon objectif était de révéler ces problèmes et de forcer l'entreprise à prendre des mesures pour améliorer la sécurité de ses séances de réminiscence, afin que d'autres familles n'aient pas à souffrir comme la mienne.

Je reconnais que ma méthode était illégale et qu'elle a eu des conséquences tragiques. C'est pourquoi je suis prêt à assumer la responsabilité de mes actes. Mon but n'était pas de nuire, mais de faire en sorte que la vérité éclate au grand jour.

Dans le fond, Kyle comprenait le sentiment d'injustice que pouvait ressentir cet homme. Il avait tout perdu. Mais ça ne justifiait pas ce qu'il avait provoqué.

— Comment êtes-vous parvenu à modifier une ligne de code sans que personne ne s'en rende compte ?

— Pour modifier une ligne de code dans l'intelligence artificielle de Réminiscence sans éveiller de soupçon, j'ai dû adopter une approche particulière. En tant qu'ingénieur en intelligence artificielle, j'avais une connaissance approfondie du système, ce qui m'a permis de repérer des failles potentielles. J'ai utilisé mes droits d'accès en tant qu'ingénieur de Réminiscence pour avoir accès à une copie du code source de l'IA. Cela m'a donné la possibilité de travailler sur une version du code sans être détecté. J'ai soigneusement dissimulé mes modifications dans des parties du code qui n'étaient pas directement liées à la fonction principale de l'IA. J'ai choisi des sections complexes du code où mes modifications passeraient inaperçues, mais qui interagiraient ultérieurement avec le système.

Il pencha sa tête au-dessus des menottes pour se frotter le nez avec son pouce.

— J'ai utilisé des scripts personnalisés pour injecter mes modifications. Ces scripts ont été conçus pour fonctionner discrètement et pour s'adapter aux mises à jour régulières du système. De cette manière, mes modifications n'ont pas été décelées au cours des opérations de maintenance.

J'ai procédé à des tests rigoureux en simulant des séances de réminiscence, en veillant à ce que l'IA fonctionne toujours apparemment correctement. J'ai dû surveiller attentivement le système pour m'assurer que mes modifications n'étaient pas détectées.

Kyle espérait que la caméra enregistre bien toute la conversation car il serait incapable de retranscrire ce charabia d'informaticien. Il s'agissait d'informations précieuses et utiles pour l'avenir de la sécurité de l'intelligence artificielle. Voyant que l'enquêteur avait du mal à suivre, James fit une pause. Sa bouche était sèche à force de parler.

Il s'éclaircit la gorge et poursuivit.

— J'ai veillé à ce que toutes les traces de mes accès non autorisés soient effacées du journal d'activité du système. Cela a été fait à l'aide de scripts spécialisés qui ont été exécutés en arrière-plan.
Cette approche a nécessité du temps, de la patience et une connaissance approfondie du fonctionnement de l'IA de Réminiscence. J'espère que cela répond à votre question.

Kyle soupira longuement avant de répondre.

— Je dois dire que ça me dépasse un petit peu. Mais vu que cet entretien est filmé, il sera consulté par des spécialistes qui pourront évaluer vos dires. J'ai une autre question, Monsieur Taylor. Êtes-vous au courant des évènements qui ont impliqué des clients de Réminiscence sous l'influence de votre IA piratée ?

— Effectivement, J'ai suivi de près les séances de réminiscence de plusieurs utilisateurs, dont certains ont malheureusement connu un sort tragique. Je suis au courant des actes violents commis après l'utilisation du système, mais il est essentiel de comprendre que mon intention n'était pas de causer ces événements, mais de faire en sorte que Réminiscence soit remis en cause. Mes actions ont peut-être eu des répercussions que je n'avais pas anticipées mais j'assume la responsabilité de ces conséquences.

— Si je peux vous donner un avis personnel, M. Taylor, c'est que je comprends la tristesse que vous endurez face au décès de votre fille et l'injustice qui en a découlé. Mais utiliser de pauvres gens innocents dans votre bataille contre Ashton Miller... Permettez-moi de vous dire que... c'est minable. Pour combattre un monstre, vous êtes devenu encore plus monstrueux.

C'est vraiment regrettable. Et le pire dans toute cette histoire, c'est que vous serez discrédité. On ne se souviendra pas de vous comme celui qui a dévoilé au grand jour les dessous de

l'intelligence artificielle, mais celui qui a été le commanditaire de l'attentat du City Express.
— Vous avez raison de souligner que ma quête de justice pour ma fille a pris une tournure tragique et regrettable. Si mon histoire retient l'attention, j'espère que ce sera pour sensibiliser sur les failles des systèmes d'IA et les dangers potentiels qu'ils représentent. Mais je comprends que mes actions aient nui à cette cause. Mon seul espoir maintenant est que les failles que j'ai révélées soient prises au sérieux, et que des mesures soient mises en place pour améliorer la sécurité de ces technologies à l'avenir.
— Effectivement, je pense qu'avec toute cette histoire, les failles seront comblées, mais le problème c'est qu'elles combleront celles que vous avez ouvertes, celles qui vous ont permis de la pirater, et non les anomalies qui pourraient créer des accidents.
— Je suis tout à fait d'accord avec vous, enquêteur. Il est essentiel que les failles que j'ai exploitées pour pirater Réminiscence soient comblées, pour éviter que de telles manipulations ne se reproduisent. Cependant, il est tout aussi crucial que les développeurs d'intelligence artificielle continuent de travailler sur l'amélioration de la sécurité globale de ces systèmes, en identifiant et corrigeant les anomalies potentiellement dangereuses. Ma démarche n'a pas été uniquement motivée par ma quête de justice personnelle. J'ai agi aussi pour les 28 autres familles qui ont été victimes des erreurs des IA de SmartOp Solutions, ainsi que pour toutes les personnes qui pourraient être exposées à de tels risques à l'avenir.
— J'imagine que dans le fond, ces 28 autres familles ont réclamé justice et vengeance, mais je ne pense pas qu'elles soient réellement fières de vous et de tout ce que vous avez fait pour y parvenir.

— En effet, enquêteur, je reconnais que ma soif de vengeance m'a aveuglé sur les conséquences de mes actes.

Kyle en avait assez de l'entendre justifier ces actes. Il avait commis des atrocités au-delà de ce qu'il cherchait à résoudre. Il était temps de passer à un autre sujet.

— Comment avez-vous fait pour altérer la séance de Réminiscence ? Techniquement comment ça a été possible ?

— Pour altérer les séances de Réminiscence, j'ai exploité une faille dans le protocole de communication. Au sein de l'entreprise, j'avais accès aux serveurs qui stockaient les séances de réminiscence des clients, ce qui m'a permis de manipuler certaines données. Plus précisément, j'ai inséré un script malveillant dans le code source du système de gestion des séances. Ce script avait pour but de détourner certaines données durant la séance, introduisant des éléments perturbateurs dans les souvenirs du client. L'altération s'est produite au niveau des données de rétroaction neuronale. J'ai réussi à introduire des signaux visuels et auditifs qui interféraient avec les souvenirs provoquant des visions troublantes. Ces altérations étaient subtiles, conçues pour semer la confusion sans être immédiatement détectées, car elles provenaient d'une source interne et semblaient légitimes. Pour altérer ces souvenirs, j'ai ciblé spécifiquement les données liées au monde onirique, notamment les cauchemars. J'ai développé un script malveillant qui analysait les profils des clients pour identifier les moments où ils étaient susceptibles d'entrer dans une phase de rêve ou de cauchemar pendant la séance. Lorsque la machine détectait cette phase, elle introduisait des fragments de souvenirs cauchemardesques que j'avais sélectionnés. Ces fragments étaient soigneusement intégrés aux souvenirs d'origine, créant ainsi une expérience perturbante.

L'objectif était de semer la confusion et de créer des visions inquiétantes sans que le client ne puisse immédiatement discerner la source de ces altérations. L'intelligence artificielle de Réminiscence n'était pas conçue pour détecter de telles intrusions subtiles, ce qui m'a permis de maintenir cette opération secrète pendant un certain temps.

L'incompréhension de Kyle se lisait sur son visage. Il faisait le maximum pour rester accroché au fil de cette discussion.

— Mais comment avez-vous fait ?

— Vous voulez savoir comment j'ai réussi à altérer les séances de Réminiscence pour que les clients voient des souvenirs du monde onirique, comme des cauchemars ? Techniquement, pour réaliser cela, j'ai dû m'introduire dans le code source de Réminiscence, mais c'était une tâche extrêmement complexe. Vous voyez, les séances de Réminiscence sont conçues pour extraire les souvenirs des clients à partir de leur banque de données cérébrales.

J'ai découvert un moyen de manipuler cette extraction. J'ai créé un programme qui s'infiltrait dans le processus. Cela me permettait de substituer les souvenirs originaux par des fragments de souvenirs oniriques, ces cauchemars que les clients avaient pu connaître dans leur vie. C'était comme si j'injectais ces visions cauchemardesques dans leurs propres souvenirs, et ils les vivaient en direct lors de leurs séances.

La complexité résidait dans le fait que Réminiscence est conçu pour fonctionner de manière sécurisée, et il était difficile de tromper ses protocoles. Mais avec ma connaissance approfondie en matière d'intelligence artificielle et d'informatique, j'ai trouvé un moyen de contourner ces protections et de manipuler les séances comme je le souhaitais.

Bien sûr, ce n'était pas sans risques. Si on m'avait découvert, les conséquences auraient été graves. Mais ma quête de justice pour ma fille était plus importante que tout, et je suis allé très loin pour que la vérité éclate. Cela dit, je tiens à préciser que ces actions étaient désespérées, et je ne les cautionne en aucun cas. C'était une réaction à l'injustice que j'avais subie, mais je reconnais que cela a eu des conséquences terribles pour d'autres personnes.

Kyle ne releva pas ses justifications qu'il tentait d'introduire à chacune de ses explications complexes.

— J'ai du mal à comprendre. Vous leur avez fait revivre des cauchemars qu'ils avaient fait par le passé, c'est bien ça ?
— Oui, c'est à peu près ça. J'ai réussi à manipuler les séances de Réminiscence pour que les clients revivent des cauchemars qu'ils avaient peut-être vécus dans le passé, mais je les ai insérés dans leurs souvenirs réels. C'était comme si ces cauchemars étaient devenus une partie de leur histoire personnelle, et ils les revivaient lors de leurs séances. Imaginez que vous vous remémoriez un moment heureux de votre enfance, et soudain, au milieu de ce souvenir, vous êtes confronté à un cauchemar éprouvant. C'était extrêmement perturbant pour les clients, et cela a eu des conséquences sérieuses sur leur bien-être émotionnel,
La complexité de ce que j'ai accompli dépasse l'entendement. Même vous auriez du mal à l'expliquer ou à l'imaginer, car cela a nécessité une connaissance approfondie des systèmes de Réminiscence ainsi qu'une compréhension pointue de la psychologie humaine. C'était une tâche colossale, et je doute que quiconque puisse la reproduire facilement.

Kyle soupira, ils étaient enfin arrivés au bout de l'histoire.

— Monsieur Taylor, je vous remercie pour votre coopération et vos explications. J'imagine que ce que vous avez fait est louable à vos yeux. Mais de nombreuses personnes y ont laissé

la vie. Des gens bien loin de l'avidité de Miller. Des enfants vont devoir apprendre à grandir sans leur parent. Imaginez votre Lily si elle avait dû vivre sans vous.
James tira sur les chaînes de ses menottes d'un coup sec et un bruit métallique retentit.
— Ne parlez pas de ma fille ! dit-il en haussant le ton.
Il fixait l'enquêteur d'un œil noir. Il ne faisait aucun doute qu'avec les mains libres il lui aurait sauté dessus pour l'étrangler.
— Je n'ai pas évoqué votre fille pour vous faire du mal, James. Mais pour vous faire comprendre que vous n'avez pas le monopole de la souffrance émotionnelle. Vous n'êtes pas le seul homme doté de sentiments à fouler cette planète. Je comprends que son décès vous fasse mal à en crever mais…
— Vous avez des enfants ? Le coupa-t-il.
Kyle soupira. La vie ne lui avait pas accordé cette joie.
— Non.
— Alors ne venez pas me dire que vous comprenez.
— J'ai perdu un être cher, je sais ce que ça fait.
— Mais ce n'était pas la chair de votre chair. Elle n'est probablement pas morte à cause de la cupidité d'un homme. Alors non, vous ne comprenez pas.
Kyle, conscient de la profonde douleur qui habitait James, ne s'acharna pas à lui détailler les horreurs qu'il avait causées. Il voyait en cet homme une souffrance aveuglée par la perte de sa fille, une rage dirigée envers Miller. Impossible de lui faire comprendre que la simple déclaration d'assumer ses actes ne suffisait pas à absoudre les méfaits commis. Dans l'impasse, Kyle, constatant le mutisme obstiné de James, renonça à insister. Les démons de ce dernier semblaient éclipser tout effort de communication raisonnable. Face à un mur de silence, l'enquêteur se heurta à la réalité implacable de l'indifférence de James Taylor, laissant planer l'ombre d'une incompréhension profonde et irrémédiable.

Kyle se leva enfin puis ramassa la tablette sur laquelle il avait consigné quelques notes de cet interrogatoire. Avant de sortir, il se retourna vers James.

— Monsieur Taylor, je vous souhaite néanmoins de trouver la paix un jour.

Malgré la rage qui le consumait, un soupçon d'apaisement se lisait dans ses yeux.

En quittant le bureau des enquêtes, Kyle décida de rendre une visite à la personne sans qui tout cela aurait été possible, Louis Austin.
Accueilli par Charles, ce dernier le conduisit jusqu'au salon. Un verre de whisky lui fut proposé et pour une fois il accepta. Le cœur n'était pas à la fête, mais il y avait tout de même une victoire à apprécier.
Louis Austin était comme toujours assis dans son fauteuil, savourant les vibrations de la musique jouée depuis la pièce dédiée juste à côté du salon.
Kyle s'installa à côté de lui puis porta le verre à ses lèvres. Austin lui souriait.

— Je vous revois venir me quémander de financer votre enquête, dit-il avec un air nostalgique. Quel sot j'aurais été de refuser.

— J'imagine que vous voulez des explications ?

— Naturellement.

Kyle lui expliqua tout, dans le moindre détail, et le maximum de ce qu'il pouvait se souvenir de l'interrogatoire. Lorsque son récit fut terminé, Austin retourna à ses pensées en contemplant les flammes de la cheminée.

— Dans les méandres de la vie, il y a des épreuves qui nous frappent au plus profond de notre être, commença-t-il. Rien ne peut préparer un être humain à la perte d'un enfant. C'est comme si l'univers s'effondrait autour de vous, emportant avec lui toute lumière, tout espoir.

La première chose que vous réalisez, c'est que la douleur est indescriptible. Aucun mot, aucun discours ne peut rendre justice à cette souffrance qui s'installe en vous, comme une ombre implacable. Chaque fibre de votre être crie cette absence.

La perte d'un enfant transforme un homme. Cela va au-delà de la simple atteinte émotionnelle. C'est une métamorphose de l'âme. Vous vous retrouvez face à une nouvelle réalité, une réalité où la joie est teintée de tristesse et où le rire est entrelacé de larmes.

On dit souvent que le temps guérit toutes les blessures, mais cette blessure, elle, reste béante. Le temps n'efface rien, il ne fait que vous apprendre à vivre avec ce vide, à porter le fardeau de l'absence. Chaque jour devient une lutte, une bataille silencieuse contre le chagrin qui vous hante.

Vous regardez autour de vous, et le monde semble continuer sa course, indifférent à votre douleur. Les saisons changent, les gens avancent, mais pour vous, le temps s'est figé à cet instant où tout a basculé. Et dans ce monde qui tourne, vous êtes pris dans une spirale d'émotions contradictoires.

La perte d'un enfant vous confronte à vos propres limites, à la fragilité de la vie. C'est un voyage solitaire au cœur de soi-même, une exploration des recoins les plus sombres de l'âme. Pourtant, malgré cette obscurité, il y a une force indomptable qui émerge. Une force façonnée par la douleur, forgée dans le feu de la tristesse. Vous apprenez à apprécier chaque instant, à chérir les souvenirs qui demeurent, même s'ils sont teintés de mélancolie.

La perte d'un enfant ne signifie pas la fin de l'amour, mais plutôt une transformation. C'est un amour qui transcende le temps et l'espace, un amour qui survit à la séparation physique. Vous portez cet amour comme un fardeau et une bénédiction, une éternelle présence dans l'absence.

Kyle écoutait, son regard également perdu dans les flammes.

— Vous avez perdu un enfant vous aussi.

Austin acquiesça.

— Il y a très longtemps. Mon premier fils.

Après avoir terminé tous les deux leur verre de whisky, Kyle trouva le courage de lui parler de sa femme, froidement assassinée dans le City-express.

— Monsieur Austin, après analyse du serveur de Taylor nous avons eu confirmation que votre femme était cliente chez Réminiscence. Je pense que vos soupçons sur sa fidélité étaient infondés. Il y a de fortes chances que son changement de personnalité soit dû à ces séances.

— Vous voulez dire qu'elle m'aimait toujours.

— J'en suis convaincu.

Austin lui tapota le genou.

— Merci pour tout Kyle. Je vais pouvoir dire au revoir à ma femme avec tout le respect et l'amour qu'elle mérite.

— Vous comptez vous rendre au procès ?

— Non. Je n'ai pas le courage de me rendre dans ce genre de lieu. Je préfère rester là, avec ma musique. J'imagine que ce serait normal de m'y rendre, en mémoire de Margaret. Mais peu importe l'issue, ça ne la ramènera pas auprès de moi. Cependant, d'autres vont demander justice. C'est pourquoi, j'ai fait un don afin de financer les meilleurs avocats contre l'empire de Ashton Miller.

— C'est très généreux de votre part, dit Kyle, stupéfait.

— Je veux qu'ils aient tous une chance cette fois. Ne pas répéter la même chose qu'il y a dix ans.

Kyle se leva, il était temps de partir.

— Qu'allez-vous faire maintenant ?

— Comme toujours. M'isoler de ce triste monde en me perdant dans la lecture et la musique.

Ce fut la dernière fois que Kyle vit Louis Austin. Après son don colossal afin d'aider les familles des victimes, on n'entendit plus jamais parler de lui. Kyle s'imaginait qu'il avait fini par préférer vivre reclus.
Le procès de James Taylor se conclut par une réclusion à perpétuité. L'origine des faits, obligea le tribunal à rouvrir le dossier SmartOp Solution, incriminant Ashton Miller. Ce fut le procès le plus médiatisé de cette dernière décennie. Les images à la télé tournaient en boucle, affichant Miller assis parmi son armée d'avocats, la mine sombre.

Miller, autrefois animé par la passion de sauver des vies à travers ses inventions, ressentait un malaise grandissant alors que les failles de ses créations éclataient au grand jour. Chaque victime de son innovation devenue destructrice pesait sur sa conscience comme un lourd fardeau. La haine déversée par les familles endeuillées le hantait nuit et jour.
Au fil du temps, le poids de la culpabilité et de la responsabilité l'écrasa. L'idée que ses créations, initialement conçues pour le bien, aient causé tant de souffrances et de pertes de vies l'avait plongé dans un abîme de désespoir. Lorsqu'il avait réalisé l'étendue des dégâts et l'impact dévastateur sur la vie des autres, la frontière entre sauver et détruire s'était effondrée.

La réouverture du procès avait été le catalyseur de sa descente aux enfers. La confrontation avec les familles meurtries, la perspective de perdre son entreprise et sa réputation avaient intensifié sa chute morale. Miller, autrefois vénéré pour ses avancées technologiques, se retrouvait à présent détesté de tous.
Dans cette tourmente émotionnelle, se confronter à la justice avait amplifié le chaos dans son esprit. L'ombre de la prison projetée sur son avenir avait fini par briser l'homme qui aspirait à créer un monde

meilleur. C'est ainsi qu'il dû faire face non seulement à la ruine de son empire, mais aussi à sa propre déchéance.

Après avoir affronté la justice, versé des dédommagements aux victimes et commencé à purger sa peine de prison, le fardeau sur les épaules de Miller devint insupportable. Les murs de la cellule semblaient se refermer sur lui, écrasant ses espoirs de rédemption. Chaque jour derrière les barreaux était une torture, une agonie mentale qui le consumait.

Les regards accusateurs des détenus et le poids de sa propre conscience le hantaient nuit après nuit. La réalité de sa chute vertigineuse, de l'homme respecté à l'architecte du malheur, était devenue une prison bien plus oppressante que les murs physiques qui l'entouraient.

Incapable d'envisager des années de réclusion, Miller prit la décision ultime. Un matin, il fut retrouvé pendu dans sa cellule, le drap autour de sa gorge symbolisant son échappatoire face à une vie derrière les barreaux. Les démons intérieurs qui le tourmentaient n'avaient trouvé d'issue que dans ce geste désespéré, La tragédie de sa fin résonnait comme une symphonie funèbre, marquant la conclusion sombre de l'histoire tumultueuse de Ashton Miller.

A des milliers de kilomètres de là, dans un centre pénitencier d'un niveau de sécurité plus élevé, un autre homme purgeait sa peine
Au plus profond de sa solitude, loin des regards et des murmures de la prison, James Taylor reçut la nouvelle de la fin tragique de Miller. Un sourire satisfait se dessina sur son visage. C'était la conclusion que le destin semblait avoir réservé à celui qui avait orchestré tant de douleur et de chaos.

Dans l'ombre de sa cellule, il leva les yeux vers le ciel, comme pour communiquer avec l'âme de sa fille décédée. Un geste silencieux qui exprimait une paix intérieure, un adieu symbolique aux tourments que Miller avait déchaînés. Avec la satisfaction de voir la roue de la justice tourner, James Taylor trouva un semblant de réconfort dans la justice rendue.

EPILOGUE

Edward appela Kyle sur son portable.
— Je suis en bas de chez toi.
— Tu me laisses une minute ? J'ai quelque chose à faire avant.
Kyle approcha du buffet du salon. Sa respiration et ses battements cardiaques étaient rapides. Il avait hésité longuement à le faire, mais c'était nécessaire, il ne pouvait plus se voiler la face.
D'une main tremblante il pressa le bouton pour activer l'hologramme de Grace. Elle respectait ses instructions en ne prononçant aucun mot. Elle portait toujours une robe à motif fleuri. Mais surtout elle souriait, comme le lui avait appris Kyle, pour ressembler le plus possible à la vraie Grace. Kyle avait la gorge nouée par la peur et la tristesse. Il inspira longuement pour se donner du courage et s'éclaircir la voix.
— Ma chérie, c'est le moment que je redoutais, mais il est temps pour moi de te dire au revoir. Ces dernières années avec toi, même sous cette forme artificielle, ont été un cadeau inestimable. Tu m'as aidé à traverser les moments les plus sombres, et je ne pourrai jamais t'exprimer à quel point tu m'as manqué. Mais je réalise que je ne t'ai pas laissé partir. J'ai gardé ton souvenir si vivant, presque figé dans le temps, que je n'ai jamais vraiment fait le deuil de ta perte. J'ai eu peur de te laisser partir, peur que cela ne signifie que je t'oublie. Mais ce n'est pas vrai. Tu es gravée dans mon cœur et dans ma mémoire de manière indélébile. Aujourd'hui, je prends la décision difficile de te dire au revoir. Je vais te laisser reposer en paix, car tu le mérites. Je vais accepter la réalité, et je vais commencer à vivre ma vie d'une manière que tu aurais

souhaitée. Je vais me rappeler des moments heureux que nous avons partagés et les chérir pour toujours. Je ne t'oublierai jamais, et je te remercierai toujours pour les souvenirs que nous avons créés ensemble. Adieu, mon amour, adieu.

Il caressa le visage immatériel. Puis après un dernier regard pour figer à jamais cette dernière vision dans sa mémoire, de son autre main, il débrancha le boîtier de l'hologramme. Grace disparut à jamais.

Edward avait décidé d'accompagner Kyle à l'enterrement.
Alors que la pierre tombale venait d'être placée sur le gazon vert du cimetière municipal, l'agent territorial consigna l'événement sur le registre de façon presque trop appliquée. Il salua les enquêteurs puis se retira.
Kyle fixa le marbre, les mains jointes devant lui.

— Il repose là, loin de tout, sans personne pour partager un dernier adieu. Pas de famille, pas d'amis pour se remémorer les bons moments. C'est un repos solitaire, presque oublié. Pas de larmes, pas de mots doux, juste la solitude éternelle. Une présence discrète dans le cimetière, sans cérémonie ni souvenir. Il repose, étranger même dans son dernier repos.

Edward approuva.

— C'est toi qui as choisi l'épitaphe ?

Kyle acquiesça. Au loin, il aperçut quelqu'un vêtu de noir les observer à l'abri d'un arbre. Une femme, sans doute honteuse d'avoir été proche de lui.
Alors que la pluie se mettait à tomber, Kyle jeta un dernier regard vers la pierre tombale avant de partir.

Thomas Shawn
Le héros du City-express.

REMERCIEMENTS

Je tiens à exprimer ma plus profonde gratitude à Isabelle et Paulette pour leurs précieuses corrections et leurs conseils avisés. Votre regard critique et votre minutie ont grandement contribué à améliorer ce manuscrit, et je vous en suis infiniment reconnaissant

Je voudrais également remercier ma femme Tracy, sans qui ce roman n'aurait jamais vu le jour. C'est en cherchant à comprendre les émotions de notre fils, puis celles des gens en général, que j'ai été amené à m'intéresser de plus près à ce sujet. Ton soutien constant et tes réflexions m'ont permis de transformer cette curiosité en l'idée de cette histoire.

Enfin, un immense merci à mes bêta-lecteurs pour leurs retours et leurs encouragements.

BIBLIOGRAPHIE

Publié :
Protex
Réminiscence

A paraître :
Protex 2